李健健 主编

立传
LIZHUAN
2

新华出版社

图书在版编目(CIP)数据

立传.2 / 李健健主编. —北京：新华出版社，2011.12
ISBN 978-7-5011-9806-1
Ⅰ.①立… Ⅱ.①李… Ⅲ.①传记文学—作品集—中国—当代 Ⅳ.①I25
中国版本图书馆CIP数据核字(2011)第256764号

本书由中国华信能源有限公司资助

立 传 2

主　　编：	李健健
责任编辑：	刘燕玲
封面题字：	王阔海
策　　划：	北京翰青立传文化传播有限公司
E-mail：	hqlizhuan@163.com
封面设计：	北京汇亿创佳文化传播中心
出版发行：	新华出版社
地　　址：	北京石景山区京原路8号
网　　址：	http://www.xinhuapub.com　http://press.xinhuanet.com
邮　　编：	100040
印　　刷：	北京东君印刷有限公司
成品尺寸：	170mm×240mm　1/16
印　　张：	20　彩插：32页
字　　数：	230千字
版　　次：	2012年1月第一版
印　　次：	2012年1月北京第一次印刷
书　　号：	ISBN 978-7-5011-9806-1
定　　价：	39.80元

本社购书热线：（010）63077122　　中国新闻书店电话：（010）63072012
图书如有印装问题，请与出版社联系调换电话：（010）63077101

卷首语

陈思和

新世纪以来，中国经济高速发展、和平崛起于世界已经成为一个事实，但是离作为一个世界性的强国还有不小的距离。其原因之一，作为一个世界性的强国，除了有高度发展的经济作为基础以外，同时还必须承担起人类各个领域的重大责任，培养一批世界著名的领袖人物，输出具有民族特色的思想文化造福于全人类。没有伟大人物的伟大民族是不可想象的。

腾飞前的中国是一条潜龙，它从身处深渊到腾云驾雾，必然会拖泥带水，翻天覆地，近百年来民族经历的苦难屈辱和内乱外患所造成的积习沉渣都会汹涌泛起，形成今天社会的种种问题和矛盾，但是我们相信，中华民族如果不是潜藏着巨大生命能量和人性积极因素，绝不可能在短短的30年内获得如此快速的发展。目前，世界注视着中国，中国也必须有一种新锐的眼光来发现和发扬自己民族的优秀、健康和阳刚因素。这也是民族精英在改革开放30年里脱颖而出的关键所在。

本书以传记为主要媒介形式，以当代中国各个领域的优秀人物以及未来中国思想文化的创造者和探索者为关注对象，通过新传记形式来书写优秀人物身上的积极因素，通过具体的人物故事的书写，进而达到弘扬民族文化精神的目标，高扬人文精神和人性的力量，讲述创业人士的艰辛之路，传达各个领域的探索成就，树立中华民族在21世纪必然造福于人类的自信。

本书所提倡的人物传记，不是传统意义上的史料为主的年谱式传记，更不是新闻体的人物报道、浅层次的人物采访和娱乐性的八卦小道消息，而是用文学笔法写真实的人物，叙真实的事件，传真实的思想，强调当代中国的民族精神和积极因素。

本书面向高端，整体展现当代中国优秀的头脑、前沿的思想和尖端的信息；本书立足普及，通过文学的描述、励志的事迹、人性的传达以及审美的形式，将民族的优秀人物事迹呈现给大众，将中国未来的美好理想介绍给世界。力求各阶层读者都可以从中获得励志榜样和人生启迪，海外华人读者可以从中了解中国的现状和未来。

2011年10月10日于上海

目录

卷首语

■ 画家王阔海传　　　　　　　　　　　　李健健 著／1

■ 雕塑家王维力传　　　　　　　　　　　王且力 著／75

■ 李业平传　　　　　　　　　　　　　　姜　安 著／141

■ 冯玉祥别传　　　　　　　　　　　　　吴东峰 著／189

■ 晚年孙犁　　　　　　　　　　　　　　阎庆生 著／211

■ 中短篇传记文学的复兴及时代意义　　　李健健 著／257

后记

李健健 著

画家王阔海传

一

"红小鬼"张敬民师长冒着漫天飞雪,从东平湖打靶训练场急匆匆赶回师部,因为长清县要召开三级干部会议,借用师部礼堂。这可是他们高炮师的共建单位,张师长无暇顾及天寒屋白,踩着嘎吱作响的积雪来到师电影队广播室。他心想,县领导讲话时,喇叭可不能不响。

他轻推了一下广播室虚掩的门,一股难闻刺鼻的气浪扑面而来,他后仰了一下身子,什么味?!推门而入,首先进入眼帘的是一双脏棉鞋横在暖气片上,烧红的铁炉上一盆酱汤似的东西冒着热气。原本应该洁净的单人床,此时竟然有人裹着被睡觉。张师长走到床前,克制着心中怒火,拖着厚重的鼻音说:"小王,怎么了?"

王阔海

新兵王克海(若干年后改名王阔海)吓了一跳,躺在床上,仿佛大脑锈迹斑斑,"我、我、我感冒了。"

张师长望着王阔海眉间蚕豆般的黑痣和木讷愚笨的表情,很不高兴地说:"怎么这屋里弄这么大的味?嗯!"

王阔海木呆呆地躺在床上,没有回答。张师长厌恶地斜视了他一眼,对跟随的人说:"这新兵,不下连队锻炼锻炼不行!"说完,张师长背着手气哼哼地走了。

张师长走远,王阔海似乎才缓过劲来,清醒了一些。觉得自己应该下床给首长敬个礼,解释一下炉子上

煮的醋是为了治感冒。可是，一切都晚了。

张师长回到打靶场，找到宣传科长万道新说："王克海，啊，把广播室弄得臭烘烘的，我都进不去！叫他到643团农场种水稻去。这个人，团里不能用，营里不能用，连队还不能用，就叫他下班里锻炼锻炼。"

县里的三级会议结束没几天，兴高采烈的老兵卢振中，突然出现在王阔海面前。他指着王阔海说："让你到下面锻炼，让我接替你。"王阔海虽有预感，但还是心存幻想：也许下，也许不下。

卢振中有一丝遗憾地说："你这一去，我们还不知道能见面吗？我听说让你下连队，是师长说的。"

1971年，王阔海在师部电影队当放映员时在师部大礼堂门前留影。

王阔海的双眼充满忧伤。这是1971年岁末，他刚好入伍满一年。虽然内心悲伤、难受，但这时候不能当熊包，再说自己连"五好战士"都没当上，怎么有脸见父母？下就下吧，硬着头皮往前冲！

在去643团的路上，王阔海回想起自己当兵的经历。1970年初，高中临毕业，学校举办了"复课闹革命"的画展，他画了数幅老师、同学学习生活的场面。这是他的第一次画展，校长表扬说："你这是临毕业结了个'大独瓜'。"已经小有名气的他，把画的斯大林油画像送给老师，老师拿给带兵的领导。北京军区空军地勤和济南军区炮兵同时看上了他。济南军区带兵的说："你还是到我们炮兵，我们推荐你到师电影队，那里需要写写画画的。"

"行，我就到济南军区。"那时他想，兴许我的画家梦能在部队实现。

山东招远武装部发给他一大包冬天的军装。他抱回家，惊喜地发现还有裤头！他反复摆弄，想找到口在哪里？曾在大连闯荡过的父亲，拿过来抖了一下，说："这不是带子吗？口在这，从这伸腿。"这时，他才恍然大悟。离家当兵，第一次坐上了火车。他悉心地体验着坐火车的每一个细节。之前，听人说部队吃饭要抢着吃。路上，发给他两个馒头，三口两口吃了下去，差点把他噎死。车到济南，宣传队来给新战友演出，那些女兵穿着绿军装，斜挎黄书包，书包上印着"为人民服务"，扎着腰带，脚登黑色方口布鞋，皮肤细腻、身姿矫健地在他们眼前载歌载舞。他幸福地欢笑着。

王阔海写生作品

新兵训练结束后，他分到团电影队。不到20天，他上调师电影队。刚到，就见有一女兵主动向他伸出手，他不好意思，始终没敢伸出手。女兵的脸微微发红，说："你是不好意思。"后来知道，这位女兵叫刘燕。进了电影队，同来的战友都对他羡慕不已，这时，农村老家也有人来提亲了。

王阔海回到现实，这下可好，自己跟犯了错似的，从天宫打入了地牢。

他抵达了驻守在东平的643团6连5班。这里是过去水泊梁山的旧址。连队没有营房，他们住在农民的厢房里。天寒地冻、北风呼啸，王阔海刚来，也没有确定具体工作。但站岗，每位战士都必须履行。因为天冷，王阔海也跟老兵学，睡觉时把脚底被子用腰带扎住。深夜，他酣睡正浓，有人捅醒他说："轮你站岗了！"他只好钻出温暖被窝，穿戴整齐去哨位。除了在新兵连站过岗，他还没有仔细体会站夜岗的别样感受。站在寒夜中，听强劲刺骨的大风把四周的炮衣吹得哗啦哗啦，看

王阔海写生作品

影影绰绰的炮衣起伏跌宕,那响声似狂风鞭挞,呼啸的风凄厉、悲凉,像王阔海忧伤的心绪。他还是后悔,并在后悔中激励自己,要坚毅、坚强,要学雷锋,要干出名堂,这名堂在他心中变得很实际:最好提个干;在城市找个对象(他在电影队时来家提亲的,听说他下连队,也就杳无音信了)。

大米好吃,水稻难种。师长让他种水稻,他就来到了鲁西南鱼台农场。乍暖还寒的初春,王阔海和战友就要为水稻落谷。他们用机器先把稻田翻一遍,为了平整稻田,班长在后面犁耙上站着,手拉绳子掌握平衡,而王阔海和五六个战友跟牛似的,在前面背扛粗硬的绳子,把尖形锯齿的犁耙往前拉。春水刺骨寒,他们在凛冽寒风中,高挽裤腿,王阔海学着老兵的样子呼喊:下定决心,不怕牺牲!噗通跳进水里,水没膝盖,水底又冷又滑,站不住脚,他们不停地来回倒脚,双腿的知觉渐渐麻木,他们拉起绳子,弓着身子艰难前行。"劳者歌其事",为了释放身心的这番劳苦,他们重复唱着《智取威虎山》的两句唱词。他们一边拉耙一边唱着:挣扎在这无底(此处伴着哗啦哗啦的踩水声)深渊,乡亲们切齿怒向(哗啦哗啦的踩水声)威虎山。没几天,王阔海的腿脚都裂了。每天临睡前,他涂抹防冻裂的粉色"马管油"。种完水稻,他的被子变得黑乎乎油乎乎,目不忍视。

从电影队到种水稻,王阔海心理上还是存有落差。可是看到跟他一起种水稻的河南兵,整天乐呵呵,无忧无虑的。他觉得自己应该向人家学习。老兵对王阔海都很尊重,称他是"机关兵"。经常给他递烟,王阔海说不会。他们说："抽吧，抽烟解闷。"慢慢地王阔海和他们打成了一片。有时也买盒烟给战友。心绪反复的王阔海，愁苦的时候觉得"借烟解闷，闷更闷"。

连队开展谈心活动。王阔海发现班长跟副班长有矛盾，在谈心过程中，他对班长说："副班长挺不错的，对你也不错，不应该总是批评他。"此后，星期天出公差、到炊事班帮厨，班长就派王阔海。对他批评多，表扬少。王阔海为副班长说好话得罪了人，他从未让副班长知道，而是悟出了：不能随便给领导提意见。

师电影队的同事来团部放电影，王阔海与战友每人提着马扎去看电影。远远地看到昔日熟悉的战友刘燕、卢振中，王阔海不好意思上前打招呼，想见又怕见，越不好意思，内心越酸楚。紧接着，农历八月十五深夜，朗月在天，他独自走到离连队二三里的水渠旁，遥望家乡的方向，嚎啕大哭。他悲伤忧愁，不知何时是出头之日？！无颜见江东父老。他悔恨交加，心想：我以后要是见了师长，我得问问他，我锻炼得怎样了？你让我锻炼到什么时候？我在连队呆3年了。从一个兵做起，基层的艰难困苦我都经受了；我听从指挥，努力表现。每天，我都抢着把宿舍的地扫了又扫，争先恐后地到炊事班为战友打饭；厕所的粪池满了，我主动清除、挑粪……新来的班长经常对我提出表扬。想到自己的一些成绩，王阔海的心情渐渐平静下来，他擦去泪水，拍拍屁股上的泥土，无可奈何地又回到连队。

人生有起有落，黑夜总有尽头。营长知道王阔海会画画，就调到营部画苏、美的各种战机，配合高炮训练。王阔海画得很像。营长看到纸上的飞机爱不释

手，赞扬有加。王阔海的心豁然开朗了，在去营部的路途中，他看天上的云儿是那么优雅，阳光是那么明媚，鸟儿的歌声婉转动听，他的步履轻盈欢快，内心充满喜乐。画飞机一扫他往日的阴霾，带给他信心和骄傲。

连队生活也变得越来越有趣。鱼台本就是鱼米之乡，稻田里、水渠里鱼儿无数。连队组织大家抓鱼，全连七八十人站在浑水里摸鱼，鱼在他们双腿间窜来窜去，令人兴致大增，欢乐无比。抓到的鱼，各班拿回去剖净、撒盐、晒成鱼干。画飞机、抓鱼竟然让王阔海觉得生活变得美好了。

王阔海写生作品

尽管在王阔海的天空里不再是阴云密布，但偶尔，他还是会想，首长会不会想起我？！我要是见了他怎么跟他汇报？

一天，王阔海去上厕所，突然见到师长进来。他一愣，赶紧说了句："首长好！"

首长正小便，浓重地哼了一声。王阔海什么也没说，走了出来，心中无限遗憾，怎么在厕所见到首长？突然见了，怎么就一句"首长好"呢！转念一想，在别处可能见不到首长。他想问问：我锻炼得怎样？你让我锻炼到什么时候？他失去了机会，没有问也没有说。这时，他在连队已经呆了5年。

为了不再住百姓家，部队开始建营房，他们来到泰山傲莱峰下。连长不让王阔海参加打石头、搬石头，让他在宿舍画大老虎。在一张张大板纸上，他画上山虎、下山虎。连长看了爱不释手，拿去送给新来的营长、教导员，说："我们连队有个秀才，小画家，画老虎画得特别好，我让他给你画的。"

王阔海以连队的铺板、炊事班的面板为画案。连队9点熄灯后,王阔海就在面板上伏案画画。画多了,就开始积极投稿,他画的一幅"解放军与农民秋天里学毛著"在《大众日报》农村版刊登了。王阔海欢欣鼓舞,这是他第一次发表的画作,这年他21岁。他拿着报纸给连长看,连长高兴地竖起大拇指一挥,"你是我们连队的秀才,不简单!"班里的战士争相传阅。王阔海写信告诉父亲,父亲在生产队也看到了。在地头上,父亲骄傲地说起此事。王阔海的同学不相信,说:"重名的多了,就你儿子叫王克海吗?"

"我儿子给我来信了,就是那天《大众日报》农村版,怎么会错呢?"老父亲有些不高兴。

就是这豆腐块大小的画作,令王阔海欣喜若狂、精神大振。恰好这时,团里需要画幻灯,展现连队的好人好事;连队的"五栏一榜";黑板报等都是王阔海一个人加班加点地画。年底,王阔海已经干满6年。他提不了干部,又不能总当老兵,连队让他复员。团政治处的叶主任拖着湖南长腔说:"小王不能走,他有才,这是我们的才子,部队还要用呢!"

连长回来告诉王阔海,"叶主任不让你走。"

王阔海慢慢地开窍了,他找到师宣传科长万道新说:"我都在连队呆6年了,复员不让我走,怎么弄啊?给师、团搞幻灯,在军区也拿了一等奖;每个连队的'五栏一榜'都是我亲自画,天天加班加点,出了多少力?你给师长捎个话,问问师长,我锻炼得怎么样了?我在连队表现很好,考验都经受了,我还要在连队待下去吗?"

王阔海写生作品

万科长说:"小王表现不错,你为部队文化建设做了贡献。我去找师长问问。"

万科长找到张敬民师长,说了王阔海这些年的工作成绩。张师长说:"那就把他调上来吧。"

1976年,王阔海回到了师电影队。

王阔海回来后,参加了济南军区炮兵司令部宣传处组织的活动,到毛泽东树立的典型小陈庄体验生活,收集创作素材。在电视机并没有完全普及的情况下,小陈庄的电视机给了他启发。他创作的"山村有了电视机"旨在反映社会主义大好形势,又一次登报。

济南军区负责美术创作的殷培华发现了王阔海,让他参加济南军区的美术创作活动。与整个军区的美术创作人员汇聚在军区招待所,王阔海欣喜若狂,觉得这里高手如林,是向诸位老师学习的大好机会。因为经费有限,床位紧张,王阔海不能住招待所,只能回部队创作。王阔海找到殷培华说:"在这老师多,我有机会学习。给我个小被子小床就行。"

王阔海跟着他们在八一展览馆练习工笔画,感悟着线条的流美变化。一起来的陈全胜说:"哎,你这线条可是大江南北第一家。"

他的画作不仅在"前卫报"刊登,还选入了《济南美术创作选集》。王阔海回到部队,为炮师的4个团级单位画幻灯、布景、"五栏一榜"。每到一处,团长亲自陪同吃饭。这种自豪和成就感更让他担心复员回乡。为此,他请假回乡找到当大队会计的堂哥商量,万一提不了干,希望堂哥帮忙找个工作。堂哥沉思片刻,为难地说:"农村能干什么呢?最好在部队提干,那是光明大道,能成就你的画家梦想。"王阔海当时是部队自学成才的典型,他觉得只有在部队才有发展,要是回家修理地球,画家梦就实现不了。

返回部队,他找到文化科长张恩绪说:"你看我当兵都8年了,给部队出了这么多力,能不能提干啊?我26岁了,对象都没法找,找农村的不甘心,找城市的,又不是干部。张科长,你给说说好话。"

张科长和宣传科长万道新一起找到张敬民师长,说了王阔海的工作成绩和个人愿望。

张师长说:"那就提嘛!"

1979年,已提干的王阔海在师部大礼堂前为哨兵画像。

二

真是败也师长成也师长。师长一句话,王阔海的命运就此改变。电影队写文章的景丰泰就曾跟王阔海预言,"老王,我们俩要么不提,要提了,后劲都比他们大。"

王阔海提干放在哪里?637团缺收发员。提干命令一下,王阔海长长地舒了一口气,心想:这下可好了,豁然开朗,在部队可以走得更远,画家梦想可以实现了。

提干后,第一件事就是买了一辆自行车。穿上四个兜的军装,换上了新袜子,新买的皮凉鞋擦得锃光瓦亮。他的心里只有一个声音:行了!这下要在城市找个对象!

去师部的途中有一个大下坡,王阔海这时最喜欢穿着四个兜的军装、脚蹬黑亮的皮凉鞋,从坡顶骑着自行车顺势而下。他挺直腰身,面带笑容,双眸闪烁着欢

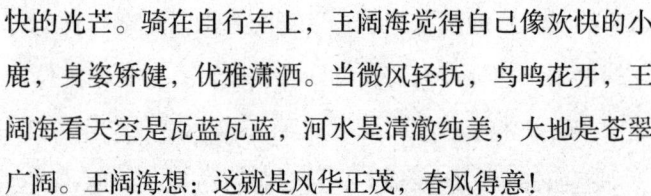

快的光芒。骑在自行车上，王阔海觉得自己像欢快的小鹿，身姿矫健，优雅潇洒。当微风轻抚，鸟鸣花开，王阔海看天空是瓦蓝瓦蓝，河水是清澈纯美，大地是苍翠广阔。王阔海想：这就是风华正茂，春风得意！

有人给他介绍师后勤部副部长的女儿。一见面，王阔海感到赏心悦目。那姑娘长着一双大眼睛、双眼皮，睫毛长长的，向外翻翘，眉目传情，楚楚动人。王阔海觉得这就是自己心仪已久的女人，他全身心地爱着，一遍遍畅想着今后的幸福生活。有一天，他到老乡家，无意中，从后窗发现他恋着的那姑娘正在家门口送一个小伙子。老乡说，那小伙子是她同学，他们一起下过乡，现在经常来往。王阔海听完，心如刀绞，万般痛苦。心想，这是自己的初恋，那么真诚地投入，她要是不真正爱我，这份感情还有什么意义？今后，不能以貌取人，一定要找对我好的。

这是1981年在团里当书记时，正在学习。

初恋的分手虽然让王阔海痛苦万分，但一位他认识的张姓老人，给他介绍了山东师范大学一位处长的女儿。一见面，女方看上了王阔海。王阔海决定不以貌取人，这姑娘形象一般，以他的标准，十分，她能打五分半。而且姑娘的母亲是参加过解放战争的老革命。女方和家人对王阔海格外殷勤。可是，王阔海跟她在一起，总觉得内心发紧，没有神清气爽，心花怒放的感觉。他说服了自己：理论毕竟是理论。两个人在一起是要赏心悦目的，可现在心里如此难受，又怎么能凑合一辈子呢？

于是，他找到媒人说："不行，我不愿意。不谈了。"

"为什么？不是谈了两三个月了吗？不是挺好的吗？"

"见了，心里难受。"

姑娘的母亲找到王阔海的政治处主任说："你们的王克海跟俺闺女三四个月了，怎么能说不愿意就不愿意！"

"谈恋爱嘛，这很正常。他对你女儿有没有不规矩？"

"他抓着俺闺女的手说手好看。"

"还有什么不轨行为？"

"那到没有。"

"抓抓手，这不是什么事吧？"

女方虽然没能惩治王阔海，但影响造成了。

一位副政委在全团干部会议上不点名批评道："有的人，一提干部就了不得了，找个对象，挑肥拣瘦，让人告到部队来了。"

干部股的人说："以后王克海找对象来登记，我们一定要难为难为他！"

这件事让王阔海熬过了沉闷的一年。

团里的王承春副政委非常赏识有才能的人，对王阔海格外关心。在师部开会时，他听见另一个团的政治处副主任李本洲，正跟身旁的人说要给表妹介绍卫生队的军医。王副政委说："停！我这里有个好的，先见我们这个！"

他回到团里，马上找到王阔海，用浓郁的胶东口音说："克海，我给你找了个对象，非常漂亮，跟中央电视台的播音员一样一样的。明天上午就在趵突泉见面，

王阔海素描作品《女军人》

马上见面！"说完，王副政委转身离去。

已经27岁的王阔海兴奋得一晚上没有睡着。中央电视台播音员的形象在他的脑海里此起彼伏，像过电影似的一个个闪现。她究竟像哪一个播音员呢？他辗转反侧，夜不能寐。第二天一大早，他就坐上公交车奔往趵突泉公园。

李本洲把给表妹刘华介绍对象的事，告诉了刘华的母亲。刘华的母亲说："刘华，明天别上外面，本洲哥给你介绍了个对象。"

第二天，李本洲早早来接表妹去约会。在家中，他对刘华说："这个人年龄跟你合适，就是眉上有个痦子，你不喜欢，让他割了。除了这点，别的都好。画画不错。去看看吧，看看吧。"

王阔海素描作品《青年》

刘华跟表哥到了趵突泉公园门口，王阔海还没到。刘华不好意思直接面对陌生男子，也想先偷偷观察一下。她说："哥，你站着，我去看看地摊。"

表哥站在大门口，刘华一边逛着地摊一边看着桥那头的公交车站。

这是1979年6月的一个星期天，王阔海穿着四个兜的军装，五角星、红领章，背着"为人民服务"的黄书包，脚蹬乌黑锃亮的凉皮鞋，腰间扎着皮带，精神抖擞地朝公园大门口走去。

刘华选择的位置正好与他迎面。刘华看到他一边走一边整整军帽、拽拽军装。王阔海从她身边经过时，她正好看到了眉间那颗醒目的大痦子。刘华赶紧低头装作逛地摊，心想：千万别是这个，最好那个还没来。她情不自禁地伸头往后看。

这时,表哥在喊她:"小华,快!来了,来了!"

刘华心说:坏了,还就是这个!她回头、转身,不慌不忙地走上前来。"这就是我说的,王克海。你俩谈谈。"李本洲热情地介绍,说完,他去售票处买票。

王阔海一见刘华,满心欢喜,刘华皮肤白皙,大眼睛、双眼皮,双眸间光彩流溢,蕴含笑意与善良,鹅蛋型的脸庞有着挺拔的鼻梁和小巧的嘴唇,微笑起来嘴角上翘,一条快到脚后跟的大辫子又黑又粗。中等身材,窈窕又丰润。优雅的身条曲线和秀美的五官,在懂美术的王阔海眼中,已经尽善尽美了。

1979年底王阔海与爱妻刘华的结婚照

李本洲递给他俩门票,说:"你们进去转转。我还有事。"

他俩进到公园,王阔海忍不住嘿嘿地乐着,刘华注意到他的双手不仅粗糙,而且右手的小拇指弯曲。就说:"你的小拇指怎么不直?"

王阔海赶紧解释:"我生来就这毛病。我出生的时候,双手攥拳,我妈给我不停地捋,这小拇指也没捋直。"他停顿片刻,很自信地说:"你别看我手粗糙、难看,可我能画一手好画。团里的黑板报、美术幻灯都是我一个人画的;我还参加了济南军区组织的美术学习班,画的作品,《前卫报》给我登了好大一版;我画的'山村里有了电视机',在《大众日报》发表,我挣了8块钱稿费。"说着,王阔海停下脚步,望着刘华,刘华也抬头看着他,他非常真诚地说:"我现在能挣8块钱,将来我可能给你挣80块、800块、8000块。"

刘华低下头抿着嘴笑。他们一边走一边攀上了一座僻静的假山。他俩席地而坐,王阔海滔滔不绝:

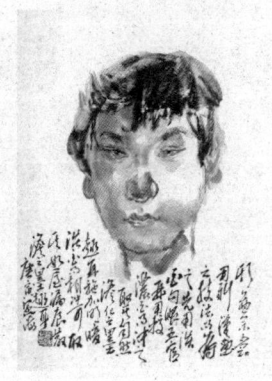

"我从小就喜欢画画。小时候,我就在姥姥家的墙上画小人、画花鸟。我六七岁,就喜欢拿根棍在地上画,乱画一排,然后对爷爷说:'我会写字了!'爷爷是个老农民,他看着一趟一趟我画的字说:'哎呀,孩子,这真是字吗?''真是我写的字。''这是什么字呀?''我也不知道。'爷爷哈哈大笑,不过我那时候好像对美和形式就有感觉。"刘华笑而不语,用手托着腮。

"我的美术启蒙来自二姑夫,他给我家炕边画满了鲤鱼窜荷花,我家大镜子两边,他画的龙凤呈祥、富贵牡丹特别艳丽漂亮。我就看着他画,那太阳、羽毛、花、叶的线条和色彩太迷人了。以后,我就想到什么画什么。小学老师就跟我爸说,你孩子挺愿意画画,画得挺好。上初中,家穷,学校一季度给3块钱助学金,我都用来买颜料。没钱买油画布,就把亲戚给的大美人画翻过来,刷上白油漆,干了画油画。我临摹的'毛主席去安源'挺像的。当泥瓦匠的父亲一开始不支持画画,说:'我从来没见过画画能养家糊口的,这只能是业余爱好。'我母亲说:'咱这孩子有画画天分,咱以后别绊磕他了,让他画吧!'我们招远县文化馆有个李万民老师,教我画画。为了感谢老师,我对母亲说:'我明天想去看老师,咱能不能给人家买盒烟?'母亲同意了,给我4毛钱。我买了一盒'大前门'去县文化馆堵老师。李万民老师不在,袁大义老师在。我告诉他,我赶了20多里路来找李老师学画,老师不在。袁大义老师说:'我给你讲讲吧。'他告诉我素描怎么画,给我讲'三面五调子'、'三庭五部',怎么画出鸡蛋的立体感。最后,我把烟给了袁老师。我不能总朝家里要钱,再说家里穷要也不给。我就到集上转了转,发现一斤玉米3毛2。我就把家里的玉米悄悄偷出来,放在村西头的高粱垛子里,第二天上学,扛到集上卖,卖了3块钱,我去买颜料。哎,实现画家梦挺难的。"

刘华被王阔海打动了,觉得他挺上进挺努力。王阔海又接着说:"初中毕业,我对父亲说:'爹,我还要上学。''上什么学!大学生都到我们农村锻炼,不能老画画,得回家干活。我们家5口人,就我自己挣工分,我们都欠社了,年底也分不到钱。不能总指望鸡屁股下几个蛋卖钱。'我很难过,父亲就说:'上学可以,但是咱村有炮仗铺,你得给我拉炮仗筒,最好一晚上拉2000个筒。'我说:'好!只要让我上学就行。'我放学就用一根铁棍卷炮仗筒,再贴上红纸,压结实。我每天晚上都拉2000个,相当于一个劳力干一天的活。一年下来,我挣了4000个工分。父亲非常高兴,见人就夸他儿子上着学还能挣4000个工分。拉完炮仗筒,我就在油灯下画画,在报纸的空白处画,画完了卷炮仗筒。"

王阔海努力表白,想打动身旁的这个女子。刘华听他娓娓道来,觉得他挺开朗挺朴实,还挺让人开心,就说:"我爸不在,先到我舅家吧。"

到了刘华的舅舅家,舅舅说:"小伙子不错,挺成熟的。我看可以。"舅妈把刘华拉到一边说:"回去给他买几个苹果,人家这么远来。"

从舅舅家出来,刘华就把他领到家里,让母亲过目。王阔海买了两瓶酒和一兜水果,去见未来的岳母。王阔海一进门,亲切地喊了一声:"大姨。"刘华母亲

1980年3月,王阔海与刚结婚的妻子刘华和父亲王有柏、母亲战淑美、妹妹王贵平、弟弟王峰照的全家福。

山里娃

高兴地答应着,说:"我也当过兵,对解放军很有感情。"刘华母亲很喜欢王阔海,觉得他朴实、成熟。刘华把王阔海送到公交车站,塞给了他几个苹果。

王阔海回到部队把相亲的情况向王副政委作了详细汇报。王副政委第二天就到刘华家,操着一口胶东腔说:"我是王克海的政委,他回去挺高兴。克海当兵8年才提干,有手艺,会画画,挺有才的。你们不要看现在,将来发展不得了。"刘华母亲也是胶东人,王副政委又说:"你又是老八路又是胶东人,这事咱们就拍板定了。"

第二次,王阔海与刘华见面,他画了一幅漂亮的并蒂牡丹装在小镜框里送给刘华,还把登在报纸上他的作品给刘华看。刘华说小姨还给她介绍了个参谋,带兵去了,回来就要看人,被我妈顶回去了,说:"首长已拍板,不能再见了。"

王阔海邀请刘华到他的部队看看。他俩进了营区,正好赶上连队在操练。路过操场的时候,连长喊:"向右看齐!"战士们全部向左看。王阔海的战友们议论说:"王克海这小子,真让他挑着了,还真漂亮!"

王阔海的宿舍里,一张桌子、一个单人床和两个方凳,床下有两个大纸箱。床边铺着一块带暗花的塑料布。调皮的通讯班战士指着整齐干净的床说:"嫂子,你看看王收发的床夹。"刘华掀开,褥子下一排臭袜子,刘华急忙掩鼻。王阔海笑着说:"哪个不大臭,我就穿哪个,实在臭的不行了,再洗。"他虽然和刘华才结识3个月,但已经开始谈婚论嫁了。王阔海已经27岁了,比刘华大1岁,他不想再拖。

他把结婚政审表交到通讯股。过了一段时间，没有回音。他找到股长问："怎么还不给政审？"股长打听出干部股请示政委，政委说："卡卡他！"

见到刘华，王阔海告诉她："部队不给政审。"刘华仰起脸，紧咬牙关，气哼哼地说："那就算！"王阔海一听，禁不住泪水夺眶而出。刘华看到他满脸的泪水，心一下软了，拉着他的手说："我说气话，别难过！咱们想想办法。"

他们来到媒人王副政委家，见到刘华，王副政委指着家中的台灯罩说："这是克海用作废的电影胶片给俺编的。"王阔海把政委卡他们的事说了。王副政委沉吟片刻说："你俩去看看政委，给他买几斤好糖。"

第二天，他们买了两斤金丝猴奶糖送到政委家。政委见到刘华，亲切地问："你是哪单位的？叫什么名？"

刘华热情地回答："我叫刘华，是山东省中医学院的。"

"你们什么时候结婚？"

"准备年底结婚，政审还没搞呢！"

政委和蔼地说："不要紧，我给干部股说说，让他们赶紧办。"

王阔海在一旁始终微笑着，他想：美的东西能呼唤出善良！

很快，政委派人到省中医学院对刘华进行政审。

准备结婚，王阔海没钱。他只有每月的52元工资，刘华却高兴地说："我俩加起来小一百了！"他们思忖，回家结婚花销大，就跟家里说，他俩旅行结婚，家

里少花点钱。实际上,他们没有旅行结婚。而是借了连队的活动室,布置一下。团参谋长李玉彪主持婚礼,部队的婚礼总是很热闹。王阔海在团部机关食堂,花140块钱请了一桌。

夜已深沉,客人散去。洞房花烛夜,人生得意时。陶醉在幸福之中的王阔海拉好被窝,对在炉火旁沉思的刘华说:"我们该睡觉了吧?"

刘华没有理他,有些伤感地呆坐着。刘华6岁时,父亲被打成右派,父母被迫离异,母亲独自带着他们姐弟3人,从小,她就经受了人世的苍凉。今天出嫁了,内心百感交集。王阔海没能理解,高兴地抱起刘华往床上放,刘华挣扎着。王阔海放下刘华问:"怎么不高兴了?"刘华甩手拉开门走了出去。十几分钟后,王阔海想,这不对呀!我新婚之夜,新娘跑了,这算什么事啊!他赶紧追出去,哄刘华说:"有话好好说,你走了我怎么办?"他把刘华劝回来了。

紧接着,他们一起回家过春节。父亲王有柏和堂哥王克星骑自行车到车站接他们。一下车,王阔海就对父亲说:"爹,这是刘华。"刘华甜甜地喊了一声:"爹爹。"父亲连声应道。王阔海很不自在地跟堂哥交换了一下眼神,心想:还从没有听过用普通话叫爹爹的。回到家中,举家欢乐。12岁的小弟特意跑到刺骨的河水中,为新婚的哥哥抓了一条金色的红鲤鱼祝福他们。街坊邻居都喜欢城里来的新媳妇,纷纷请到家中款待。大娘嫂子们说:"王克海回来了,找的媳妇真漂亮!他媳妇的手嫩的剥棵葱都能磨出泡来。"

王阔海结婚了,漂亮媳妇找到了。两个月后,到岳

过五关

母家,岳母说:"小王结婚,不大精神了?"王阔海仿佛从甜美的蜜月中醒来,又开始思考下一步怎么办?自己一个小排长,还要争取提个副连。没多久,他随部队到潍北靶场打靶去了。

王阔海在潍北靶场一边从事收发员工作,一边继续绘画。在潍北靶场附近,他见到一位女知青正在晒玉米,主动上前搭讪,想给她画像。女知青落落大方,欣然同意。王阔海坐在女青年对面,用铅笔在画夹上画肖像。过往的干部战士驻足围观,有惊叹王阔海技艺的,也有感到好奇的。一个多小时后,王阔海画完了。接着,有人说:王克海,不好好当收发,到处乱画,给女青年、大姑娘画画,影响很不好!

参谋长把他找去谈话:"你怎么给一个女青年画画,那么多人围观,影响很不好!"

"参谋长,我要给工农兵塑造形象,工农兵不光是男的,还有女的。我为了更好地搞创作,练习,这有什么错误?"

"你思想太解放了!我如果有照相机,到处照大姑娘,能行吗?"

"我没有非分之想,就想画画。"

"反正你要注意!"

"那行吧。以后我不画了。"

此事,一传十,十传百,传到了师政委那里。

从靶场回来,师党委召开研究干部会议。王阔海有

王阔海写生作品

望提拔为副指导员。在研究王阔海的任用上,有人说他不好用。师政委说:"王克海这个人不好用,我们不会不用吗?!"

与王阔海同期提干的,都纷纷走上了副连职岗位。王阔海因为给女青年画像造成了搁浅。王阔海愤怒、悔恨,又无处讲理。他气得不停打嗝,并从此落下毛病,每每生气,就连续打嗝。

1980年年底,王阔海有了儿子王腾飞,他正为喜得贵子高兴时,老母亲从农村老家来了,要求王阔海每年给家中的150块养老钱涨到200块。王阔海解释说:"我当兵一个月6块钱,一年我就给家里寄40块。不是我不给,我们刚结婚,又有了孩子,非常紧啊!"

1983年,与妻子刘华、儿子小飞飞在一起。

母亲气愤地把他们结婚时的玻璃杯全摔了。王阔海痛苦地找媒人王副政委做工作,他劝老人说:"别要太多了。在城市喝水还要水钱呢。"

母亲临走,煮了一锅饺子,她余怒未消,全搅烂了。

王阔海写信跟父亲商量,能不能画些画,父亲到集上去卖。卖的钱补贴家用。父亲回信说,农村过年挂宗谱,宗谱两边挂梅兰竹菊、八仙过海等式样的条幅,每4条幅5块钱。王阔海每天吃完晚饭,用刘华舅舅托人买来的一大卷纸,裁成条幅,在门后双膝顶墙,不停地画画。画完一大卷,寄给父亲,父亲再顶风冒雪拿到集上。一冬天下来,卖了200来块钱,算是王阔海孝敬父母了。

又过了一年,从军区炮兵司令部下来一位干事当团里的政治处主任,他看了王阔海的画和发表在《前

卫报》上的一些画作，就在团党委会上说："王克海这人，你们不愿意用，我用。我这缺个书记。"

于是，王阔海当上了副连职书记。主任找到他说："我给你下个军令状，你要是一年在中央级报刊上登3幅画，我就给你立三等功。"

这一年，王阔海发表了5幅作品，在军报有3幅反映炮兵训练生活的速写。年底，他找到主任："主任，你立的军令状能算数吗？你春天说，我要是在中央级报刊上3幅，你就给我立功，我上了5幅。"说完，给领导看他刊登的作品。

王阔海素描作品《姐妹俩》

主任说："这应该算数！"

年终，主任在大会小会上对王阔海提出表扬，给他荣立了三等功，并且寄到老家农村，村里敲锣打鼓把喜报送到家中。"你儿立功了！"父亲为此喜悦了很长时间。

第二年，王阔海如法炮制，又荣立三等功。他带着速写本，深入到高炮阵地，画战士们搬炮弹、压炮弹，怎么瞄准，怎么收接电缆，画火炮、汽车、瞄准仪，速写画得越来越好，工作进行的有声有色。两年半的时间，他就被提拔为二营五连的指导员。

从来没有在连队当过主官的王阔海，第一次讲课，没讲几句，就紧张地出了一身汗。他说："大家稍等一下，我出去一会。"他出来擦擦汗，长长地松了一口气。没到3个月，刚刚熟悉连队工作的王阔海被调到师宣传科。

他的任务就是用直观的画作反映炮兵部队的训练和生活，除了完成本职工作，他自学与绘画有关的技法和

理论，为此，他被评为师里的自学成才典型。但他和妻子清楚，部队是铁打的营盘流水的兵，不能总在部队。

他和刘华听说山东法制日报缺一位美编，刘华满心欢喜地陪他去找有关领导。领导看了他的画作，详细询问了王阔海的情况。过了几天，报社答复刘华说："画，不错，就是没有文凭。"最后，报社招收了一位有文凭但画作不如王阔海的，这让刘华心中很酸楚。80年代初，文凭风刚刚刮起，王阔海就被刮倒了。这事在王阔海认为没什么大不了的，他要私下拜师，自学成才。刘华仿佛受到打击，她在山东中医学院，各大学都开始通过高考招生了，对文凭的重要性，她是"春暖鸭先知"的。

王阔海写生作品

刘华与他谈起文凭，王阔海常常梗着脖子，不耐烦地说："我要自学成才！"实际上，在王阔海心里，他已经很满足了。一个农民的儿子奋斗到今天不容易，城里媳妇找到了，即使将来转业也一定留在济南。远远超出了他最初的理想。当战士的时候，他幻想，将来复员能到招远县文化馆工作就太幸福了；他在泰山给连长画大老虎时，看到年轻工人穿一身工装，自行车后面夹一个饭盒，三五成群，说说笑笑，潇洒、悠然地骑车掠过时，他异常羡慕，渴望自己将来也能这样。

王阔海的小家安在刘华单位的集体宿舍里，一间小房。只有星期天，王阔海才能回家。每次回家，刘华发现他提着的黑色帆布包里总是鼓鼓囊囊的。第二天回部队，包又瘪瘪的。刘华有点纳闷，也没见他为家里拿回什么。一次，刘华在楼道做饭，一边打鸡蛋，一边探头想跟王阔海说点什么。她发现王阔海正从黑包里往外掏报纸。谜底揭开，刘华说："你拿这么多报纸干什么？"

"攒多了，可以卖废报纸，一年也有30多块呢！"

刘华经受过人情冷暖，没有体验过生活窘迫，对此，她不屑一顾。

他希望丈夫好好画画，实现画家梦。部队要对高中文凭重新评定，王阔海不愿意参加考试。刘华哄着他说："你去考吧！不难，你靠窗户边坐，弄点小纸条装兜里，绝对没问题。"

王阔海抱着试试看的心理，每天开始复习，准备迎考。

他考了一门，回家高兴地对刘华说："不难，真的不难。"他又去叫电影队队长。他俩都通过了。王阔海欢欢喜喜向老婆炫耀。刘华笑着说："我说不难吧？！世上无难事，只怕有心人！"

这时，部队整编，高炮师降为高炮旅。刘华劝丈夫道："你能不能上山东艺术学院进修？反正早晚要转业。"

"不可能！你别异想天开了！"王阔海急得脸红脖子粗，瞪着眼嚷道："你就是小资产阶级！打倒小资产阶级望夫成龙！"

"你啊，井里的蛤蟆，见过天有多大啊？！自学成才？你什么时候能成才？国家都得要有学历的？"刘华气得流泪了。

看到刘华落泪，王阔海说："那好吧，我去试试。"马上又为难地说："领导要是不同意呢？上学还得花钱呀？哪来钱？"

王阔海写生作品

"这个你不用管!我借。"

"你上哪借?"

"我借我妹妹的。"

"借多少?"

"一千五。"

"借这么多!我们什么时候能还上?"

"慢慢还呗。"

"部队能让我去吗?"

"你整天为部队画,这都算成绩。你给领导说,上学的钱不用部队出,给时间就行。你还要说,不光上学,还要上稿,一定比在部队上的稿件多。绝对不会丢脸的。"

王阔海心中打鼓,害怕领导不同意。

他找到师政委,表达了不耽误上稿,学了是为更好地服务部队。领导爽快地同意了。

王阔海又惊又喜,回到家对刘华说:"咦,同意了!领导同意了!"

山东艺术学院与山东中医学院一墙之隔。而且山东艺术学院只有油画班。王阔海是学国画的,这时他想:不管油画国画,反正都是画,对画中国画肯定有帮助。

在油画班进修,王阔海深感自己的基本功不够扎实,他拼命补习,画色彩、静物、肖像。色彩的冷暖对比与统一;光源色、反光色的调整;素描、速写、写生和造型;人体、五官、骨骼肌肉的比例,他得到了更深入的训练与提高。张凤翔老师教他们色彩,告诉他们一幅画要有调子,怎么去把握非常重要。

在山东美术学院,王阔海有了第一次画裸体的经历。第一次面对裸体模特,他面红耳赤,屏住呼吸,大脑一片空白。他努力平静下来,开始在画架上用铅笔发出绘画的嚓嚓声。之后,学院经常组织画人体,王阔海也就习以为常了。

这时,正值"八五新潮"之际,西方的原始艺术、古典艺术、现代艺术一起刮了进来,王阔海被刮得晕头转向,拉斐尔、达·芬奇、塞尚、毕加索、梵高的绘画一股脑冲到他面前,他惊得目瞪口呆。西方的行为主义、古典主义和一些哲学讲座让他眼界大开。在学院,他才知道中国还有老子、庄子、墨子、韩非子;不仅知道了释迦牟尼与佛教还知道萨特、尼采的哲学对艺术的影响;知道了任何事物都有产生、发展和消亡的过程;铭记了教授的激励:当你想成为英雄的时候,你已经是英雄了!

天地正气在

在掌声雷动的哲学讲座中,王阔海深感震撼,原来人生是可以自我设计的,自己可以实现自身价值!朱鲁子给他们讲事物的三大阶段是自发、自觉和自然。讲"大象无形""大音希声""无为而为"。王阔海对朱老师仰慕不已,请到家中热情款待。他对刘华说:"还是得上学,感觉老师讲得非常深奥。我赶紧赶,压力很大,好多人年龄比我小,画得比我好,我都有落伍的感觉。上学真是开拓了我的视野。"

"你别忘了给部队上稿件。"刘华淡淡地说。

之前,王阔海想学雷锋做一颗螺丝钉,拧到哪里都不放松。渐渐地,当画坛英雄的梦想在心间缓缓升起。

王阔海的一位画友看了他的国画说:"你是中国人,为什么画油画?油画是外来艺术,你的气质应该

画中国画,很灵透。"对此,王阔海心知肚明,他一边领略着西方油画大师们的冷暖色调,一边在家中挥写着他心爱的中国画笔墨,两年的进修使他的造型能力,素描、色彩、笔墨、境界都有了大幅度提高。

这时,济南军区准备在全国举办"祖国在我心中"巡回画展。王阔海奉命到老山前线体验生活。

他们抵达老山前线正赶上农历八月十五。双方停战,王阔海站在阵地,向前方望去,弹坑里黑青青的烟徐徐飘着,树干断裂露出白杈横七竖八,战场上的血雨腥风,生命的转瞬即逝,让王阔海意识到战争太残酷。老山闷热雨多,在猫耳洞里的官兵出现了烂裆。下雨天,不得不站在水里。看到有的指挥员把老婆孩子的照片贴在阵地上,王阔海与此对比觉得自己太幸福了。这种生活体验促使他创作了《小憩》,描绘一名穿着破短裤的指挥员靠在坑道里的石头上,头歪向一边,似睡非睡,他一手握枪,一手拿着报话机,膝盖以下泡在泥水中,水面上漂着罐头盒。场面虽不宏伟,但英雄的形象更趋人性化,更加真实可信。王阔海在构思立意时,有意识强调人性的表现,避免以往那种"红、光、亮""高、大、全"的艺术表现形式。他的另一幅作品表现了勇士们仰面朝天,喝壮行酒的豪迈气概。

王阔海素描作品《小憩》

画展展出后,观众对他的作品反响强烈,两幅作品同时获得了一等奖。王阔海感慨,上学和不上学的确不一样。他尝到了甜头,觉得自己的艺术性和技巧性得到极大提高。他的创作激情更加高涨。他的作品《蜜月》完成后,为了与画面完美和谐,又去请擅长书法的老画家孙墨龙题字。刘华说:"你的字不行,还得好好练书法,老找人家写,怎么行呢?"

王阔海沉默不语,他知道书画一体,从此,作画之余,他开始练字。

刘华的妹夫是销售科长,经常去北京出差。一天,他对刘华说:"你和王哥从来没上过北京,你们跟我上北京看看天安门吧。"

于是,刘华和王阔海跟着妹夫、妹妹上了北京。他们住在中关村一个小招待所的地下室里。他们一行4人逛完天安门,乘320路公交车返回时,刘华在公交车上突然看到了解放军艺术学院,大门口还站着哨兵。刘华激动地想:我家克海要是能进这里,就太棒了!

她没敢表露。下了车,她让王阔海和妹夫先回去,自己拉着妹妹走到解放军艺术学院对面,看着军艺的大门,想象着:什么时候克海能来,我就心满意足了!

回到济南,刘华一直埋藏着这个心愿。王阔海在山东艺术学院的进修就要结业了。他俩都很高兴。一天傍晚,他推着车子跟刘华去看岳母。路上,王阔海大谈在山东艺术学院的收获。刘华接着说:"你再考考解放军艺术学院。"

王阔海一听急了:"你一会这一会那!我刚进修完,你又让我考解放军艺术学院!?"

"这不都为你好嘛!上了,你不是觉得学无止境吗?上解放军艺术学院,你的画家梦就实现了,不用再是业余的。你多个文凭,部队不要咱,到地方咱也有文凭呀!"

"哎呀,你没完了!"王阔海悻悻地,满脸不高兴。

刘华哄劝了半天，王阔海勉强地说："那，试试吧。"

解放军艺术学院的招生简章下来了。王阔海准备去报名，去之前，他对刘华说："你看，陈国立、高仁岐，都画得很好，去年也没考上，我能考上？"

"你怎么知道自己考不上？"刘华反问道。

1987年，王阔海已经35岁了。他想考，可是又畏难。他听说《山东民兵》杂志的美编刘书军要考，就去找他问："解放军艺术学院的招生简章下来了，听说你要去考？"

1987年与妻子刘华、妻弟刘伟为祝贺儿子飞飞加入少先队留影。

刘书军故意张着大嘴："考什么？这么大年纪了，太难了！我不想考了。"

王阔海也不想考了。他回家对刘华说："我问刘书军，他说太难了，也不考了。"

刘华眼一瞪说："好啊！都不考才好，就咱考去！"

"人家都考不上，就咱能考上？"

"你别听他的，哄你的。他忽悠你不考，他肯定考！"

"你把人家都想象成什么了？"

刘华没理他。过了一会，她说："不行咱早去，让老师提提意见。你早去一个星期。"

"不用，不用，用不着！一两天就行。"

"不行！"刘华坚持着。

王阔海提前4天来到军艺，住在军艺招待所的小平房。在那里，他见到了刘书军。他吃惊地问："你不是说不考了嘛？"

刘书军大嘴一撇说:"我又准备考了。"

王阔海赶紧给妻子打电话:"刘华,真让你说着了,刘书军来了,比我来得还早!"

刘华只好平静地说:"人家说不考,却比你去的还早。没什么,好好准备吧!"

这时候,王阔海意识到自己必须认真对待。他打听到文美系副主任刘大为的家庭住址后。在黄昏时分,他提着二斤花生米,拿着自己的画作,敲开了刘大为的家门。刘大为看了他的作品说:"你画得不错。正常发挥就行。"

临出门,王阔海捧着花生米说:"我给您带了点老家的土特产。"

刘大为说:"不用,不用。"

王阔海一边往外走一边说:"一点心意,一点心意。"

上了考场,王阔海发现考题是头像写生,这对他来说,可谓手到擒来。文化考试,竟然写"到连队的调查报告",这对他来说,小菜一碟。王阔海终于实现了自己和妻子的梦想。

焦赞孟良图

四

1987年的秋天,王阔海欢欢喜喜来到北京解放军艺术学院报到。他们系领导兼国画老师刘大为几乎天天待在班里,对他们耳提面命,亲手教画。刘大为早年毕业于内蒙古师大美术系,大学期间主修油画、水彩、水粉等西画门类,1980年毕业于中央美术学院中国画研究生

班，受教于叶浅予、蒋兆和、李可染、吴作人、黄胄等著名画家。他的画作雅静意远，充溢着祥和与含蓄，柔美中深蕴文气。其工笔重彩与水墨写意完美交融，人与动物，人与自然的和谐之美沁人心脾。

王阔海对刘大为的造诣心驰神往。每每看到刘老师不温不火、中庸淡定的个性，羡慕不已。心想，自己跟刘老师正好相反，刘老师的温和还体现在画作里，灵动、文气、祥和，这可是中国画的至高境界。刘老师教导他："你要去霸悍之气。作画要含蓄。"他懵懵懂懂记下了，觉得自己应该向刘老师好好学习，既然走上艺术之路，那就要像刘老师一样当大家！他心目中的标杆竖起来了。为了这种追求，王阔海成为同学中的拼命三郎。同宿舍的朝红家在北京，于是，他常常在宿舍里通宵达旦地练习人物形象的塑造，笔墨的浓淡枯湿，线条的老辣生拙，画面的构成布局，中国画的气韵生动、泼墨与泼彩、宏观与微观……深夜一两点，饥肠辘辘，他偷着用电炉煮一袋方便面，里面卧一个鸡蛋，这就是他不变的夜宵。不计其数的电炉子就这样被他烧坏。只有取得小小成绩时，他才跑到学校对面的新疆村吃几根烤羊肉串犒劳自己。

夜猫子似的王阔海到了上课时间依然酣睡正浓，这时，刘大为推门而入，掀开他的被子喊："上课了！上课了！"

在军艺，除了刘大为老师亲授指导外，他们还外请中央美院的黄胄、何海霞等艺术名师教授。花鸟画家高冠华的教学生动活泼，他传授笔墨意蕴中的"实则虚之，虚则实之"。他讲构图用火柴盒在木桌上摆各种位

巴扎归来

置，以示意平稳与造险的境界。王阔海茅塞顿开，他潜心研究传统笔墨技法，从"吴带当风"、"曹衣出水"到《八十七神仙卷》，他一一临摹；从顾恺之、陈老莲到任伯年，他体验勾线造型、骨法用笔；从石涛、八大山人那里领略清冷空绝；从黄宾虹、齐白石吸取积墨厚重与明快天真……他临摹的画作已经引起了一位女同学的羡慕，她提出帮他卖画，3幅画卖得150元，王阔海喜上眉梢。他临摹了40天的《八十七神仙卷》，一位文学系的女同学爱不释手，拿去寻找买主。女同学告诉他，丢在公共汽车上了。王阔海什么也没说，心疼不已，但也只好作罢。

王阔海1989年解放军艺术学院美术系毕业作品《土枪土炮》

王阔海绘画生命中的双翼缓缓伸展，山东艺术学院油画的素描与色彩，解放军艺术学院传统笔墨与造型的训练，使他拥有了娴熟技巧和磅礴气韵。

第七届全国美展在即。王阔海与同学们跃跃欲试，他深入到凉山彝族自治州体验生活，在村寨里，他画老人小孩，画卖蘑菇的彝族少女，情意深深的彝族弟兄和火把节时的欢笑夜语都融入了他的笔墨。山间小道上背柴的老妇感动了他，弯曲的脊背，岁月刻下的沧桑，眼中的善良与慈祥，不禁让王阔海想到大凉山女性的勤劳与坚韧。一天天、一年年，从年少到年老，一个女人就这样在艰苦的环境中日复一日，年复一年地蹒跚背柴。他突发灵感，想表现一个女性从少女到中年到老妇的形象。在大凉山40天的写生中，他拿出了50幅作品，满意之作被他称为"凉山风情系列"。

他以"日月星辰"为名，刻画了自己对彝族背柴女性的生命阐释。日月贯穿在朦胧的苍茫背景中，一位身

躯前倾的背柴女性有着3个不同时期,青年、中年与老年全部体现在同一画面。王阔海精心打造此幅作品,渴望在全国美展时入选。刘大为在指导他时说:"如果能在她少女时期的手上,画一朵野花可能更有情趣。"于是,老妇的少女形象,手上有了一朵小花。该作品入选了全国美展。

"凉山风情系列"是他以笔墨为宗展开的黑白世界,基于写实的造型有着大胆向意象化迈进的趋势,笔致里闪耀着灵气,挥洒中透着融融情意。

2001年,王阔海深入大小凉山写生,与彝族老人在一起。

梦想功成名就,不仅仅是王阔海一人。他宿舍斜对门住着同班同学敬亭尧、王界山。一天,他们几个同学在敬亭尧宿舍聊天,说到范曾,大家一起讨论他的成名。敬亭尧说:"我们怎么能够尽早成名,范曾的经验是可以借鉴的。"

他们说到宣传、办画展等等。敬亭尧说:"我们能不能联合搞画展,或者成立个小组织,长期联合?"

大家一听兴奋不已,拍手称快。决定就他们几人成立一个组织,可是,这个组织叫什么名?王阔海、王界山、敬亭尧、张清志、朝红、李承修、壬惠中、孙原太、陈张平热烈地讨论着:我们是学国画的,唐朝时期把中国绘画推向了一个历史高峰,我们叫"唐可回",意为唐朝的绘画高峰在我们手里可以回来。来自空军的王界山说,还是叫"蓝天画会"吧。你一言我一语,他们起了近50个名字,最后大家一致通过叫"大地画会"。今夜无眠,每个人都对未来的灿烂前景欢欣雀跃。

临近毕业,刘华背着土特产,带着儿子来到军艺。

一家团聚，其乐融融。刘华知道军委副主席迟浩田是王阔海的招远老乡。她特意在给迟副主席的礼品袋里装了两瓶景芝白酒、两瓶虾酱和几包点心，让王阔海去登门拜访，看看能不能留在北京。

王阔海一听，紧张地一屁股坐在床上，盘起双腿说："这炸药包！我怎么能去送？我在家带孩子，你去吧！"

刘华忍着怒火说："你是男子汉大丈夫！这关系到你的前程，又不是我的。他是你那么近的老乡，去看看有什么？"

2008年王阔海与夫人刘华和军委原副主席迟浩田、夫人姜老师在一起合影。

实际上，王阔海早就打听到了迟浩田家的住址。这时，在老婆的威逼利诱下，他只好忐忑不安地骑上自行车，带上准备好的礼物，去迟副主席家。到了门口，他敲了敲关得很严的大铁门。门上突然开了一个巴掌大小的方口，警卫的哨兵问："找谁？"

"我是迟副主席的招远老乡，来拜访拜访。"

"跟秘书约了吗？"

"没有。"

"首长不在！"

王阔海一听，蹦蹦乱跳的心立刻充满喜悦。他如释重负地返回军艺，刘华吃惊他怎么这么快就回来了？"拜访怎样？"

王阔海大大咧咧、高高兴兴地摊开双手说："没见着！没在家！"

刘华被王阔海弄得哭笑不得。过了一阵，刘华通过别的老乡那打听到房建国秘书的电话，王阔海在房秘书的帮助下见到了迟副主席。

迟副主席见到小老乡王阔海格外亲切,拿起一个红彤彤的苹果说:"小老乡,给你个苹果,你肯定没吃过。"

王阔海双手接过苹果。迟副主席又说:"这叫红富士,新品种,从日本引进的。国防部长秦基伟到我家,我给他,他也是第一次吃红富士。秦基伟还说:'什么苹果我没吃过?!'我说:'这叫红富士,从日本引进的。'他吃红富士也是在我家。"

迟副主席很愉快。王阔海见机行事,说明自己的来意。迟副主席说:"唉,济南军区培养了你,你还是回济南军区吧!"

于是,王阔海毕业回到了济南军区。不过,他常常往返于济南与北京之间,因为他是"大地画会"的干将,是学术委员,主抓学术。

蒙山冬日

五

"大地画会"的成立,为他们几个寂寂无名之辈打开了一扇窗。初创时期,每个人似乎都豪情万丈。他们以敬亭尧为核心,强调团结就是力量。敬亭尧说:"我们现在是6根筷子,团结起来就是有力的棍子。"他们常常聚在一起,为"大地画会"的发展出谋划策、献计献策。适逢亚运会即将在北京召开,他们决定举办"迎亚运中国画联展",还请了刘大为、林凡、张道兴等老师一起参展。

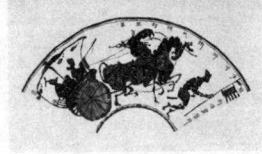

王阔海暗下决心,要抓住时机,在这次活动中一展身手。小时候,王阔海就崇尚阳刚、豪放、雄强之力。

跟着乡亲上山砍柴，成人用扁担插入捆好的柴，举起，再把扁担用力插入另一捆。王阔海又惊讶又羡慕，觉得那乡亲的手腕子是那么粗壮有力，跟晒麦场毛驴拉的石碾一样。他幻想自己也有一双石碾般的手腕。看有西楚霸王的小人书，他又觉得楚项王不是一般的人，楚项王应该跟山一样高，手腕子一定跟石碾似的。

1990年，王阔海在"迎亚运中国画联展"中陪同军委原副主席迟浩田（中）、总后勤部原政委周克玉参观王阔海的国画作品。

这一次迎亚运画展，他要画《九雄图》，画出鲲鹏展翅九万里的磅礴之气，让世界看看我们中华民族的凌云之志。他在高炮旅电影队的大房子里，穿着裤衩，光着脊背，挥毫泼墨。没有钱裱画。晚上，刘华哄睡儿子，拿着扫把、方便面跟丈夫裱画。王阔海站在桌子上，刘华把沾了糨糊的扫把递给他。夫妻俩的心情只剩下振奋、振奋。

展览在中国军事博物馆举办，王阔海被委派邀请迟浩田副主席。到了首长家，听王阔海这么一说，迟副主席爽快地说："行！小老乡，我给你鸣锣开道！"

开幕那天，来了很多嘉宾。迟副主席为该活动剪裁，并对展出的作品大加赞赏。剪裁前夕，敬亭尧的一位朋友突然出现，他马上陪着到别处说话。迟副主席抵达会场，四处竟然找不到总负责人。

这时，"大地画会"的人说："大哥不在，二哥上。"王阔海自始至终陪着首长观看、讲解。

事后，他们开总结会时，大家你一言我一语对敬亭尧展开了严厉批评，王阔海说："最关键的时刻，找不着你，竟然会朋友去了。"

又有人说："球传给你了，要射门，你不见了。"

敬亭尧被批得低着头，一缕半尺长的头发就那样一

直耷拉着。王阔海很激动，觉得他们像兄弟一样拧成了一股绳。他在朋友和刘华面前说："'大地画会'就是我的家！"从此，他改名王阔海，要在辽阔无边的大海里畅游了！

王阔海的大幅巨制《九雄图》在亚运会前夕名噪一时。中央电视台连续播放了他们每个人的专题片，专题片的题名分别是：大地之舞——王阔海；大地之恋——敬亭尧；大地之子——王界山；大地之旅——朝红；大地之星——李呈修；大地之梦——张清志。"大地画会"独树一帜，霎时，在国内美术界刮起了一股"大地"旋风。

"大地画会"一致决定把《九雄图》捐献给组委会，这是展出中最大的画作（3米×4米）。组委会估价为10万元。王阔海打电话问刘华："我捐不捐？"

"捐吧。捐了是我们爱国。钱以后还能挣。"

野外写生的王阔海

他们"大地画会"的成员又集资出版了画册，接下来，他们想搞"侨乡行画展"，想以此不断提高社会知名度。为了画展筹钱，王阔海领着张清志、王界山、朝红去烟台，他的老同学在烟台当秘书长。他们向秘书长阐述了这一活动的重要意义，秘书长说："搞点资金赞助？！咱们还有一个同学在龙口当市长。"

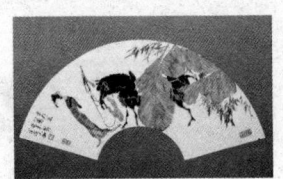

他们又赶到龙口。龙口市长不懂画，也不感兴趣。就叫宣传部长出面接待。王阔海他们带着自己凑的2000元钱，住进了龙口市宾馆。在烟台时，张清志与朋友保持热线。王阔海结账时，为他付了500元电话费。龙口海风呼啸，天色阴霾，王界山被冻得双臂紧抱，管账的王阔海不忍心哥们被寒风劲吹，给王界山买了500元的面包服，心想，等拉到赞助就行了。还剩最后400元钱了，关于赞助的事，市长也没有表态。宣传部长陪他们吃饭时，已经不耐烦的王界山说："我们如果知道这样就不来了，这不是对牛弹琴吗？"

此话传到市长那里，市长说："给他们要钱！让他们走！"

"市长让你们交住宿费，让明天离开这。"宣传部长冷冷地说。

他们4人立刻召开了紧急会议。王界山说："王大哥，要不，你留下，我们先走吧。"

"行吧，你们先走吧！"当晚，王界山、朝红和张清志买了回北京的火车票。等他们走了，王阔海一夜无眠，心想：你们都走了，就剩我自己。

1997年与著名老画家，山东艺术学院终身院长于希宁先生在一起。（左起依次为 儿子王腾飞、王阔海、刘华、于希宁老先生）

天蒙蒙亮时，他也想溜。悄悄拉开房门，四下张望，没有人。他便蹑手蹑脚，三步一回头，溜出了宾馆。他急急赶到汽车站，买票回招远老家了。

"侨乡行画展"难以成行，王阔海想，"沂蒙山风情系列"可以在自己的地盘上操作。他与画友来到沂蒙老区写生。画孟良崮战役中的六姐妹，岁月荏苒，青春不再的六姐妹变成了六位老太太。王阔海的岳母是老革命，每个月国家都给相应的补助。王阔海问六姐妹有没有，她们不知道还有此事。王阔海对陪同的武装部长说："你应该给人家办办！"事后，武装部长真的把她们的待遇落实了。

在"沂蒙山风情系列"里，他力争有所突破，试图以色彩构成意识，淡化笔墨意识，他增加一片片黄色、紫色、红色，充实中国画的抒情意蕴，体现了浓郁的生

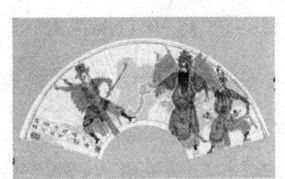

活气息。

办完"沂蒙山风情系列",他又只身前往云南腾冲侨乡写生。他住每晚5块钱的小旅店,与一位刚放出来的囚犯同室而眠,这位21岁的小伙子因贩毒入狱,他要去寻找失散多年的母亲。王阔海心起波澜,生活如此艰难!与小伙子握手告别,他深入到傈僳族村寨,画边地的百年老屋和身着民族服装的傈僳族少女。淡雅的色彩,少女的喜悦,人物与环境的和谐统一,像一首远方传来的歌曲,缓缓在心间流淌。王阔海努力寻找一种语言,一种属于自己的绘画语言。

王阔海1989年从解放军艺术学院毕业,遵从迟副主席的话,回到济南军区。实际上,他很想找一个能专心于绘画创作的单位。留在北京成为泡影,进济南军区文化部创作室,是他走专业画家的必由之路。在1991年,进创作室对王阔海来说仿佛天方夜谭,难于上青天。毕业回来的他还是在高炮旅宣传科,领导支持他往返北京、到老区和边地写生。王阔海自1985年晋升副营职务后,一直没有对此高度重视。当年晋升副营还是刘华督促的。听说敬亭尧进了解放军总后勤部创作室,王阔海和刘华心起波澜,希望也能进创作室。他俩又想起1989年晋升正营职务落空的事。那时,他即将从山东艺术学院结业,去微山湖写生是他的心愿,背着画夹准备出发时,刘华说:"你先别走,不是要调级了吗?等把这一级调上再走。"

王阔海烦躁地说:"你不要把地方的事跟部队比较,我们都是同年兵,要提一块提,没那么多事!"说完,提着画夹扬长而去。

这个藏族女孩叫珴琼,他在四川省阿坝州若尔盖县民族寄宿制小学上三年级时,王阔海就开始资助她,直到中专毕业。

等到1个月后,他写生归来,刘华关切地说:"克海,你去看看你那一级涨上了没有?"

王阔海去了单位,回家一进门,就沮丧地说:"哎呀,刘华,又让你说准了,没涨上。"

"怎么没涨上?你没问问?"刘华吃惊地说。

"我找政委,政委说忘了。"

"政委忘了?!你政委那级他怎么忘不了?怎么忘了呢?"刘华生气地絮叨着。

"我不在乎,我画画好了,有的是钱!"王阔海安慰妻子。

1996年,军委副主席时任总政副主任徐才厚(中)参观王阔海的新汉画。

王阔海借着亚运会捐献《九雄图》和电视宣传的劲风,山东地域的一些企业老板常常请王阔海和一些画家,王阔海作为当地名流,跟他们杯觥交错、把酒换盏,有时也附庸风雅,吟诗作画。临走,带回家一些特产礼品。每每归来,王阔海喜笑颜开,陶醉在奉承、恭维与美酒之间。一天晚上,他又得意地提着礼品回家。刘华板起脸说:"你这不跟古代的门客似的?在人家屋檐下混吃喝!以后,不许出去了!在家老老实实画你的画,我不稀罕那些礼!"

虽然他也辩解一番,但他知道绘画的征途上自己并没有走远。刘华富于心计,栓他在家的同时,傍晚拉他出去,让女友教他跳舞。当时,跳交谊舞风行济南。跳完舞回家,王阔海开始练字,他提着儿子的小塑料桶,在门道昏暗的灯光下,用毛笔蘸着清水写字画竹。他要求自己手不离笔,刻苦练习。冬天卫生间的玻璃上结出美丽的冰花,他驻足观看,想象着这些图案;皮鞋在卫生间里踩出的脚印,他也目不转睛地盯着,从中,他发

同路（局部）

现了各种图像和山水；即便乘火车，他也带上速写本，画旅客，画窗外的风景。

进入绘画的世界，他最渴望的是成为一名专业画家。济南军区创作室进不了，"大地画会"就成为王阔海的精神家园。那时，因《高山下的花环》享誉全国的著名作家李存葆，来到解放军艺术学院，住在军艺的招待所里。"大地画会"的成员对他崇拜仰慕。敬亭尧得知他来了，带领成员们去找李存葆，敬亭尧表达了敬慕之情后，又说："李大哥，帮我们成名吧！"

李存葆是个山东汉子，重情重义，爽快真诚。他答应了。李存葆是名作家，无论达官显贵还是社会名流，都愿与其交往。之后，敬亭尧找李存葆帮忙进了总后创作室。王阔海与李存葆尽管同为山东大汉，却很少沟通。王阔海在集体活动中，时时处处维护"大地画会"和敬亭尧，他总是抽着烟，脸色灰黑地静静坐在一旁。直到迎亚运中国画展上，李存葆看了《九雄图》才对这位不起眼的老乡有了新的认识。这时，有人对他说："你怎么不帮王阔海？！他非常困难。"李存葆沉默不语。

与李存葆的相识，引起了王阔海对文学的高度重视。1952年出生的王阔海，正是被"文革"耽误的一代。跟李存葆在一起，偶尔说到喜欢李白的《将进酒》，他把将（qiang）进酒念成将（jiang）进酒；言语中说到坐骑，他把坐骑（ji）念成坐骑（qi）；涉及审时度势，他把审时度（duo）势念成审时度（du）势，李存葆无论有多少人在场，都会板着黑黑的脸随时当面纠正他。王阔海面红耳赤，不好意思。很受刺激的他，回到

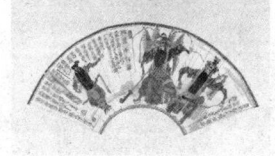

家开始背唐诗宋词，读古典文论。他明白自己急需补充知识、积淀文化。画是无声诗；画者，文之极也！诗书画同源，好的画家是文化滋养出来的。王阔海意识到画外之功是他必须苦修的基业。

这时，王阔海也开始写文章，写好就送给李存葆看，李存葆认真帮他修改。他心想：李大哥为我拨云见日、开拓心智，我能不努力吗？

与中国作协副主席、原解放军艺术学院副院长李存葆先生（左二）在一起。（左四为夫人刘华、右一为儿子王腾飞）

在济南，有李存葆在文化上无言的鞭策。回到北京，有在"大地画会"对绘画技艺的精益求精。一天，王阔海在北京解放军艺术学院的招待所里，拿出最近画的几个小品给大伙欣赏。敬亭尧看完，慢悠悠地，张着厚且大的嘴说："阔海，你那笔墨功夫我是服了！"王阔海一听，心花怒放。他又接着说："但是，你的画有点刘大为的影子，有点范曾的影子，还借了任伯年的影子，可惜还没有自己鲜明的个性。"

王阔海一愣，心想，这不是说我没有风格吗？这天晚上，王阔海夜不能寐，非常生气。一生气就打嗝的毛病这晚又犯了。他不停地打着嗝，细细琢磨敬亭尧所说的话，觉得有讽刺、有肯定，但总之，人家说的是正确的。他翻来覆去，尽管不舒服，自己还是能接受，但是更为重要的是怎样才能寻找到自己的艺术个性呢？他苦苦地思索着，今后我王阔海会有什么特色？我的艺术触角伸向何方？从哪里突破？空白在哪里？我必须找出空白，干别人没干过的事！王阔海陷入迷茫与困顿之中。静夜无眠，环顾艺术的360度，每个角度都有大师，在那里挡住去路。我的路在哪里？创新难，难于上青天！王阔海陷入长期的痛苦思索中。

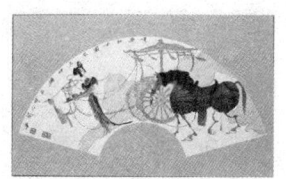

1998年去嘉祥武梁祠汉画馆与汉画馆长朱锡禄先生合影（左 朱锡禄）

在人生旅途上，推动你前进的动力不一定全部来自正面，也许负面的东西恰恰成了你前进的推动力。

在深入思考之后，他感觉学院派很少染指民间艺术，何妨从那里杀出来？！于是，他买来巴楚面具、贵州木雕、潍坊年画、剪纸、皮影、浮雕、石刻，进行仔细研究。当看到河南南阳的汉画像石印刷品，王阔海为之一震。飞奔的鹿和野兔，猎人拉弓搭箭、策马追赶或牵着猎犬，共同奔跑的情景，生动活泼，栩栩如生。特别是一幅《骑射田猎》，猎人骑马前冲，回头弯弓搭箭准备射向凶猛的老虎，那瞬间的造型夸张、变形、充满神奇。这是1800多年前的东西，虽然被风吹日晒，拓的并不十分清楚，但就是在这种模糊中，他看出绘画中的气韵生动和笔墨流韵。

在李存葆家，他又看到山东武梁祠的汉画像石拓片。遥想当年，先人们在石头上雕刻汉画，画面浑雄大气、形象丰富，车马辚辚的浩荡之气扑面而来，一个个挺拔有力的骏马，高头、阔胸、肥臀、细腿，艺术造型经典雅致。汉画像石活泼、豪迈、大气，王阔海被深深地吸引，他灵机一动，若是把这种石刻形象转化成笔墨形态，我是不是就能以古求新，创造出自己的风格？想到这，他激动不已。

于是，他跑到河南南阳、山东的武侯祠、江苏的徐州实地观看汉画像石。那些历史故事和神话传说，视死如生，人死升天的欢乐祥和场面令人感动。古人在墓穴中营造了丰富的精神家园，这里有日月星辰、金银财宝、山川河流、自然鸟兽，后人从中感悟墓主人生前的业绩与辉煌。不同地域有着不同的风格，夸张变形的长袖舞；汉画像石中老虎的立体派形象就比毕加索早了1800年。西王母豹头人身所体现出的现代派意识流对神的创造；奔向极乐世界的途中，长翅膀的使节，飞翔的神鸟瑞兽，人面蛇身交尾的女娲伏羲，在王阔海的眼中浪漫典雅。他觉得这是我们本土最独特的艺术形式，他陷入了对汉画像石的迷恋之中。为了看懂和更好理解汉画像石所表现的内容，他开始对汉文化进行研究。

1998年王阔海考察山东嘉祥武梁祠汉画石刻

绘画事业正向他露出一丝笑容时，王阔海面临着高炮旅要他转业的决定，因为一个旅级单位，没有更高的晋升权限。一心想当专业画家的王阔海这时火急火燎，他觉得自己像猪八戒攀杠子——上下不够悠。他找到军区主管文化的领导诉说苦恼，领导安排他去见济南军区八一俱乐部的负责人。

王阔海见到八一俱乐部的负责人，隆重地介绍自己如何跟"大地画会"的成员举办画展，为什么把自己心爱的《九雄图》捐献给亚运会组委会等等。最后，这负责人给领导回话说："这人本事太大，我们装不下他！"

提笔作画的王阔海

转眼到了1993年底，高炮旅负责干部的副政委找王阔海谈话，让他转业，说："我们年年留你，军区迟迟不调。我们把你的档案交到安置办了。"

"我不想走，我再找找。"王阔海哀求道，内心溢满忧伤。

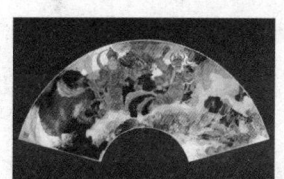

他踉踉跄跄地回到家，双眼发直，魂不守舍，在屋子里来回踱步。他坐下，拿起笔写道：李白杜甫到如今，我是失意第一人。扔下笔，他突然夺门而出，跑到文化部找领导，领导说："不能调进创作室。"

他哭着回到家中,又开始来回地焦急走着。傍晚,他独自走出家门,到附近的千佛山跪拜叩头,祈求佛祖保佑!清冷的月光下,四周影影绰绰,只有凄切的寒风呼啸不止,内心悲凉的王阔海想到自己从一个青涩小伙被贬去种水稻,历尽磨难,8个年头才重见天日;想到自己而立之年又开始苦苦求学;想到自己废寝忘食、焚膏继晷……越想越觉得自己是天下最倒霉最不幸的人,伤心至极,禁不住嚎啕大哭,哭声像闪电划破寒风呼啸的夜晚,王阔海摘去男子汉坚硬冰冷的面具,让温润的泪水在历尽沧桑的脸庞上纵横流淌,热泪带走了他的滚滚忧愁,他缓缓下山,仿佛扛不住命运的重锤……

拜观音

回到家,他蓄满忧伤的双眼挂着泪花,他望着刘华说:"刘华,怎么办?"

刘华温柔地拉着他的手说:"来,坐下,沉住气,咱们商量商量。"

王阔海听话地坐在床边,刘华说:"不行,你就上黄主任家去。"

"听说,黄主任脾气火爆。"王阔海有些胆怯。

"别怕。不答应你就不走。他要说转业,你就说9年没动了,要走,给解决两职。"

"我怕他嘿唬我。"

"别怕。坚持住!你不知道,部队首长跟地方领导一样,多大官进澡堂都是一样的人!跟首长说话的时候,别看人家脸,别看他眼睛,就看他头顶后方,想说就说,说完之后再看他。"

王阔海默默地点头。临出门,刘华又说:"克海,这是最后一锤子买卖!呆住!不答复不走。坐住,肯定

给你一个说法。千万别被吓唬出来了！坐不住，吓唬出来就完蛋！他要是不给答复，你不能回来，回来就是熊包！"王阔海悲壮地走出家门，背后传来刘华低沉的声音："看头顶！说完再看他怎么说。"

王阔海敲开了黄学禄主任的家门，黄主任把他让进客厅。他说："济南军区文化部一直要调我，可是迟迟不动。现在部队让我转业，我很不甘心。"

"你的问题找文化部。"

"文化部让我找你。你们踢皮球，太不负责任了嘛！"

1997年和妻子刘华（右一）与时任济南军区政委的徐才厚中将在"王阔海济南画展"中合影

"那我没办法。"黄主任刚说完，门口传来敲门声。他起身去开门，王阔海一动不动地坐在沙发上。黄主任不理他，在饭厅接待拜访的客人。王阔海见来人是师级干部，依然坐在那，装作没看见。

黄主任送走客人，经过客厅，看看王阔海，没吭声，进了书房。过了一会，又有人敲门，黄主任又去开门。在饭厅寒暄一阵，送走客人，他返回书房。王阔海若无其事地靠在沙发上。

第三次响起了敲门声，黄主任跑出来，又在饭厅接待了客人。

刘华在家中如坐针毡，一边织毛衣，一边揣测：能不能达到预期的效果？她想象：黄主任会说："小王，你还不走？你还挺能泡的。"她抬头看表，已经深夜12点。这可难为克海了。她想：克海在那干什么？是不是硬着头皮坐在那？他肯定记住了，不答复，夫人不让回家，回家就完蛋！

又一次送走客人，黄主任来到客厅说："你，小王

1997年王阔海为烟台向日葵乐园残疾儿童作新汉画捐献。(左三为向日葵乐园主任杨健)

还挺倔的!"

王阔海坐直,挺了挺胸,说:"今天,你不答复我,我不走了!"

黄主任和蔼地说:"一下解决两职不行。"

"要么,把我留下。"

"那行吧。我商量商量给你答复,争取留下。"

王阔海欢欢喜喜跑回家,一进门就说:"刘华,真让你说着了!这回可解决了,给话了,留下!"

刘华也高兴地说:"好!明天咱们再找找李大哥。"

这一夜,王阔海激动地难以入眠。回想着自己从小战士一步步走来的风雨历程。

第二天,王阔海找到李存葆,"李主任,我现在这状况,你帮着想想办法。创作室进不来,歌舞团也行。"

正直、仗义的李存葆找到黄主任说:"用王阔海就赶紧用,转业手续都到了安置办。赶紧把档案要回来。"于是,王阔海留了下来,调进前卫歌舞团。

王阔海初到前卫歌舞团,分配去剧组当美工。剧情需要树枝,他给举着;需要粉刷墙壁,他亲力亲为。电视剧里有个写黑板报的镜头,没人上,他亲自去写。回到家,他兴奋地告诉刘华:"我的手上电视了!"

临时组合的剧组几个月后解散了,王阔海跟着热闹了一阵。他又拿起画笔,神思飞回到了魏晋南北朝时期的汉画像石刻。那是一个如梦如幻,让人思绪飞扬的艺术世界。

六

理解汉画像石刻，必须了解它的时代背景。东西两汉是一个动荡、分裂、大融合的时代。两汉思想以儒、道相互交织，此消彼长。他们以各种艺术载体反映生命的感受，内心的体验，交际的感触，男女的相思，玄言、神仙、田园、景物、佛理等题材成为石刻内容，神仙和玄学思想更趋艺术化，神是死去的英雄或者圣王，仙是长生不老的，原本生于民间，受某种机缘而羽化，自由来往于人间。游仙思想打开了浪漫想象的大门，表达了遗世高蹈的羽化情怀。两汉时期也是艺术自觉期，强调"迁想妙得""悟对神通"，奠定绘画艺术标准的谢赫诞生在这个时期，其《画品》中提出"画有六法"，即：气韵生动、骨法用笔、应物象形、随类赋彩、经营位置、传模移写。汉代确立了"遗貌写神"的艺术表达风格。

这是在滕州汉画馆拍照的一块石刻"车马出行"的画面，王阔海根据这块石刻照片，创造了《古汉画印象》、《孔子见老子》、《对接》、《神剑碑铭系列》等新汉画作品。

王阔海在对两汉文化与艺术的研究过程中，加深了对古代艺术家博大、浪漫的景仰之情。这更加坚定了他要把汉画像石刻转化成笔墨语言的决心。

他认为汉文化就是先秦文化的延续，尧舜禹等历代帝王图、西王母东王公、玉兔、朱雀、青龙白虎、日月星辰、亭台屋宇、骑射田猎、舞乐百戏、老子见孔子、二桃杀三士、鸿门宴、将相和等等汉画像石刻，都让他神思遥想。从1993年开始，他尝试转化。"无数的自发便是自觉，无数的偶然便是必然，无数的试探便有出路。""只有新变才能有出路，才能自成格局。"他用

王阔海新汉画作品——古汉画印象

自己的笔墨新变着汉画像石刻的艺术符号。他创作了一张又一张,他欢欣鼓舞,兴奋不已,并时时被感动包围着。

《美术》杂志的主编夏硕琦到山东,王阔海专门把夏老请到济南军区,安排到第5招待所,盛情接待。他们畅所欲言,欢声笑语。王阔海聊到自己的新汉画,说:"夏老,我画了一批古汉画,您给看看。"

王阔海把夏老接到家中,拿出新作,摆在地上、床上,满屋都是。夏老立足全国美术界,他仔细看完后说:"全国画家什么风格,怎么画的,我都了解。你这种画法,全国没有。你一定要坚持,这是创新!"

王阔海新汉画作品——伏虎图

这番话极大地鼓舞了王阔海,他把部分画作带到北京。北京的画友说:"这是什么?"

王阔海解释:"新汉画。"

"这画法不就是和稀泥嘛!"

另一位同仁说:"这和稀泥分怎么和,这可不好和。"

又有人说:"新汉画,哗众取宠,不科学。"

王阔海说:"我取法1800年前的古汉画,时代上就陈旧。新是当代的我汲取它的精髓,转化成现代的笔墨语言,这本身就是艺术创新。艺术形态和时空都呈现出新旧的对比,有什么可以哗众取宠的?"王阔海有些生气,"我辛辛苦苦生了个孩子,我给自己孩子起个名有什么不可以!"

他把人说得哑口无言。事后才想起,自己没有想过,会不会引起同行们的反对,或者不舒服的感觉。他也知道,齐白石60岁变法,为了变法,齐白石说,宁可饿死京华,也要变法。

也有人说:"王阔海新汉画不就是古汉画的翻版嘛。"

王阔海说:"1800年下来,为什么是我来翻,你怎么不翻?我起码是把石刻形态转换成笔墨形态了,翻本身就是形式转换,而且在这转换中获得了新的艺术语言符号!"

2001年在四川省射洪县与沈鹏先生在一起

私下里,王阔海有些郁闷。他找高人问道:"我创了新画种,想叫新汉画,又怕人反对。"

"没问题!你一生为什么?不就是为艺术吗?你为艺术活着,不为别人活着。为艺术而存在!"

汉魏时期,士人武将有着强烈的功业追求和理想精神。尤其山东滕州的汉画像石刻里有很多表现胡汉战争的宏大场面,悲壮惨烈。大量骑兵、步兵在田野上激战,高高的瞭望楼,隐藏在云雾缭绕的山峦中,战马在田野上飞驰,失败者骑马弯弓,边退边打;或者两边车骑对驶,中间是步卒弓矢相射;胜利者提着人头,手舞足蹈。这些人物过分夸张,构图特别,形象生动。

作为军人的王阔海,骨子里充溢着阳刚霸悍之气,精神上张扬顶天立地、气贯长虹、排山倒海、雄浑浩荡。他喜作大画,风雪之中,车辚辚,马萧萧,雄兵天下的古将士,驾长车,踏破贺兰山缺。这种英雄气概,在王阔海的脑海里腾云驾雾,当它越来越清晰地浮现眼前时。他便借鉴汉画像石刻与浮雕壁画的精华,以笔墨为语言,纵横挥洒,表现古代将士威武不屈,凛然浩气。于是,长6米,高2米的巨幅大画《出征图》诞生了。李存葆亲写跋文。诗书画三者并举,洋洋洒洒、蔚为大观。

王阔海的新汉画已成气候,到中国美术馆办画展成了他的心愿。刘华极力支持。进京办画展,必须要有大画。他们借了地方单位的老干部活动中心,把乒乓球案子拼成一排。猎猎旌旗,鼓声阵阵,车马飞奔,将士英勇的壮观场面跃然纸上。巨画《丽人行》,典雅明丽,温馨祥和。唐明皇、杨贵妃春风得意,如梦如幻,在袅袅依依、莲步轻移的仕女簇拥下游春宴饮。给人空灵、雅静的游仙诗意。他重画《九雄图》,在地毯上,他赤脚挥毫,大汗淋漓。仰观俯察、蓄势待发、雄踞岩石、神态各异的秃鹫被王阔海用枯藤古松贯穿一起,这是王阔海的精神图腾。他的学生在一旁观画,禁不住赞叹:看王老师作画,用笔用墨,像天外巨人一般挥洒自如,信马由缰。我看过林良、潘天寿、李苦禅画的鹰,都充满力量,很大气。王老师的秃鹫,阴阳相合,非常丰富。

1996年,李存葆已调到解放军艺术学院。王阔海进创作室的梦想遥遥无期,他找到李存葆说:"李大哥,济南军区创作室进不去,北京也行。十年了我都没进去。"

"你进北京,怎么弄?"

"北京有需要的,调北京更好嘛。我正准备来北京办画展。"

王阔海跟济南军区新来的文化部长汇报进京办展览一事。部长有点不屑一顾,说:"画了几年画,就想搞画展?!"

部长不同意。王阔海再次申请,部长说:"到北京

正在绘画的王阔海

搞画展，经费哪来的？查查他的经济来源。"

王阔海说："自己攒的，亲戚帮的，还有借的。"

听说要查办展览的经济来源，王阔海说："刘华，不搞了吧？！还查咱的经济来源。"

"押金都交了，两万拿不回来。我们靠自己干干净净的画笔挣钱，他查不出赃款，我就到军事法庭告他。"

王阔海的父亲对刘华说："你得让他抓起来坐牢！"

"不会！要坐牢我去！我们钱都交上了。"刘华斩钉截铁。

1996年王阔海在中国美术馆举办个展，并向海军原政委李耀文介绍新汉画作品。

1996年，王阔海在中国美术馆举办个人画展，他也是解放军艺术学院同学中第一位在此举办个展的人。也就是这次展览，王阔海的人生命运开始柳暗花明又一村。迟浩田、徐才厚前往参观画展。徐才厚看了王阔海的新汉画，评价说："王阔海的新汉画，中国没有，世界没有，独树一帜，独此一家。"

真诚助人的李存葆找到二炮宣传部长张西南，隆重推荐王阔海，并委托他邀请二炮政委隋明太。隋明太也是山东招远人，他参观完画展，回家兴奋地对夫人说："咱老乡，是个大画家，人物、山水、大老鹰，100多幅，可好看了！"

张西南向隋明太请示，想调此人。担惊受怕的王阔海也找到隋明太，说："我认识迟副主席，要不要找找他。"

隋明太爽快地说："我说就算！这人我要了。"

随之，商调函到了济南军区。济南军区的黄学禄主

1996年6月二炮原政委隋明太（右一）在中国美术馆参观王阔海的个人画展

任把王阔海找去，不紧不慢地说："阔海，还是呆在济南吧！缺什么给你补什么，留下来。再一个，北京高手如林，你去也不一定好干。"

"首长，多少年来，我一直历练我的艺术，就是想在北京拼搏一下。北京毕竟是政治经济文化的中心。"

新来的文化部长亲自登门，"阔海，你不要走！首长意思把你留下。"

"济南军区早调我一年进创作室，我绝对不会走。二炮用我，你阻拦。"王阔海想起往事有些生气，"放我走，我记恩。不放我走，我记仇。"

部长怅然道："强扭的瓜不甜，你走就走吧。"

看部长走远，刘华骄傲地说："这时候给房子调级，调两级咱也不在这里了！"

关心支持王阔海的李存葆听说济南军区留他，他警告王阔海：命运的彩绳绝不会在你面前荡来荡去！

仅仅3个月，王阔海调入二炮创作室，实现了专业画家的梦想。这年，他45岁。

新年即将来临，刘华去商场购物，正遇到山东省电视台记者随机采访，问她新年有什么喜事？她高兴地说："儿子考上高中，我丈夫调北京了。我来为他们买衣服。"

他们的朋友方南江将军看到了新闻，见到刘华开玩笑说："刘华培养了一个大画家。"

张西南看到王阔海的简历，发现他1970年入伍，到现在竟然还是营级职务，张西南部长吃惊地问："职务这么低吗？是不是犯过错误？把档案调上来看看。"

这句话刺痛了王阔海的心，他猛醒过来，原来职务高低还能连着荣辱呢。但能来到北京这个新天地,过去所有的艰辛、付出和泪水都变成了人生攀登的基石,站在高手如林的北京,他充满自信的内力。

这时,总政宣传部设了专职的文化干事,李翔负责全军的美术工作。李翔自身就是写意人物画的行家里手,他的作品也为业内人士称道。李翔看了王阔海的新汉画,十分高兴,肯定了王阔海的创新笔墨。他提议王阔海加入中国美术家协会,并把有关表格给了王阔海。王阔海高兴之余,在家中通过电话告诉"大地画会"的一位兄弟,他说:"李翔让我加入美协,给我表格了。你应当找找他,要个表也填上,咱们一块加入多好呢!"

2010年王阔海与二炮政治部副主任张西南合影

那兄弟听了,在电话中高兴地说:"噢,好好!"

刘华在一旁听到,生气地说:"你告诉他干什么?弄不好,没你,有他的。"

王阔海厌烦地说:"你瞎说什么呀?怎么可能!"

等真正批下来,他又被刘华言中了。他的画友兄弟成了美协会员,他却没有。

野外写生的王阔海

一次,李翔组织全军知名画家到贵州苗寨写生。在旅途中,他与王阔海谈到了新汉画,他说:"新汉画是画古代的,你能表现现实生活吗?"

"我正在古汉画的转化过程中。这是前进中的问题。对啊,笔墨语言是表述万物的,不能表述万物不叫语言。"

回到北京,他昼思夜想着把古汉画技法转换成能表述现实生活。自己已经是二炮的专业画家,反映二炮的训练生活成为他第一诉求。他在二炮部队体验写生,

对接

正在部队写生的王阔海

在无数的训练场景中,"对接"最能体现二炮导弹部队这一特种兵的训练场景。回到家,王阔海彻夜未眠,用了几个通宵画"对接",在巨大的导弹底部,身穿作训服的几名操作号手,正神情专注地为导弹进行发射前的加注"对接"。王阔海画到第三遍时,刘华从睡梦中醒来,披衣下床去卫生间回来。看到王阔海还在画"对接",这时王阔海伸了伸懒腰说:"刘华,你来看。"

刘华一看,说:"正好,就这样,别动了。"说完,她又钻进被窝。

王阔海对着画作左看右看,又添了几笔。再看,仿佛画蛇添足,越看越不满意。清晨,刘华起床,发现王阔海还在"对接"旁,走近一看,直喊:"过了,过了。"

第四遍,王阔海终于画成了。他欣喜万分,这证明,他把古汉画像石刻转化成的笔墨语言,一样可以表述当今的现实生活。他的这幅"对接"参加了全国第九届美展,并被浙江美术馆收藏。

接着,他又以更为宏大的场面表现二炮的训练生活,他用巨幅的"神剑之魂""神剑碑铭"为二炮部队树碑立传,同时,也达到了李翔所期待的能表现现实生活的愿望。他不仅成功地使汉画像石刻转化成笔墨语言,还以泼墨泼彩的没骨技法创造了自己独特的语言符号。

王阔海的画作日益精进。军委八一大楼竣工之时,需要反映我军现代化建设成就的巨幅画作,王阔海受命作"倚天长剑",他还是以早年"日月星辰"中,表现彝族背柴妇女"老中青"人生轨迹的三组画面,展现二炮神剑部队的威武雄壮与磅礴气势。这三组紧密相连的画卷，从不同侧面体现了现代化导弹部队。在题名为"倚天长剑"的标题下，王阔海用自己精湛的书法写道：余汲取汉画像石刻之精神，尝求借古开今之新意耳。

1999年，他陪儿子报考自己的母校解放军艺术学院，在考场外等儿子的他听说美国炸了我们的大使馆，见到儿子，他气愤地说："我不画画了，我要打美国鬼子去！"

1999年王阔海与妻子刘华、刚考上军艺的儿子王腾飞合影

儿子说："爸爸，你老了，我去！"

王阔海为儿子也有这种情怀内心发热。

新世纪之交，中国美术家协会主办了"中国百年画展"，"大地画会"的成员，没有一个人的画作入选。他们几个人反映强烈。在全军的美术创作会上，时任中国美术家协会主席的刘大为应邀出席。开完会，"大地画会"的成员把老师刘大为单独叫到一边，王阔海大着嗓门急切地说："刘老师，'中国百年画展'怎么能没有我们呢？！有一个也算有啊！我们画的就不如那谁吗？你对我们不要有看法！"

王阔海与儿子王腾飞共同绘制新汉画

刘大为瞪了王阔海一眼，什么话都没说，走了。

后来，刘大为见到李存葆说："王阔海这小子，让人当枪使了。"

李存葆很生气，找到刘华说："刘华，你得管着阔海那张嘴！老信口开河，顶风就上！这回把刘老师气坏了，刘老师很气愤。你得说说阔海，这样可不行！"

刘华问清缘由，对王阔海训斥道："在创作会上，你凭什么对老师这样？一日为师终身为父！你算什么？

冲上去说！让老师难过得跟李大哥说。你得退出来，再折腾没好果子吃！"

王阔海有些后悔，在一旁轻声地嘟囔。

1999年，他的中国画《倚天长剑》荣获庆祝建军50周年全国优秀作品奖，并参加由国务院文化部组织的中国画家代表团赴澳大利亚举办"99悉尼中国画艺术展"。在澳大利亚期间，他与画虎大师冯大中形影不离。他俩不懂英语，一天，去餐馆吃早餐，由于语言不通，他俩比划了半天，女招待也难以明白。冯大中拿出笔，在纸上画出冒着丝丝热气的两个煎蛋。女招待一看，喜笑颜开，马上明白他俩要煎鸡蛋。王阔海真正体会到绘画语言真是世界通用。

倚天长剑

素描大家王华祥被誉为解开西方大师素描密码的人，他在全军素描高研班执鞭任教，使王阔海的塑造能力明显提高，有了一种可触可摸的感觉。这时，王阔海应邀为中国人民革命军事博物馆绘制历史战争题材的巨作《岳飞抗金图》、《成吉思汗西征》，并永久陈列。

2002年，庆祝建军75周年全军画展在即。这时，王阔海买了一辆新车，他常常开着参加"大地画会"的活动。为了在此次活动中一展身手，他们几个人共同努力。敬亭尧画了一幅表现红军长征途中驿站的画作。画到八成左右，敬亭尧请王阔海帮着加工。王阔海豪爽仁义，满口答应。为了哥们好，他开上新买的车去找敬亭尧。

王阔海刚出门，他的学生对刘华说："老师的画还没有画呢，就去给敬亭尧改画去了。"

人已经走了。刘华无可奈何。她下楼去买东西，王

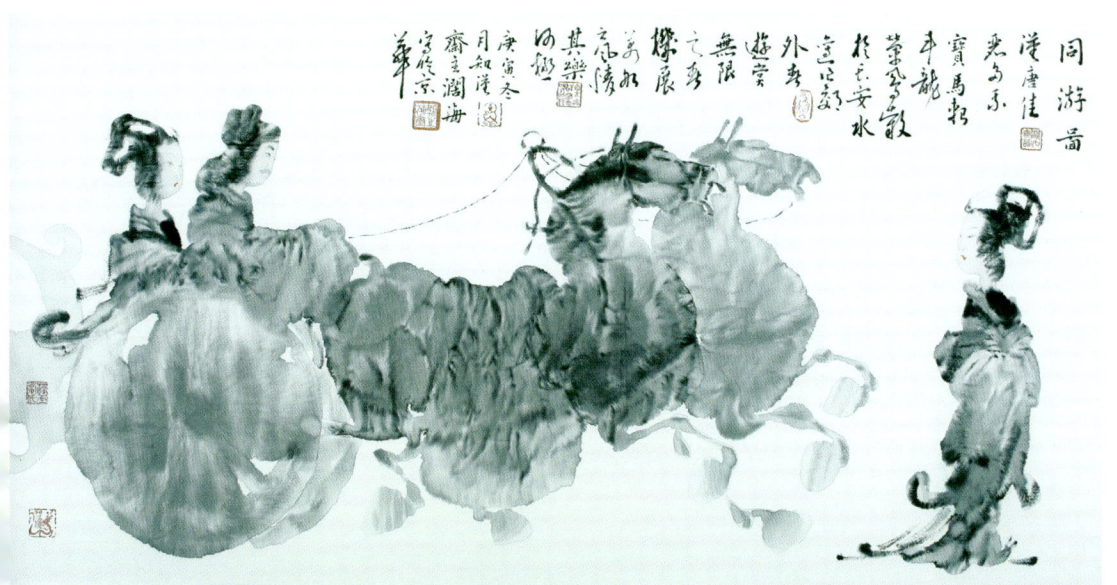

同游图

王阔海新汉画

车马出行图

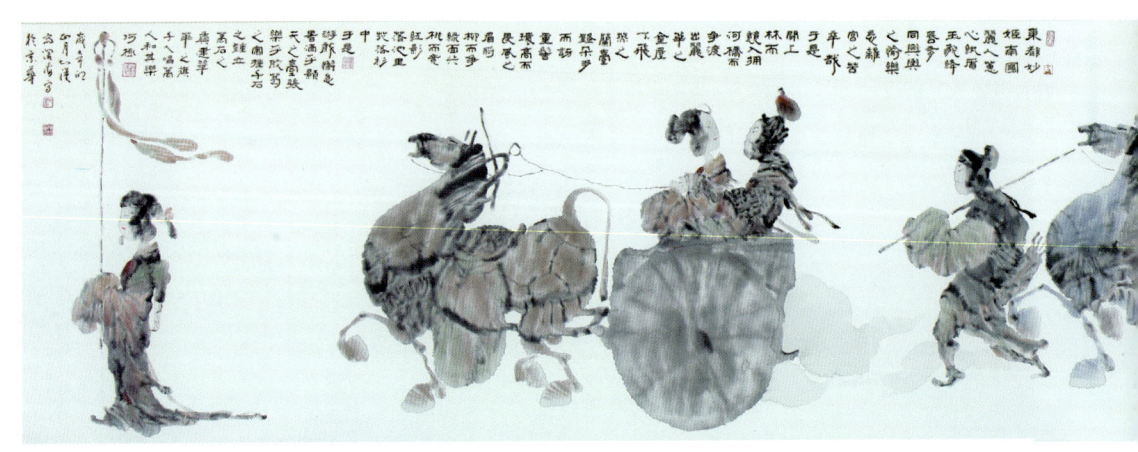

出游（局部）

出游

出游(局部)

渭水徜徉图

应图可感汉时月

驾车游乎其情豪迈

凤毂仕女图

出猎图

阔海开着车回来了。他忘带毛笔，特意回来取笔。刘华好奇，问："还没走吗？"

王阔海只"嗯"了一声。

看到王阔海跑下楼钻进轿车，刘华硬着声音说："你早点回来，你自己的还没画完！"

在敬亭尧处，王阔海认真负责地履行自己学术委员的职责，帮着敬亭尧在色调、布局上更好地营造诗情画意。王阔海与他们通宵达旦修改画作，直到大家满意，王阔海才回到自己家。

刘华看到丈夫一夜未归，非常生气。等王阔海回家，她说："你光给人家改，自己的完成不了。"

王阔海解释道："不能。都哥们，帮个忙，这有什么？"

结果，在这次全军画展评选中，敬亭尧的画作荣获了银奖，而王阔海的《同路》只获了铜奖。王阔海当场发火。回到家，刘华讽刺说："给人画去呀，开着车，给人改啊！人家银奖，你得铜奖，这不挺好！"

2000年在应邀为中国革命军事博物馆绘制的《岳飞抗金》巨幅大作前，与中国书协原副主席李铎（中）、古战争馆原主任孙守礼（右二，已故）、现军事博物馆副馆长黄亦兵（左一）合影。

七

"中国百年画展"，他们"大地画会"没有一个人参展。这不能不引起王阔海的反思，加之在这个过程中，他带头质问自己的恩师刘大为。自己真就画得很好了吗？自己口无遮拦地伤害恩师刘大为，想起来万分惭愧。

他跟李翔说起这番苦衷，李翔说："你们那个小组织跳来跳去不好。艺术是个人完成的，不是搞什么联合舰队。人们看的是每个人的艺术创作和成就。过去，抱

2000年，王阔海与夫人刘华在新疆，立马大漠之合影。

成团，往外打打名气，是可以的。再往下，就起反作用了。"

王阔海也觉得再这样下去，是能量消耗，自己应该潜心作画，不能天天出去搞活动。可是，自己冒犯了恩师，如何才能挽回这一切呢。他想起这事，内心惴惴不安，懊悔不已。

2001年元旦，王阔海突然收到刘大为寄来的明信片，明信片上写着：王阔海先生及全家，新年快乐！

王阔海双手捧着明信片，热泪盈眶。刘华走过来说："刘老师那么忙，人家国内国外有多少朋友啊，元旦还给咱寄贺年卡！老师没忘了你。"

王阔海眼含热泪把明信片用吸铁石贴在画墙上，面对明信片，他长久伫立。从自己当年提着二斤花生米拜见恩师开始，与恩师在一起的美好时光，一幕幕回到眼前：在教室，恩师跟他们这些学生掰手腕；1989年春夏，同学们热血沸腾，用毛笔写出标语，温文尔雅的恩师第一次发火，夺下毛笔扔出窗外，使他们得以顺利毕业；自己每取得一点成就，恩师就给予鼓励表扬；无论是自己的画展还是个人作品的研讨会，百忙之中，恩师都要到场……甚至"大地画会"刚成立，筹办"迎亚运中国画联展"时资金短缺，又是他王阔海找到恩师说："老师，我们'大地画会'搞联展，凑了钱，不大够，不好意思，让我跟您借点，借两万。"恩师非常爽快，说："那没问题。"马上拿出现金交给他。

记得许多年前，王阔海在恩师刘大为家谈事。作为父亲，刘大为喊大女儿帮忙拿一样东西，大女儿说："我不去。"他又喊小女儿，"老二，你去。"小女儿说："那我也不去。"最后，刘大为说："那都不去，我去吧。"

王阔海觉得恩师刘大为的性格就像他画的骆驼，坚韧、温和，与人为善。1997年3月王阔海出版自己的第一本画册，这是他生命中的大事。他找到刘大为，想请恩师给写前言，恩师非常痛快地答应了。

2004年王阔海的恩师刘大为先生正在赏评王阔海的新汉画作品。(右起：刘大为、王阔海)

刘大为在《王阔海国画集》的前言中写道：

军人从本质意义和浪漫的审美意义来说，应是顶天立地的强者；气贯长虹，应是雄壮的化身；若长城之伟岜，应是具有阳刚之气的斗士；其力排山倒海，这是军人特性美的升华。从他的作品中，可以看出这种军人特质美的外化。

王阔海能画大画，大而不空，大而不散，他每次参加全军全国美展的作品，都大到规定尺寸的极限，在全国第八届美展中，阔海以表现红军人物为主题的国画作品《土枪土炮》，获优秀作品奖，画面中的红军人物，浑厚而有力度，富有坚实的雕塑感。画册中有5幅以古典人物，雪景山水，鹰鹫为题材的大画都是高2米，长6米的鸿篇巨制，可谓气势夺人。也许是多年的军旅生涯，赋予他力度与大气的特质还是后天的文化素养，将他生活中的大趄升华为大气，总之在他的大画面前，您都能感受到一种力的冲撞，大的感染。那幅表现汉唐古将士"车辚辚、马萧萧，行人弓箭各在腰"的《出征图》整体看来，笔墨纵横，气势沉雄，浩浩荡荡主线分明，表现了中华民族恢宏博大的浩然正气，是威武不屈，凛然不可侵犯的壮美史诗。并且汲取汉画像石和古代壁画的精华，不落他人窠臼，具有鲜明的艺术个性。《太行白

石山雪景图》布局森严，泼墨与勾线自然相生，抽象与具象有机结合，山之巍峨，雪之幽静，意境淡远而神秘，那幅表现大鹰大鹫的《凌云之志》更令人产生一种力度的快感。那种大笔大墨的横冲直撞，却能用娴熟的技巧和富有金石之气的骨法用笔包含起来，以圆带方，似觉情感的激流滚滚而来。将温与火，刚与柔，融入一种强烈的对比与协调之中，是王阔海继1990年捐献亚运会巨幅佳作《九雄图》之后，又一幅力作。

由此可以这样地说：阔海的画大哉、美哉、壮哉。

刘大为

2001年王阔海深入西藏写生与藏族同胞在一起

再次翻看恩师为自己写下的前言，王阔海羞愧难当。

过年了。中国美术家协会年年团拜。刘华理解王阔海，对他说："今年团拜，我们早点去。"

他们早早来到人民大会堂，一起走到主席台，见到了刘大为。刘华热情地说："刘老师，新年好！我们给老师拜年！您寄的贺卡收到了，阔海拿着贺卡激动地哭了。阔海有老些地方对不住老师，您多担待！"

这时，王阔海也移步上前，动情地说："老师，我对不起您！有些话说过分了，让您生气了。"

刘大为眼含热泪，深情道："我们师生的感情是抹不掉的！"

王阔海泪流满面。刘华抽泣着，用双手把他俩往一起推。

刘大为与王阔海紧紧拥抱。

王阔海与刘华出了人民大会堂，刘华就给李存葆打电话，说："大哥，我们见刘老师了，刘老师胸怀开阔，原谅阔海了。我跟刘老师说，阔海退出'大地画会'了。"

王阔海在一旁轻声说："你看你！"

后来，王阔海见到李存葆，李存葆说："今后，我要把我所有的朋友资源无私地介绍给你，让他们帮助开拓你的事业。"多年前，李存葆就介绍他与范曾、韩美林、冯大中相识。

与范曾相识，才使王阔海意识到文化、学养的积淀对中国画内蕴提升的重要意义。

在把汉画像石刻转化为笔墨形态的过程中，他对汉代的历史文化、宗教、政治进行了一些粗浅的研究，试图弄懂汉画像石刻中，为什么会有身长飞翼的应龙，九头人面的开明兽，驾六羽而游八极的人皇，似龙似马的怪兽，象征吉祥繁衍的九尾狐，人面蛇身的女娲、伏羲以及云为车、虎做马的风电雷车、雨师风伯，射日扶桑的后羿，六龙驾日的羲和……这些画面充满神奇、形象怪诞。

去范曾府上拜访，王阔海说起汉画像石刻的神奇、怪诞。范曾长叹：玄之又玄，众妙之门！他说："老子哲学对中国山水画、山水诗的影响，内在而深刻。老子的思想体系，形成于春秋战国之交，汉代佛教渐入中土，魏晋文人之谈玄，盖源于佛、道两家，而佛学之所以能中国化，首先有道家的'无'与佛家的'空'灵犀相通，故尔可以说，道家学说的深入人心为佛学之东渐铺平了道路。道家讲求'外师造化，中得心源'，大自然已成诗人、画家手中的觥爵，日月星辰、山川湖海、

2001年王阔海向第二炮兵司令员杨国梁（中）、政委隋明太（右）讲解自己独创的新汉画。

2004年王阔海在二炮美术学习班中为学生授课示范

1990年王阔海在"迎亚运中国画联展"中与范曾先生合影

飞羽游鳞，无非胸中忧乐所寄托。为什么王维崇佛，而其诗又多道，八大山人亦佛亦道，石涛本为和尚，而其《画语录》又以道学为其本。佛与道所希望于人的，都是要使人净化，修养空灵的心怀而静摄宇宙的变幻，只有清明在躬，才能从芸芸扰扰的万有之中超然而出，才能以岑寂而宁静的心怀去体物。"

听范曾谈话，如醍醐灌顶。这时，他更加深刻意识到自己学养的浅陋。要想使自己的绘画有"格调"，文化的滋养不可或缺。在对范曾的敬仰中，他庆幸自己能亲耳聆听其谈论。范曾谈画："中国诗与画，首重空灵与淡泊。真正的卓绝的中国古典诗歌与绘画，都是要求艺术家能'观于象外，得之环中'，这与老子追求的宇宙本体'一'是完全相同的。当达致这体道为一的境界时，那就能'大盈若冲，其用不穷'。那时诗人和画家才能'以自然之眼观物，以自然之舌言情'，那才是达到了老子所谓的'人法地，地法天，天法道，道法自然'，才能做到眼不见素绢，手不知笔墨，落笔无非天然生机。中国画的最高境界必须是超然物外的，必须从天地万有的繁文缛节中解脱；必然是不役于物象而重心智的所悟，遗形而求神的，因为宇宙万物，不过是宇宙本源——道之所衍生；而当画家做到体道为一时，那最后不过是假自然陶泳乎我，'必然胸中廓然无一物，然后烟灵秀色与天地生生之气自然凑拍，笔下幻生诡奇。'中国画家重灵性、重感悟，如老子所谓'澹兮其若海，飂兮若无止'，灵感之来如兔起鹘落。书画家阅物不尚细琐，神韵必出灵府。'删繁就简三秋树，领异标新二月花'，这正是郑板桥由灵性感悟的追逐所必然

出现的艺术手段。画家唯知应物象形,而不知气韵生动,则如苏东坡云'论画以形似,见与儿童邻'。王国维在《人间词话》中讲:'无言外之味、弦外之响,终不能与于第一流之作者也。''黄荃富贵,徐熙野逸','野逸'是对徐熙至高的激赏。五代荆浩讲:'笔墨积微,真思卓然,不贵五彩。'指精微之所在不是五彩纷呈,而是真思充盈。'作画得形似易,得神难,写意得神更难。'真正的大艺术家,必须'在其内而忘其外','得其精而忘其粗','书画之妙,当以神会,难以形器求也。''意气'、'神会'正是老子'虚静'而达于'复观',使芸芸万物'复归其根''复归于婴''复归于朴'。老子'致虚极,守静笃'的玄览之境,是要将内心的一切渣滓排除的,'涤除玄览,能无疵乎?'"

2001年在阿坝为小喇嘛画像

范曾带着王阔海看自养的仙鹤,"阔海,看,我的仙鹤!"言语中充满得意:"增之一分则嫌长;减之一分则嫌短。"

王阔海要在天津搞个人画展,找到范曾说:"我要在天津搞画展,想请您写几句话,当众念念。"

在大自然中寻找灵感

范曾豪爽地一挥手说:"不!我要给你出联!都说我范三郎江东才子,我给你五分钟出联。"

楠莉铺纸,范曾挥动毛笔,堂堂写出:

泼墨横签,海阔江腾写盛世;
横梁赋诗,车辚马啸忆当年。

五分钟,范曾喊道:"好了!阔海。"

野外写生的王阔海

画累了,王阔海席地小憩。

近距离地接触范曾,王阔海为他的魅力所折服,他出口成章,才华横溢,口若悬河,纵论古今。诗书画合起来超过范曾的当今鲜见,他是综合实力超强的大师级人物,天马行空,独来独往,恃才傲物,那份大自在、大才学、大气魄令王阔海非常崇敬。与范曾交流,王阔海受益匪浅,范曾扑面而来的文气,信手拈来的诗词,画作中的仙气与清气,都极大地刺激和推动了王阔海。王阔海开始苦读诗书,刘勰的《文心雕龙》,他逐字逐句研读。新华字典翻破了,自己的古汉语得以提高;他的画案上摆放一卷卷翻开的楷、行、草、篆、汉简,随时背诵,随手摹写;他读老庄哲学,背诗词歌赋,苦心修炼,参悟天地人间。

范曾促使王阔海制定了新的艺术标尺:现在是自己追求经典的阶段,要以诗文提高境界,以书法提高品格,达到以画载道的终极目标,取得与后人对话的权力!

王阔海明白,王羲之、颜真卿、蔡邕、钟繇、石涛、八大山人,做到了这一点。这要潜修,东方民族的文化精神,老、儒、佛的精神内涵,非静心修炼,无以空灵。

范曾常说自己爱与古人作异代知己,这又要与后人对话。其高屋建瓴、高瞻远瞩令王阔海高山仰止。

范曾影响了王阔海。王阔海不再追求奖项,不为奖项图,不为虚荣谋。唯于经典处做学问。

他跟范曾学诗赋、学吟诵。范曾说:"郑板桥的题画竹诗这样写道:'老夫画竹郁葱葱,最爱清凉涤肺腑。任是祝融司夏政,华堂先已挂秋风。'这首诗有

'言外之味、弦外之响'，老先生大概有些得意，有附题云'不知大手笔何以和我也'，大有此诗出后便无诗的意味。我就爱与古人作异代知己，我则和之云：'萧疏岂爱郁葱葱，削尽冗繁拂碧空，画到天机流露出，江东腕底透秋风。'我反问郑板桥，你不是要'削尽冗繁留清瘦'、要'删繁就简三秋树'的吗？你怎么会爱明代夏（勇）、顾安辈的繁枝茂叶呢？你的画挂起来，秋风起于华堂，而我作画时，秋风早起自腕底了。这虽是文人游戏之作，然而都在说明一个道理，说明'道法自然'、体道为一的追求。"

2004年王阔海与著名美术理论家、中国美协理论委员会主任邵大箴先生交流新汉画水墨艺术。

王阔海欣赏不已。他不断地探究，范曾为什么满脑子诗词歌赋、文气逼人？他后来听说，范曾的大脑海马区沟厚且深，自叹不如！王阔海总认为自己笨，因此他付出的多，练得很苦。为了练得一手隽秀小楷，每每伏案，一动不动，不知不觉五六个小时过去。日积月累，背部肌肉拉伤，洗脸直不起背，苦不堪言。

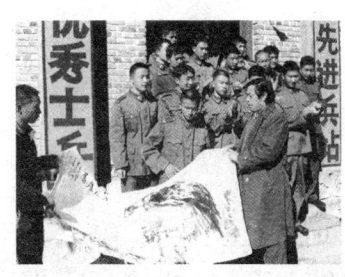

2001年向青藏高原兵站官兵献画《老鹰图》

在一次"中国诗歌朗诵会"上，报幕员说："下面由楚辞专家文怀沙朗诵毛泽东主席的《沁园春·雪》。"文怀沙缓步上台，说："可爱的报幕员报错了，不是朗诵，是吟咏。现在能吟咏的人不多了，我吟咏一下，大家品品滋味。"于是，文怀沙很陶醉、很有旋律地吟咏了一番。

范曾和王阔海都领略了文怀沙的吟咏。回到范曾的画室，范曾说："文怀沙那吟咏，有些酸。"说着，学起文怀沙吟咏"清明时节雨纷纷……"王阔海笑得前仰后合。他告诉王阔海正确的吟咏是：平拖仄挫。范曾说完，即演示，一边拖着长调，一边充满激情地吟咏。王

阔海也学着范曾的样子吟唱。他觉得范曾的调子极为好听。王阔海回到家,为自己的画室买来古琴。范曾亲自为他题写:知汉斋。

以后,每到范曾家,王阔海都有意识地把话题引到吟咏上。他知道了古时候的《诗经》《楚辞》都是歌诗,古人是通过唱歌的方式吟唱出来。那种仙风道骨、超凡脱俗让王阔海为之痴迷。他拼命学习,修炼自己空灵、洁净的内心。他要自己达到:拿起笔来传雅。

他开始题诗作赋。在献给范曾的诗中,他写道:

灵修浩荡通千载,

通变古今盖世才。

十翼舒卷纵大化,

三生元气是天籁。

文思肯比李杜亚,

齐物乐融老庄怀。

妙画奇出夺双圣,

丹青一落绝尘埃。

2006年,王阔海在《王阔海新汉画全国巡回——上海展》开幕式上讲话。

2008年在南京举办"王阔海新汉画展",王阔海正在向二炮原司令员向守志讲自己开创的新汉画。

范曾喜欢王阔海这样的知音。他跟王阔海讲大自在,讲柏拉图把冥然的大存在描述为"永恒理念",宇宙万有是永恒理念的摹品,而艺术则是摹品的摹品。书画语言不仅是形象的摹品,更重要的是意向上的、神韵上的、性灵上的摹品,因之产生类似符号与密码的点线勾画。它浸透了中国以感悟为本的智慧,走上了一条凭虚御风的艺术之途。书家要有心悟,"物色之动,心亦摇焉","目既往还,心亦吐纳","思理为妙,神与物游"。三国钟繇见到蔡邕之字,"自捶胸三日,其胸尽青,因呕血",因悟:"岂知用笔而为佳也,故用笔者天也，流美者地也，非凡庸所知。"他的"去若鸣凤之游云汉，来若游女之入花林"，自成名句。

王阔海跟他讲自己对"静"的感悟，他说："'静'是绘画的大境界，应了庄子盛赞天地内在大美，'天有大美而不言，四时有明法而不議，万物有成理而不说。'静是一种无骄无躁的自然状态，其质为平和，其状如山间之明月，江上之清风，一碧万倾水不扬波，鱼翔浅底，静影沉壁。静者又如醉里挑灯看剑，草庐燃香品画，清泓放竿垂钓，放杯卧榻横书。静者亦在于美人之轻移莲步，举姿之典雅娴淑，在于美人之一颦一笑，在于美人之春面桃花，其意如诗如画，如梦如幻。故静能产生诗意，静能产生神秘，静能产生联想，静能产生惬意，静能让人的思维插上想象的翅膀。"

2002年与著名画家范曾（右三）、电影演员张金玲（左二）、著名体育运动员庄则栋先生（右一）在一起。

范曾连连称赞，他们认为，"助人伦，成教化"和愉人慰己是艺术的使命。一切技巧都是为了表现，技巧一旦脱离了艺术家的思想便立刻失去生命。真性情的范曾喜爱见素抱朴、复归稚拙。他和王阔海都钦敬八大山人，他以旷世奇才，看破红尘，心怀宁寂。他的用笔力量内涵而不锐利，清脱出尘而不纷繁，真正做到了"直而不肆，光而不耀"。八大山人用笔，真可谓"天下之至柔，驰骋天下之至坚"。

2008年向俄罗斯列宾艺术学院院长介绍自己的新汉画

范曾跟王阔海评画，说到近世画家，从风格符号意义上讲，潘天寿略胜李苦禅，而从笔墨线条的蕴藉来说，李苦禅远过于潘天寿。潘天寿有印曰"一味霸悍"。范曾说："霸悍，霸则近乎恶，悍则近乎凶，属于丑而不属于美的范畴。"

王阔海记起恩师刘大为要自己含蓄，要去霸悍之

气。受范曾启发，王阔海畅游于老庄的精神世界里，虽不能青灯孤影，但与万物通融，意归于静的空灵、清冷与飘逸渐渐出现在他的画作里。在咫尺斗方里，他经营起含蓄、宁静、富于秩序美的静雅、空灵、神秘的世界。他的线条更富弹性，如锥画沙；笔墨流韵，如屋漏痕。一向张扬外放、博大雄浑的霸悍之气，已经内敛成了大美而不言的"文人画"。他的宫廷仕女画，雅静、文气、极富神韵。

范曾看到王阔海的新作，赞叹道：阔海的画不错，都有清气了！

2005年，在一次笔会中，王阔海、于志学、张金玲分到一个小组作画。被誉为冰雪山水高手的于志学，这时已经70多岁了。他环顾左右，问："王阔海是谁？"

没人应答。过了一会，王阔海走到画桌前，跟于志学说："于老，您是大家，咱今天画画别商量。于老，您先画，看看我们能不能心有灵犀。"

于志学瞪了王阔海一眼，"那好！我先画。"

在铺好的宣纸上，左边，他画一少女吹笛，右边画一只卧着的梅花鹿。"好了，我画完了，谁画？"于志学掷地有声，把毛笔往前轻轻一扔。

王阔海也环顾左右，没吭声，然后，举步来到画桌前，说："那，我画！"

于老兵分两路，两头开笔，这中间需要串合，同

2010年与总政治部主任李继耐在一起

2011年与总政副主任杜金才（右一）、总政宣传部长周涛（右三）在一起。

时又要突出主题。王阔海大笔一挥，以淡墨画出横贯东西、暗香盈袖的大枝梅花，使整个画面轻重有序、意得神传。于志学高兴地大喊一声："好！"

这时，张金玲在一旁问："王老师，我要画个牵牛花，放哪好？"

"你就在梅花根部添几笔。"

张金玲画完。于志学歪着头，十分欣赏地看着王阔海说："这下，我可记住王阔海了！"

2010年春天，在山东泰安，王阔海又见到于志学，于志学说："王阔海，你知道吧？我让我的学生在他们桌子上摆着你的新汉画，让他们研究学习。"

王阔海急忙说："于老，我太感动了。您在学术上没有门户之见，对我这晚辈如此推举！我对您的冰雪山水也非常崇敬。"

于老认真诚恳地说："阔海，你知道这个世界，历史记录什么？记录那些为这个世界增添新的艺术符号的人！"

"我太赞成了！"王阔海坦言，"我主张风格多样、多峰并举、百花齐放。艺术要推陈出新，创造更多不同的形式风格。我不同意'青出于蓝而胜于蓝'，认为'青出于蓝不是蓝'。我老师刘大为是大师级的，是不可超越的！我只能绕道而行，建立自己的艺术形式。我认为：艺术的品质在于继承，艺术的生命在于创新，没

2010年，王阔海与二炮政委张海洋在自己的《神剑之魂》作品前合影。

2010年，王阔海在第二炮兵美术书法展上与二炮政治部主任殷方龙合影。

有继承的创新等于胡乱涂鸦,而没有创新的继承等于浪费生命。"

王阔海这番话令于志学频频点头。

新的符号如同新的技巧,技巧一旦脱离了艺术家的思想便立刻失去生命。为了自己精神思想的丰盈,王阔海知道自己还有很长的路要走。

10年前,老大哥李存葆见到老朋友范曾说:"你得给阔海写篇文章,你得给定定位。"

于是,《解放军报》刊发了范曾的"再说大家气象——致阔海"一文,文中写道:

则阔海之气象若何?十翼每观其人,慧而憨、智而直,凡所陈词,皆为心迹,略无遮拦,落落大丈夫也。复观其画,则吞吐大荒、心游万仞,非小名家之小吐纳也。凡此种种皆与上述对大家气象之剖析谐合,恣肆之笔来自胆识、浩瀚之情陶于胸怀,关西大汉抡铁板唱大江东去,固当代画坛之豪杰也。

十翼观夫阔海之素描,尽精微、致广大,骎骎与俄罗斯大师斐逊争驱,故知阔海之放笔纵横,自有扎实根基。所作速写,尤能将稍纵即逝之印象于聊聊简笔中透露,非才气过人者,未可臻此。阔海是大写意高手,追其缘由,盖知基厚而台高,识广而见深,非浅学者可梦见。

中国画六法之说,古人述之详矣,然终不得其要领

2010年王阔海与副总参谋长魏凤和(左一)在一起

2011年9月王阔海考察山东滕州汉画像石刻

者，以论之者皆非大手笔之实践家。以余之见，六法中仅须气韵生动与骨法用笔两条，其它四法皆在其中。象形、赋彩、位置，皆气韵生动所必具之条件，移模则画家末事。而无骨法用笔，像无以立，神将焉托？气韵何来？阔海之画，气韵生动，自不待言，而其用笔跌宕雄健、腕力过人，故其画每有震撼力在。观者于画前所以难以移步者，以其内蕴丰厚而笔墨迷人也。阔海既为行伍中人，故其游目骋怀往往重荦荦大者，军人之作风在风驰电掣、势不可挡，而其胆识虽王羲之之笔阵图无以过。总之，在气韵与骨法两方面，我们对阔海都毫无值得怀疑处。

不断探索前行的王阔海

近年来阔海提倡"新汉画艺术"，在他的一篇滔滔说词中我曾读到他分析新汉画艺术之六大特征。我是诗人，有诗人之性，以为他谈得未免沉重。我看以阔海的性格：气盛、强悍、憨直，对他的新汉画最简捷的解释是借汉代之杯斝，满斟个性化的美酒，以浇自己的块垒，斗酒十千恣欢谑，这才是真正的阔海。有李存葆兄激赏阔海的文字在前，我续貂是必然的了。不过对李文阔画，我都有求全之毁如下：

李文讲苟阔海在生意场和战场，前者必蚀本，后者则败绩，都是不确的猜想，听其言而观其行，人焉廋哉，阔海任在什么领域都会纵横驰骋，譬如带一个排的冲锋队，他绝对是身先士卒的"大刀向鬼子们头上砍

去"的勇士,至于是否能运筹帷幄,那则悬疑。于是联想到阔海的画,阔海的确有庄子"时恣纵而不傥"的品格,但是那"弘大而辟,深闳而肆"的境界则应该是阔海的终极目标。那时的画则会如曹孟德之诗:"水何澹澹",不要永远波涛汹涌,这就是我希望于阔海的:纵横之气外,更增冲融之气;恣肆之外,更有内敛。我们期予阔海的不只是立马横刀的孤胆英雄,而是一位从容的将帅,到那时,我们则称他大师。

"到那时,我们则称他大师。"范曾这句话已经历时十载,悠悠十载,王阔海已经当选为中国美协理事。2007年,又被评为"美术界十大新闻人物"。

岁月荏苒,但王阔海一直走在探寻"水何澹澹"的迢遥之路上。

作者简历:

李健健,山东潍坊人。文学博士,复旦大学文学博士后。中国作家协会会员、中国散文学会会员、中国传记文学学会会员。

1987年毕业于中国传媒大学新闻系。

1998年出版散文集《漫漫寻你》。

2004年出版长篇小说《天路》。

2007年7月,取得兰州大学文学博士学位。

2008年2月—2011年2月,在复旦大学中文系博士后流动站做博士后研究,专题研究传记文学。

2008年5月,出版理论学术专著《中国新时期传记文学研究》。

2010年11月,出版理论学术专著《中国现代传记文学研究》。

2011年10月,出版传记作品《遗爱千秋——邓稼先传》。

驼峰高脊和朔风

王阔海书画选

拜观音

豪然天地图

众妙法相图

天竺胜境图

钟馗巡山

军中木兰图

峥嵘岁月

倚天长剑

新疆老汉

山里娃

夫河一佳人

长安水边

對於繼承古人曾有言曰可師其一不可師其二不可師其三大師則更為明確矣言曰循門而入破一窗以為沒有師其途無從循其心徑乏掌握古人之法度也時手心者領悟藝術品格與大師創造性之理念也循一而入是過程破門而出才是目地其藝術之品質在於繼承藝術生命在於創新沒有繼承之創新等於胡亂塗鴉而沒有創新之繼承等於浪費生命歲辛卯夏月知漢齋主逯海書於京華于西府

程罟第四十九
同書論士方遠辭才董責黑用而篆文案已是以禊帖而升有顏范垣墉主名顏柳附而遺代詞人務單音故魏文以為古今文人類不掩朝折掌延可辭又憩摩乏後人曾用混之一貫乎可悲也岭龐如窈書不受金楊稍撐酒石纱筆水通之不陶廉陽杜篤之請求壹咸坰圜諸實以作戚馬融蔡梁而顰寅文擊徹誕以途珠正辛狂譽以陵仲質徐以涂寬孔塡德閒以粗致俁食藝以乞貧跻聳舖俀為無皮潘長說待於愍陸機額天桎實新律主明廛而雲台臨楚很俀而統類皆此下瘕丁纖暴文既有之武宜來然有乏時相薪兩蛩寶多至於官仲之蓋陳乎乏污黙阼俗如然以下不可縢數孔光賢衛振鼎雨人煇贊鼽趙乏賀徹譶鱬醇爵俞戒或王戎鬲團乏枝品譽乎路墨丁琢乏實儒誡斧煕回支土必其諸致蕙人蒝萬于名應乎佛溉神不磨乎外袼名之漢姉也尃支居實恕貞鄒校乏機寛晉香燿乎蔚者師鑰珠用自能上孱醻以求合然掩相以憶涂鍾河以滕訟淆謂湛洉以亍新此名乏抑搨陨往善幾夫後乏通塞未有以師輸劉卿之心順乾辛卯夏月知漢禽主逯書於宏華子西府

八桂鸾象注解天地三才人生秦時滅典亦造
應詩贊老之術羽化昇應生命不息轉態東上家
有奇珍异穀帶谷生活用品食用五谷應有盡
有倉滿室儲廣建宗祠祭祀先祖保佑子孫衣食豐
足祀禱先祖駕鶴應路雕書鏤石應游神舒楚空

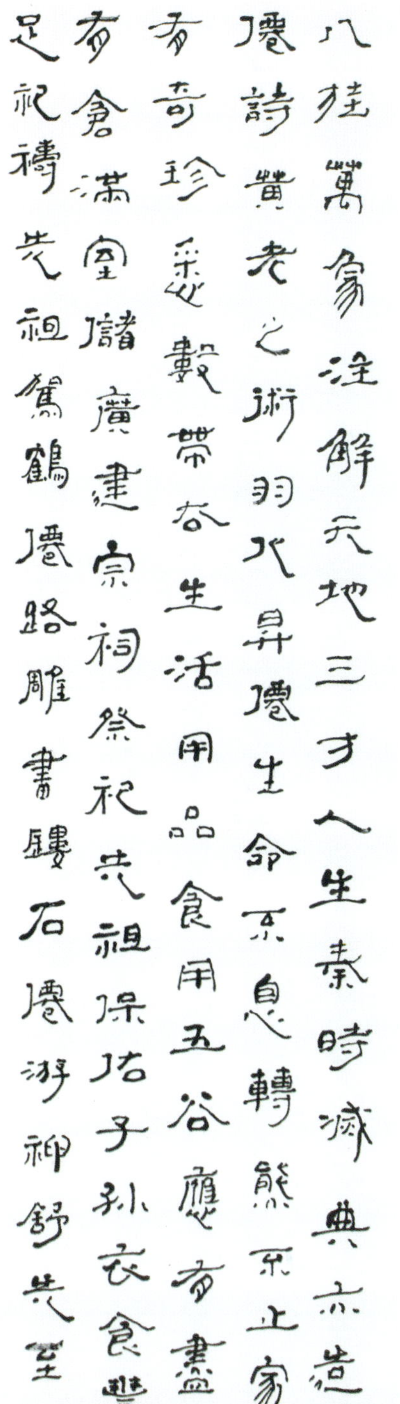

天下莫柔弱於水 而攻堅強者
莫之能勝 以其無以易之 弱之勝
強柔之勝剛 天下莫不知莫能
行 是以聖人云 受國垢

书法

书法

书法

出征图

王且力 著

雕塑家王维力传

第一章：休士顿有一条"维力路线"

一个人改变了一座城市

美国第四大城休士顿，诞生于1836年，位于得克萨斯州东南部，是通往墨西哥湾的一座港口城市，也是美国最大的能源（石油）中心之一。休士顿被中国人关注的原因，是那里有一个约翰逊太空中心，人类第一次登上月球的阿波罗飞船11号，就从那里升空。还有姚明，参加了休士顿火箭队。

除了石油和太空中心，另一个令休士顿人自豪的，是举世闻名的得克萨斯州医学中心。

它建于1943年、占地600英亩，由41个非赢利性机构组成，是世界上最大、最有名气的医学中心之一，美国总统乃至世界其他国家首脑皆来此就医。

但此城的文化艺术氛围，却略输风采。

一天，一群人聚集在市中心广场，静听台湾著名小说家白先勇的堂弟白先慎先生侃侃而谈，说他在休士顿——这座缺乏文化氛围的城市里——注意到有一条艺术气息浓厚的路线，可以冠名为"维力路线"。在这条环绕着整个城市的长长的路上，安放着王维力先生创作的多尊雕像，它们仿佛使这座城市生出了灵魂。

市中心有老布什(George Herbert Walker Bush)总统生平浮雕、乔治·布朗（George R Brown）青铜像。途经医疗中心，"基督——伟大的医治者"(Jesus Christ)的雕塑

王维力

在这条环绕着整个城市的长长的路上，安放着王维力先生创作的多尊雕像，它们仿佛使这座城市生出了灵魂。

拔地而起。医院一进门的大厅里，有"护士"雕像，还有6张描述医院奠基者的油画。再经休士顿大学，多尊各专业创始人塑像随处可见。荷门公园玫瑰园里的孔子像更是大手笔，有乱云飞渡的凌空气势。这一切，构成了"维力路线"，成为休士顿的一道亮丽风景。

王维力在此生活20余年，勤奋耕耘，始终未停止过他的艺术创作，一点一滴，日积月累，就对这座城市产生了影响。

王维力来自中国，1962年毕业于北京中央美术学院雕塑系，1981年赴美，定居休士顿。

老布什（George Herbert Walker Bush）总统的生平浮雕

2004年，休士顿无党派人士赠送给这座城市一组浮雕式纪念碑，专请王维力执刀。内容是表现美国第41届总统乔治·布什的生命历程。纪念碑坐落在市中心水族海洋公园内、绿草茵茵的高坡上，四周由花岗岩围成半圆型。

浮雕分4组，刻画老布什一生四个重要的历史阶段：

二战时期参加反法西斯战争，18岁的布什在太平洋舰队担任鱼雷轰炸机飞行员。期间，因战功卓著被授予飞行十字勋章。

1966年，老布什以石油企业家身份参选联邦议员，深入在选民之中。

1990年，老布什与戈尔巴乔夫(Mikhail Sergeyevich Gorbachev)携手结束冷战，打通柏林墙。

2000年，老布什夫妇参加长子小布什(George Walker

老布什总统生平浮雕之《二战》（青铜）

老布什总统生平浮雕之《竞选》（青铜）

Bush)当选美国第43任总统的就职典礼。

王维力采用介于绘画与雕塑之间的、特殊的表现手法,突出部分并未明显刻出,却用光影技巧产生立体效果。画面众人被动态刻画,关系错落有致,有呼之欲出之感。

4组浮雕上的铜绿,犹如岁月流逝的痕迹,隽永厚重。

老布什总统生平浮雕之《打通柏林墙》(青铜)

12月2日,纪念碑隆重揭幕。揭幕伊始,奏起美国国歌,全体起立。然后,休士顿市长比尔·怀特代表政府接受雕塑纪念碑。老布什及夫人芭芭拉(Barbara)与王维力拥抱并感谢他的卓越艺术。

其实,王维力与老布什一家人是老相识了,还在老布什任总统的时候,王维力就常以得克萨斯州名流身份出席老布什的宴会。1993年,王维力为休士顿一家慈善机构捐画,其中两幅是别人指定要画的老布什夫妇的漫画肖像。后来收藏者又将漫画送给老布什。老布什夫妇非常喜欢,亲自致信王维力,表示感谢。芭芭拉称赞王维力的漫画,还说她和她的丈夫都很喜欢中国。

老布什总统生平浮雕之《欣慰(局部)》(青铜)

此时,老总统正在"维力,维力"地大叫,四处寻找王维力。他感谢艺术家为自己记录了一生的历程。他觉得,能遇到一位优秀雕塑家为自己重现历史,传世后代,是他的好运和荣耀。

但王维力做人低调,并没有因为给总统塑像而与总统一家有进一步的亲密交往,他对小布什时代美国的全球行动非常反感。

王维力和老布什

得州巨人 乔治·布朗（George R Brown）像

乔治·布朗是东得州公司的创始人，曾任该公司董事会主席。此外，他还创办银行、工程公司、勘探公司、石油公司、航空公司以及钢铁公司。乔治·布朗先生担任财团董事长时，此财团曾为得州捐献1.55亿美元用于教育、医学及艺术事业的发展。可谓得州的财富巨人。

王维力接受为其塑像的任务兴奋不已，但也有些担心，他知道，期待他的是整个城市的市民，但对于这位令人尊敬的人物，他却并不那么熟悉。

如何表现出乔治·布朗的高尚和非同凡响的气派呢？王维力将乔治·布朗塑得高大，厚重的花岗石底座烘托着主人公的显贵身份。乔治·布朗头微仰，目光远大，一只手插兜，感情深重地注视着他曾为之付出心血的土地，似乎还在思考着这座城市的许多发展规划。

不论晴朗的日子，或者狂风暴雨的季节，乔治·布朗都将永伫于此，陪伴着这座城市和它的市民。

塑像完成，王维力毕竟没有把握，不知他的亲人们将会是怎样的感觉。揭幕式上，却听到人群中传出哭声，是乔治·布朗的亲人。后来又有更多的抽泣声，是从他的朋友和曾经一起工作几十年的同事们中传出来的。他们看到塑像，觉得乔治·布朗先生又回来了，如昨日一样，在他们中间，一起开会，一起讨论工作，一起创建新的辉煌。于是，他们沉浸在旧日的回忆之中。

王维力在《乔治·布朗》（青铜）塑像下

他们看到塑像，觉得乔治·布朗先生又回来了，如昨日一样，在他们中间，一起开会，一起讨论工作，一起创建新的辉煌。

休士顿大学商学院捐款者 李洛伊·缪澈夫妇（Mr.& Mrs.Le RoyMelcher）

王维力初到休士顿时，正遇休士顿大学商学院要为曾给学院建设捐款的李洛伊·缪澈夫妇做浮雕，候选人有十多位雕塑家，最后学院选定王维力。有人祝贺他的好运。王维力却说："商学院找到我是他们的运气。"

王维力与副市长在"李洛伊·缪澈夫妇"浮雕前

一些美国人做浮雕的方法是，先塑一个完整的面部雕像，再把它切成一半，手法幼稚而且不符合浮雕塑造原则。王维力当然不是这样做。他说休士顿大学能请自己操刀是他们的运气，一点没有夸张。

李洛伊·缪澈夫妇浮雕面世后，众人皆称赞，订单纷至沓来。王维力又为休士顿社区大学费利克斯·莫拉利思（Felix H·Morales）先生、休士顿大学法学院院长怀特（A·A·White）先生等雕塑青铜像。

每次收到订单都令人鼓舞，但起初心中也会忐忑不安。既而接受挑战，苦心琢磨、费一番心思，找到最好的表达方式，结果，总有高出一筹的作品问世。

奥斯汀州副州长 威廉·哈比（William P·Hobby·Jr.）先生

1994年1月18日，中国对外发行的《华声报》这样报道："……泥塑稿初脱，请其（威廉·哈比）参观并提意见，遮布揭开，副州长大惊，形影相映，塑像如生。威廉·哈比再三请求王维力：'千万不要再动了，一星一点

威廉·哈比再三请求王维力："千万不要再动了，一星一点也不要动了。"珍爱之情，溢于言表。

也不要动了。'珍爱之情，溢于言表。"

王维力爱开玩笑，看哈比着急的样子，故意逗他，说："改不改，不是你和我能够决定的，我的合同是跟州政府签订的，翻铜前，还要请他们来看，他们让我改，我就得改。"

哈比很着急，说："你做的是我，我觉得好就行！"王维力继续与哈比逗乐，他拿起电话和州长通话。哈比急得在电话里与州长说："千万不要再动了！"

揭幕典礼那天，电视台转播了揭幕仪式，雕像被大特写，头部放了个满屏。不过，威廉·哈比的亲人还是提出了一点雕像与真人有别之处，那就是，生活中的哈比永远没有将领结系正过，只有在这尊雕塑中，王维力才让他第一次系正了领结。

圣路克斯医院护士雕像

医学中心之下，有一个圣路克斯医院。在医院一进门的大厅里，伫立着一尊名为《护士》的青铜像，大理石底座。

开始构思的时候，王维力为难的是，这次不是做某位真实人物，而是做一个群体的代表。况且，美国的护士并不像中国护士那样的穿统一制服，就是说，没有任何明显的护士标志。怎样表达护士的形象特征呢？只能从挖掘人物的内心和体态表情着手了。

护士是人间天使、守护着人们生命的灯。当这盏灯渐渐暗淡的时候，她帮人们重新擦亮；当灯火将要熄灭的时候,她精心呵护,帮人们挡风遮雨,再次获得新生。

王维力要表现一颗神明挚爱的心

他设计人物大半身像:年轻的女护士,上身向前倾斜,一只手拿病历资料,头微向下垂,关爱地俯视躺在床上的病人,眉宇间挂着担忧和问候。另一只手朝前摊开,仿佛正与病人讨论病情。她是病人的守护神,传递人间的温暖与关爱。看着她,病人受伤的躯体和灵魂受到慰藉。

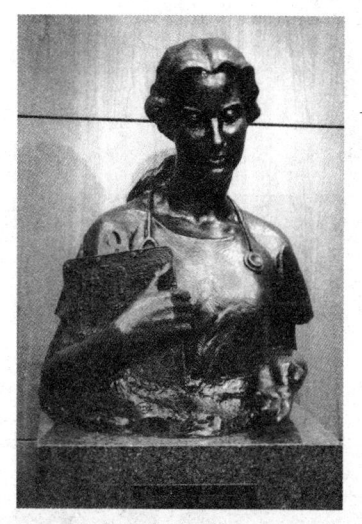

王维力作品《护士》(青铜)

王维力怀揣敬重之心,通过对人体每根筋骨传达情感的刻画,塑造着这位可爱的女性。

走进医院大门,医务工作者们立在雕像面前,想到自己的责任,得以鞭策;病人从她的关爱体贴,感到对医疗中心的信任。

医疗中心还需要给他们医院的创始人们画一批油画,王维力是他们最信任的艺术家。

在大学里,当年雕塑系的老师认为学生学习5年的学习时间有限,不主张动色彩。可是王维力想涉及艺术的各个领域,他还特别想画油画和水彩画。老师带学生到龙门石窟实习,王维力按捺不住动色彩的欲望,又怕被老师批评,就早晨起个大早,来到洛河边,趁老师同学还在梦中,他就画起彩色风景画。他知道文艺复兴时期的巨人们个个通才,达·芬奇(Da Vinci)不仅是天才的画家,而且是大数学家、建筑家、科学家、医学家和音乐戏剧家。拉斐尔(Raphael)是杰出的油画家,

王维力怀揣敬重之心,通过对人体每根筋骨传达情感的刻划,塑造着这位可爱的女性。

同时也是建筑师。米开朗琪罗(Michelangelo)是雕塑家,画家,却又是建筑家和诗人。这使王维力受到鼓舞,知道人的潜力竟如此之大,他有一种与巨人们为伍的冲动,在艺术领域里做了广泛的尝试。他是雕塑家,同时也动色彩,画油画、壁画、做平面设计、书籍装帧、电影海报,还画影星漫画,这在中国和美国的美术界,绝无仅有。

耶稣(Jesus)——伟大的医治者

有报道说:"2001年6月《美国新闻与世界报导》评选'谁是你心中的英雄',标准是:在有限的职权范围之内,贡献无限;在强大压力之下,英勇无畏;在紧急危难的关头,敢于舍弃财富、荣誉乃至生命;在美好目标的召唤下,一往无前,义无反顾;挑战自我,超越自我。民意调查机构公布:第一位是耶稣基督。"(胡道吾《裸视美国》湖南人民出版社2006年11月第1版)

王维力油画作品《柯林顿·昆主教》
(油彩 画布)

2004年,王维力应邀塑造美国人心目中占据第一位的英雄了,他沉着应战,开始体验耶稣,这个西方人尊崇几千年的、传说中的神灵。

为休士顿医疗中心卫理公会医院雕塑大型铜像,题目是:"耶稣——伟大的医治者。"这是该中心董事会成员威廉·拉多斯·史密斯(William Randolph Smith, 1928—2001)的遗愿。史密斯先生一生热心公益,服务社会,他生前托嘱家人和医疗中心董事会,让仁爱以无可动摇的艺术形象在医疗中心永驻。

"美国是一个非常宗教化的国家。基督新教在国家

> 在有限的职权范围之内,贡献无限;在强大压力之下,英勇无畏;在紧急危难的关头,敢于舍弃财富、荣誉乃至生命;在美好目标的召唤下,一往无前,义无反顾;挑战自我,超越自我。民意调查机构公布:第一位是耶稣基督。

的政治生活、社会生活和国民心理上都起着关键的主导作用。依据美国盖普洛的调查，在美国，有95%的人'信仰上帝'……"（摘自于歌：《美国的本质》当代中国出版社2006年12月第1版 13页—14页）。

3个月后，雕像揭晓，在休士顿引起的轰动一发不可收拾。

雕塑为花岗石底座，青铜塑像，约1200磅，高至两米以上（一人多高）。作品气势磅礴，构思深邃。耶稣微微下视，目光慈爱、坚定平和。

得克萨斯州医学中心各处接连定制了5座耶稣铜像。

2004年，《美南新闻》6月4日报道："当这组主体人物耶稣高达9尺（英尺）铜像在休士顿医疗中心揭幕，许多人当场流下热泪。一位在会场外打扫地面的女士甚至一面流泪一面在胸前画十字。"

史密斯的夫人含泪告诉王维力，这座铜像完全表达了史密斯先生生前的愿望。

王维力说："过去我创作过一些人物，作品往往让人物的家人感动流泪。这次耶稣的雕像竟让观众哭了，这也使我非常感动。"耶稣千年来扎根在众人心目之中，却无人知晓其尊容如何，王维力塑造的形象，使大家恍然悟到，正是自己所想！

2006年1月6日，美国《美南新闻》报道，昨天下午，"王维力大型雕塑作品在Methodis糖城医院揭幕，Methodis医院系统执行副总裁、董事会成员、糖城市长等重量级人物均出席了当天的揭幕仪式，非常隆重。在致辞中，他们高度评价王维力的工作对Methodis医院系统的意义，称其创作已达到'崇高'的境界……"

王维力作品《耶稣——伟大的医治者》（青铜 花岗石）

耶稣千年来扎根在众人心目之中，却无人知晓其尊容如何，王维力塑造的形象，使大家恍然悟到，正是自己所想！

2006年3月9日，美国《美南新闻》："王维力的作品已经在美南、美东、美西均有分布。尤其在休士顿，他是为各方面公认的最优秀的雕塑家，从休士顿大学校园、市中心会议大厅公园、著名的医学中心大楼，都有冠以'Willy Wang'签名的作品。"

美以美医院总院董事兼法官华连（Ewing-Werlein）在仪式上致辞说："……我们有幸请到了国际著名雕塑家王维力，他以其高超的艺术，表现了基督的大爱和悲悯的主题。将此雕塑置于医院门口，旨在默默昭示医师、病人和家属，基督的大爱和悲悯乃是我们的基石。"

王维力作品《耶稣——伟大的医治者(局部)》(青铜 花岗石)

对于作品的创作，王维力表示，他不是基督徒，他读了《圣经》，以理解这件宗教意义的雕塑作品。他将耶稣当作历史人物来塑造。耶稣应该是一位救助民众的好人。他内心深处浮现出的，是悲悯、仁慈、宽容、智慧和崇高。王维力通过人物善良、慈爱的眼神，前倾的身体，传达着这种精神。

王维力通过人物善良、慈爱的眼神，前倾的身体，传达着这种精神。

耶稣高大朴素，穿布衣长袍，脚蹬草鞋，衣裙飘逸，风尘仆仆，远道而来。他俯身用手轻轻地抚摸跪地求助的病人，手下拉出的长影，如夏日蔽荫，为妇人无助而期待的面容遮挡风雨和酷暑。那病人是正常人形象，并未如《圣经》中描述，或盲瞽，或瘸腿，或血气枯竭——藉此强调，任何人都可以求医于基督。通过妇人弯曲的身躯，摊开的双手，忧虑、痛苦的眼神，表达她的焦灼不安、对耶稣寄托了全部的希望和祈求。整体结构，给人庄严、神圣之感，净化心灵。

艺术界朋友在王维力网站（www.willywang.com）

上看到耶稣塑像，非常震惊，脑中像过电影，他颇为感慨地发现从文艺复兴至今，各国艺术家塑造的耶稣形象中，属王维力雕的这一尊属最上乘。过去的耶稣像，要么悲哀无力；要么是一位不谙世故的英俊少年；要么笼罩着浓厚的宗教色彩，呆板而无生气；要么被钉在十字架上，头垂前胸，瘦骨伶仃……王维力手下的耶稣却气度不凡，他身体健壮，人格成熟，心胸博大，为人正派，是值得信赖，给人以智慧、挚爱、力量和希望的崇高形象。

> 王维力手下的耶稣却气度不凡，他身体健壮，人格成熟，心胸博大，为人正派，是值得信赖，给人以智慧、挚爱、力量和希望的崇高形象。

玫瑰园里的孔子像

随着中国在世界上的影响力与日俱增，"中国文化热"在全球蔚然成风。

应中国驻休士敦领事馆和侨界邀请，王维力塑造2.2米高孔子雕像。2009年，成为他辛苦的一年。

雕塑主题突出地再现孔子追求理想、为实现大同世界，坚忍不拔的精神。

春秋战国时期，孔子生于乱世，为推行政治主张，他不辞艰辛，颠簸于诸国之间，屡遭挫败，屡进不止。孔子是儒学思想创始人，其伦理核心为仁爱，提倡社会和谐。长期以来，无论孔子的高贵品格，还是他无可避免的思想局限，都影响着一代一代的中国人，铸造了华夏民族的性格。

王维力一反前人的理解，对孔子进行动态描述，他认为这样更能够表现人物的精神：孔子衣襟飘逸，是动荡社会的象征，也是他不畏险恶，不断前行的写照。

孔子面部清峻,额头饱满,风尘仆仆而充满智慧。孔子表情泰然自若,处事不惊,与乱云飞渡的外部环境形成鲜明对比。孔子并非十指合一,而是右手前伸,仿佛正给弟子讲学,传经解道。也表达着对未来大同世界的期许。

孔子不是高高在上的"官员",也不是圣人,他根植于人民,是中国土地上诞生的一位有影响力的思想家、哲学家和教育家。

雕像下方镌刻"孔子"二字。稍右下,又刻雕塑家王维力名字,再下方则是孔子的三句名言:

"温故而知新,可以为师矣。"

"君子和而不同,小人同而不和。"

"三人行必有我师焉,择其善者而从之,其不善者而改之。"

王维力在自己作品《孔子》(青铜)前

均中英文对照。

2009年,孔子诞辰2560年,中美建交30年。9月26日,在休士顿荷门公园玫瑰园举行孔子铜像赠送仪式,中国大使馆从华盛顿派特使参加。休士顿市市长代表220万市民接受中国领事馆和中国侨联赠送的分量厚重的礼物。好莱坞著名美籍华人影星卢燕女士感情深厚地在仪式上致辞,介绍王维力非凡的艺术生涯。

玫瑰园内的"国际伟人雕塑园",已伫立18座世界级伟人雕像,第19座是孔子像,比其他塑像都要高大。亚洲协会得克萨斯分会主席查尔斯·福特(Charles·Foster)说,中国是大国,代表中华民族伟人的雕像理应高大。"

休士顿文化局局长莫尼特·保森称赞道,休士顿十分荣幸地在文化资产上又增添了著名雕塑家王维力创作的孔子青铜像。

美国前总统老布什发来贺信，他表示："这是中国人民赠送给休士顿市民叹为观止的厚礼，我们非常感谢以这样的方式表达友好。"

就这样，王维力为有名的英雄，无名的英雄，筑起了一座座丰碑。王维力忙于社会上的命题创作，使自己阅历更加丰富。他塑造了西方的耶稣，再创作东方的孔子，如非任务所需，哪里会跨越如此辽阔的时空领域。

每接一个创作任务，都是一次新的挑战。给王维力一个题目，他就花大量时间阅读，查找资料，体会、深入角色，寻找最能突现人物精神的表达形式，展现给观众。表达悲壮，观众会肃穆；表达崇高，观众的心灵得以净化；表达欢快，观众心胸豁然开朗。人们理解了，喜爱了，受到震动了，就是他的成功。这鼓励着他再塑造下一个形象，永无止境。他是为社会，为众人而创作，而奉献的。

一个人改变了一座城市，王维力对休士顿城的贡献，显而易见。

王维力作品《卡莱·葛伦》(青铜)

国际数学家陈省身

2009年，王维力还为国际数学大师、南开数学研究所名誉所长陈省身先生塑像。

陈省身的女儿陈璞也生活在休士顿，她的丈夫朱经武是休士顿大学得州超导中心首席主任，近年又任香港大学校长。夫妇俩与王维力交往频繁，深知王维力的艺

术造诣，拜托他重新为其父塑像。为此，王维力多次抵达天津，去南开数学研究所考察现场。

王维力塑造的陈省身半身塑像一人多高，右手止于腮下，若有所思状；左手伸向前方，目光遥不可及，仿佛正在与浩瀚的数学宇宙中、一个新的命题较量。老人面带微笑，从容不迫。

陈省身是世界数学界泰斗，曾复兴美国的微分几何，形成美国微分几何学派。

当年朱经武初出茅庐，来自台湾的穷乡僻壤，正与老人女儿谈恋爱，不知这位数学大师是否能接纳他。第一次见面，朱经武是跟陈璞一起去机场接她的父母，心中有些忐忑不安。飞机缓缓降落，只见老人沿着自动通道由远而近、和善地微笑着朝他走来，朱经武的顾虑顿时烟消云散。

王维力与自己的作品《国际数学家陈省身》(青铜)

王维力刻画了人物的睿智通达，慈祥可爱，甚至有些顽童般的天真。硕大有力的双手，很像自己父亲的手——这些科学家如朴实的农民，脚踏实地、兢兢业业地在"自家"土地上耕耘，年复一年。

雕塑之前，王维力特意观摩了陈省身的录像。王维力注意到，老人在谈及数学研究时，说得最多的是"我觉得数学好玩"。陈璞谈到其父特点时，也总是说他很（顽）皮——老人家在数学研究的路上走得稳健遥远，实属兴趣所致。如果发现了一个新命题，他常兴奋地说："太有趣了！"——那兴趣其实就是常人不可及的才华。

陈省身雕塑（现位于南开大学）

塑造微笑，在雕塑中其实并不常见，因为难度很大。但通过与陈省身心灵沟通，王维力觉得"微笑"是对这位数学大师最好的描述。

王维力的大胆尝试令陈璞颇为欣赏,为了突出父亲的"唯一性",她恳求说:"维力,以后别再塑造他人的微笑啦。"王维力开玩笑道:"你小心,以后每座雕像都咧着嘴冲你笑。"

2009年10月,王维力回国,参加陈省身雕像揭幕仪式。摆放雕像的前厅很大,所以王维力在最初构思时,就摒弃一般人物纪念性的胸像(这个大厅里原本有一尊胸像),他让老人的身躯在大厅中完全舒展开来,举目远望,微笑着关注后来的数学研究同行们。

2011年,王维力又受美国加州柏克莱大学数学所委托,再塑数学泰斗陈省身全身像,好评如潮。

第二章 根在中国

当人们称赞他的艺术成就时,他说得最多的,是感激母校和老师们的精心培养

王维力在美国事业的日益蓬勃,追根溯源,应归于他在中国打下深厚的基础。

当年,王维力非常幸运地成为世界一流雕塑大师们的弟子,这是百年可望而不可即的机会。

上世纪50年代,王维力考入北京中央美术学院时,学院在全国几千人中严格遴选,考生们几经考场,考一次淘汰掉一批,雕塑系在全国只招7名学生。而7名学生中,5位美院附中毕业,只有王维力和另一位同学来自普通中学。

陈省身全身像(位于美国加州柏克莱大学)

中国古代南齐谢赫的"六法"说:气韵生动,骨法用笔,经营位置,应物象形,随类赋彩,传模移写。

中央美院的学习环境非常优越,老师比学生多。工作室制,学生两人一室。先生们留法归来,年富力强,正是个人创作盛期,却呕心沥血,用大部分精力投入教学。

刘开渠先生是王维力的启蒙教师,初入美院时为其授课。刘开渠先生曾留学法国巴黎国立高等美术学校,师从著名雕塑家朴舍教授,曾任中国美术家协会副主席、中央美术学院副院长、中国美术馆馆长等要职。他喜爱王维力,在王维力打算赴美留学时,为他写了评价很高的推荐信。事实上,王维力当年以门门5分(满分)的成绩毕业。

滑田友先生,被评论家称为中国近百年来出现的大雕塑家,他对中国雕塑专业的构建与发展都有深远的影响。先生早年留学法国,学贯中西,熔铸古今。他的创作既体现了西方注重科学的精髓,强调雕塑的整体和饱满(人物雕塑上的每一个圆,每一根线,都要从组织结构的规律考虑,它们都不是孤立的),同时又充满中国文化的神韵。他推崇中国古代南齐谢赫的"六法"说(气韵生动,骨法用笔,经营位置,应物象形,随类赋彩,传模移写),强调雕塑"饱满"和"贯气"。就是说,一个场面,整体人物的构图应该关联,塑造"甲"时,一定想到了与"乙"和"丙"的呼应和贯通,这对运动走势和主题突出起了很好的作用。先生塑造天安门前人民英雄纪念碑浮雕《五四运动》,画面众多人物上身和腿的动作、衣摆的拿捏,形成"动"的节奏。

浮雕讲究画面布局要满,不同于中国画的空灵。

滑田友先生将法国最杰出的雕塑家罗丹

（A.Rodin）、马约尔(Aristide Mailllol)和布德尔(A.Bourdelle)介绍给学生们，三人齐名，并称现代法兰西雕坛三巨头，又是世界现代雕塑的三大支柱。

将罗丹的艺术严格分类很难，他属于古典主义？写实主义？浪漫主义？抑或印象主义？他倒是处于印象主义时代。但他打破这些界限，非常自由地将感情发挥得淋漓尽致。罗丹刻画人物细腻流畅，绘画性强，最重要的仍是写实手法，但有时偏于琐碎。

布德尔是罗丹的学生，崇拜罗丹，却并非延续罗丹。他自称建筑雕塑家，强调雕塑的重量感和体积感。他塑造的女人全身像《珀涅罗珀》，托腮的臂膀和向左突出的大胯骨，体积感好得很，符合典型的雕塑语言。王维力还很喜欢他的《张弓的赫拉克勒斯》，充满阳刚之气和悲壮的英雄主义。

马约尔的雕塑简练，强调人物大效果，仿佛显混沌状。但仔细观察，混沌状中，人物的解剖关系其实准确到位，只是为了表现效果，把它们减弱罢了。

滑先生为学生介绍了世界上最好的艺术，使他们一开始接触雕塑，就走了正路，一生收益无穷。

老师还介绍了一位伟大的意大利雕塑家，就是生活在文艺复兴时代的米开朗琪罗（Michelangelo），佛罗伦萨人。他创造了《大卫》、《哀悼基督》等不朽的雕像。文艺复兴时期，人文主义的理想在他的作品里得到完美鲜明的表达，即人的主动性、积极性和对建功立业的向往。米开朗琪罗的艺术，几乎成为西方美术史上难以逾越的高峰。王维力推崇他，称他为大哥。米开朗琪罗的年代距今已有500多年的历史，500年对于人类生

> 米开朗琪罗的艺术，几乎成为西方美术史上难以逾越的高峰。王维力推崇他，称他为大哥。

> 我们要在表达光、色、气氛方面不断努力，然而，要做到不失去艺术家最宝贵的品质——良心。

命的长河却只是弹指一挥间，王维力觉得他离米开朗琪罗很近，并在他的身世和巨作中找到了知音。在后来周游世界时，他亲临米开朗琪罗作品矗立的每一个地方，去德国、法国、比利时、意大利的佛罗伦萨、米兰，还有俄罗斯寻找它们。当王维力艺术造诣达到很高境界时，听人议论说米开朗琪罗死了，世界上好的雕塑也将随之失去，王维力很坚定地回答道："但他的弟弟还在！"——在纷至沓来的艺术世界里，他自信捍卫了雕塑艺术的灵魂。

美院的教师全心全意教学，甚至拿出自己的原创作品，借学生临摹。王维力就曾临过叶浅予、李可染等先生的原画。

俄罗斯艺术同样影响王维力一生，那些伟大画家的作品令他震撼。尤其是以克拉姆斯科依为代表的"巡回展览画派"。克拉姆斯科依的美学见解对"巡回展览画派"有重要的影响，他认为艺术品最重要的是思想内容，他说："我们要在表达光、色、气氛方面不断努力，然而，要做到不失去艺术家最宝贵的品质——良心。"

"巡回展览画派"出现在19世纪70年代，以在全俄各大城市举办巡回性画展得名。19世纪后半期的优秀现实主义画家几乎都是它的成员，如列宾、苏里科夫、瓦斯涅左夫、希什金、谢洛夫等等。徐悲鸿先生在谈及俄罗斯绘画时这样说："足以代表俄罗斯国家水平的画家有4人，列宾、苏里科夫、谢洛夫和伏鲁贝尔。列宾是世界一流画家，堪与法国的德拉克洛瓦相媲美。"徐悲鸿先生还认为："世界美术高峰时期一是希腊、罗马时

期，二是文艺复兴时期，三是俄国巡回画派时期，四是欧洲19世纪时期。"（《美术》2000年7月）

还在读高中的时候，王维力已临摹了列宾的油画"伏尔加河上的纤夫"。那是世界美术史上最有名的油画之一。大学期间，他更关注俄罗斯艺术。他对那些伟大的艺术家有一种钦仰之情，崇敬他们具有浓厚的人文主义的艺术传统和社会责任感，与俄罗斯文学一样，为民族肩负着苦难。他们对专制、暴虐和残酷的统治者不满，对未来美好生活充满向往，他们的作品因真诚而高贵不朽。艺术家们不为娱乐人生和个人名利而创作，而是通过绘画，严肃地探求道德、宗教等终极的问题，面对民众的困境，发出悲悯与宏愿，渴望求索救赎之路。王维力很羡慕大师们之间的友情。无论画家、音乐家、文学家，还是舞蹈家，互相都是朋友。好几位画家都曾画过文学泰斗列夫·托尔斯泰、钢琴家格林卡、诗人涅克拉索夫等人的肖像画。画家们往来过密，相互欣赏、赞美和提携，相互也画了很多优秀肖像画。这些都融入王维力的血液之中，他往后的创作，雕塑作品中可体味到意大利、法国雕塑家对他的影响，而绘画，却流露着浓厚的19世纪70年代俄罗斯风格。

在大学，王维力每周交给老师100多幅素描和速写作业；他饶有兴趣地完成老师布置的全部功课，经常受到表扬，成为老师得意门生。在老师们的鼓励下，他养成"笔不离手，走哪画哪"的习惯，以训练观察力。他常背大书包，内装画册、速写本，还有一只电筒。看话剧、舞蹈演出，他就打着电筒画速写。抓住人物稍纵即逝的关键动作记录下来，凭默记，离开剧场再作补充。

这些都融于王维力的血液之中，他往后的创作，雕塑作品中可体味到意大利、法国雕塑家对他的影响，而绘画，却流露着浓厚的19世纪70年代俄罗斯风格。

他的老师、著名画家叶浅予先生精湛的舞台速写是他最好的榜样。这是难度很大的训练,头脑反应要快,记忆要强,手又要迅速准确地描绘出来,只有日积月累,才能磨炼出过硬的功夫。

久而久之,王维力的目光具有一种穿透力,谁也逃不过他的眼睛。

好莱坞影星伊丽莎白·泰勒(Elizabeth Taylor)做小童星时,在电影《简·爱》中扮演染上肺病的小病人海伦。角色不重要,影片中一晃而过,鲜为人知。影片上映30年后,王维力才有机会看到,却一眼认出片中的小伊丽莎白·泰勒。而那时,号称好莱坞第一美人的伊丽莎白·泰勒风姿绰绰,早已因演过获奥斯卡奖的《去夏突至》和《埃及艳后》影片,为世人瞩目。能从成熟美艳的面容举止中,辨认出她幼年的稚气和扮演可怜小病人模样的人,实在很少!当王维力向朋友们谈及《简·爱》中的小伊丽莎白·泰勒,没人相信,有人还流露出不屑争辩的表情。待王维力从图书馆借来资料,查到《简·爱》演员目录,在最后一行小字中读到伊丽莎白·泰勒的名字时,朋友们惊叹得无言以对。

王维力漫画作品《成龙》

大约这就是艺术家的秉性和素养。

王维力对各种艺术兴趣盎然,喜进剧院、音乐厅;也喜交友,民族学院、电影学院、中央戏剧学院,熟人不少。表面像是娱乐消遣,其实时刻在汲取各种艺术的精髓。他学识渊博,精通中外各民族舞蹈、音乐和服饰。因此他画出的歌舞场面,使观者如临其境,仿佛听到美妙的鼓瑟琴声,感到舞者击掌而歌的欢快。

王维力心无旁骛,是个为艺术而生的人,如果算起

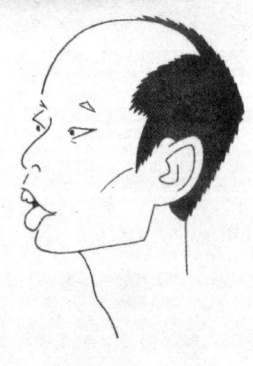

王维力漫画作品《葛优》

财务账，他会困意十足，眼皮即刻抬不起来，但谈起艺术，可以通宵达旦。

入学时，学校介绍了中外名著500部，但并不检查学生们的阅读情况。有些作品王维力入学前读过，未读到的在毕业前也都读完了。他不住校，在自己家里建立了私人图书馆。为保持室内无尘，即使寒冬腊月也不生火，怕熏坏书籍。读书时，就蜷缩在被窝里，身披棉衣，颈系厚厚的围巾。他从古今中外名著中吸取营养，丰富自己的艺术创作。

由于在中国接受了一流的精英培育，也由于王维力锲而不舍的努力，几十年后他到了美国才能满怀信心地在他乡异国走出成功的路。当人们称赞他的艺术成就时，他说得最多的，是感激母校和先生们的精心培养。

王维力漫画作品《索菲亚·罗兰》

新疆远行

大学毕业实习，老师鼓励学生们在全国范围内选择一个自己最想去的地方深入生活，然后再搞毕业创作。

因为在校期间曾协助老师完成北京民族宫中的各民族大团结浮雕，王维力结交了许多新疆朋友，他们早在家乡翘首以盼，等待王维力的到来，所以，王维力选择了新疆。

王维力出生不久，父亲因铁路工程需要，举家从南方迁往西北。父亲留学德、美，学业优秀。父母结婚时，男傧相是中国著名的物理学家吴大猷。吴大猷先生曾对王维力的父亲说，如果你学理科会比我强。但面对千疮百孔的贫穷祖国，父亲认为学工程要比在书斋里

王维力在毕业作品《金色的秋天》(浮雕)前

做研究更有益于祖国。父亲回国，为桥梁设计和铁路选线，携妇将雏走遍全国。王维力儿时的一段日子，曾经在丝绸之路途经的村寨度过。刚刚记事，最先映入眼帘的，就是那些美丽、活泼、热情的维吾尔人、哈萨克人、塔吉克人、塔塔尔人和其他民族的人们。可以说，他生命最初的艺术影响来自大西北，那些民族能歌善舞，快乐豪放，铸成王维力开朗乐观的性格。

父母参加当地人的婚礼，带王维力在哈萨克牧民帐篷中作客。欢歌笑语的盛典使少年王维力兴趣盎然，有一种无可阻挡的冲动，催他捉笔即兴而画。这样，在那里诞生了他的第一幅引起大人们关注的图画。画的是两位跳舞的哈萨克姑娘，帽上插着的羽毛，随舞步轻轻摇曳。那是他5岁的杰作，人物已有了看着舒服的比例结构、舞姿和神态。父母发现了孩子的天分，想起许多往事。

他们的这个男孩，比家里的女孩还要安静斯文。他满头浓黑卷发，皮肤白皙，衣服永远整齐干净，是个天生注重仪表、对美有特殊敏感的孩子。他没有一般男孩的顽皮，从不跟别人打架斗殴，在成群男孩子迷恋于一种叫做"官兵打仗"游戏的时候，他只对书画感兴趣，一个人可以坐在角落里看上大半天。大人信封上剪下来的小邮票、买回的小画册，甚至一张印着美丽照片的小纸片，他都会仔细察看，小心地保存起来，日积月累，就有了花花绿绿好多画片和信息。得空的时候，就兴趣盎然地把它们全临摹一遍。

父母惊喜于儿子的天赋，为他买来文具，王维力的笔墨生涯从此开始。后来，无论世道如何变化，他都以不变应万变,走在艺术的道路上不回头。

有一天王维力徘徊在黄土高坡,猛然抬头,看见山顶上一扇院门大敞,门框中是湛蓝的天,一个肤色黝黑、留着浓浓胡髭的维族青年,头缠花头巾,手牵骆驼从门前走过。纯净色彩和阳刚之美的画面使王维力深深感动,他浮想联翩,竟然觉得如入"天方夜谭"!

在日常生活中王维力发现了美,在寂寞单调的边陲也能领受到大自然的苍凉之美。还有那些劳作在土地上的农人,他们彪悍壮实的体格使王维力震撼。他以主观的、艺术的感知,在生活中看见一幅幅常人看不到的、抹之不去的画面,色彩明亮,构思精巧别致。

《天方夜谭》、《安徒生童话》和《希腊神话》,是王维力幼年时最爱读的书。当年,由于常书鸿先生(中国著名艺术家、曾任敦煌研究所所长)长年忙于敦煌的事业,有一段时间把女儿常沙娜(曾任中国中央工艺美术学院院长)寄住于王维力家中上学读书。小沙娜出生于法国里昂,一口流利法语。6岁随父母回国,扎根大西北,说中国话又带上西北口音。小沙娜长王维力六七岁,走的地方却很多,在孩子中就算见多识广了。王维力和姐姐,还有小沙娜同住一屋,夜里睡上、下铺。躺在床上,小沙娜就给姐弟俩讲故事,王维力总是听得入迷。他记得,第一次听到《白雪公主》的故事就是小沙娜讲给他的。那故事在他脑中久久萦回。后来根据故事情节,凭着儿童天真、稚气的想象,他画起《白雪公主》的连环画来,画中的小人,既有中国人的特点,又可见西方人的痕迹。多年过去,待他一日看到真正《白雪公主》的小人书,才知道自己画的与之相差甚

> 在日常生活中王维力发现了美,在寂寞单调的边陲也能领受到大自然的苍凉之美。还有那些劳作在土地上的农人,他们彪悍壮实的体格使王维力震撼。

远,但这毕竟在小小年纪,就锻炼了自己根据故事情节,把握人物形象和结构画面的能力。无怪乎他后来创作的电影海报、图书封面那么的精彩!俗话说,成功青睐于有准备的人,客观上,王维力从儿童时代,就已经在为他的事业做准备了。

他常常坐在卧室的桌旁读书画画,暖风从一方窗口吹进;有时躺在小山坡上,依着背后瓦蓝瓦蓝的天空看画册,故事里的人物仿佛就在附近的村寨里。童话世界很美好,新疆也时常历历在目,静谧的大自然是培育艺术家的摇篮。王维力知道,好人也会遇到困难和挫折,比如白雪公主受到王后的嫉恨和迫害,小红帽被冒充外婆的大灰狼欺骗。可是,他相信正义最终战胜邪恶,白雪公主被王子拯救啦!小红帽找到了亲爱的外婆!这种思想,直到成人,直到漂洋过海,永驻他的脑海,形成王维力独特的观察世界、思考问题的方法。

很多年后,美丽、神奇的新疆,依然令他怀念,他的艺术才华似乎总是跟那片土地连在一起。由此我们明白,即使在中国充斥着极"左"思潮的年代,王维力的一批刻画新疆各民族生活的作品,也不是应时之作,他竭力寻找既符合时代要求、又能碰撞出心灵火花的题材,他的作品经得起时间和地域的考验。

此刻,王维力第一次走出家门,踏上西去的火车,开始漫漫征途。他的皮箱甚至被一只鸭绒枕头塞得鼓鼓的,因为在这之前,他几乎没有独自远行,或许还不知道离开鸭绒枕头将如何入睡。

那是上世纪60年代初、中国遭受3年自然灾害的困难时期,人们每月定量二十几斤口粮,四两食油,王维力这样身体强壮、正处青春发育期的小伙子，肯定经常饿肚子。火车越往西走越荒凉，一路黄尘漫漫，峻岭嶙峋，人烟稀疏。但充满热情和理想的大学生根本来不及考虑那么多艰难困苦就出发了。

王维力长途跋涉，满怀热情地进行艺术考察，历尽艰难。他的新疆笔记连写带画，描述了所看到的一切，一笔不曾修改地保留至今。

在吐鲁番，他这样写道："姑娘们喜欢穿鲜艳颜色的衣裙，多粉红、红色、苹果绿色或花色。质料有布的、绸的、纱的和丝绒的。裤子多为散腿。无论男女均戴小帽，其花纹多种多样，美丽异常。每个姑娘飘飘欲仙，甚为诱人。"

王维力在新疆与维吾尔族和塔塔尔族朋友在一起

又有几行文字，详细地描绘了3种新疆小帽上的花纹。这成为他今后创作的依据，因为一幅画面里的细节，越真实细腻微妙维肖，才越能打动观众。

后边有更多的记载：

他们"洗手不用盆，而用这种壶来冲洗"。

"这里的枕头、被褥都绣花。枕头圆柱形，多为黑底，上面花纹十分漂亮。"又画绣花枕头。

去瓜地看望朋友娜菲赛，娜菲赛在看瓜地的草棚中为他做"凉面"。王维力记载道"凉面是一种拌上油来和，然后拉得很长很长，吃起来很有劲，上边粘有肉、茄和辣子等汁的面"。然后画图。

王维力在新疆速写笔记《新疆小帽》

每张图小而秀气，用黑钢笔描绘，细节详尽准确，一气呵成，张张珍品，一眼便知笔者手下工夫深厚，的确鬼斧神工。

以后，他又画了朋友们的房子，和房子里的摆设。

虽是笔记速写,是仓促中的一瞥,一两分钟的记录,却干净洗练,表现对象惟妙惟肖,内中赋予对生活极大的兴致和对艰苦的耐力,这些,正是艺术家需要具备的品质。

王维力"走家串户",在维吾尔族、塔塔尔族、乌孜别克族和哈萨克族等不同民族朋友家做客。到哪里都住朋友家,都有人帮他扛行李拿箱子,真是"有朋自远方来,不亦乐乎"。离开时,又有全家人恋恋不舍的送行,老母亲淌着泪嘱咐下次一定再来,使王维力生起眷恋之情。

这种作风延续到美国甚至维持至今,他在美国,同样与不同国籍,不同种族的人交往,成为一名"国际公民",他信奉"四海之内皆兄弟",自己也就达到了这种境界。

边疆的环境与王维力习惯的生活有时候相差悬殊。在家吃饭,父母要求孩子各人有自己固定的碗勺,夹菜时有公用筷。这里却众人只用一只木勺盛汤吃肉。尤其狩猎时,煮好一锅喷香的黄羊肉,男人们围坐一圈,最长者首先用木勺舀肉吃,然后木勺按年龄一一相传,王维力最年轻,传到他的时候,木勺不知经过多少人的口。这要是在北京的家,简直不可思议。

在北京的家,屋里、院里有一只苍蝇都要奋力扑捉,这里苍蝇掉到碗里也不稀罕。日记中写道:"……苍蝇多得使白墙变成了灰墙,或者黑墙。俗话说,'不干不净,吃了没病',我似乎应验了这句话,因为我吃了苍蝇爬过的东西。甚至苍蝇落到奶茶中,用手指拨出,继续喝茶。说也怪,至今没闹肚子。"

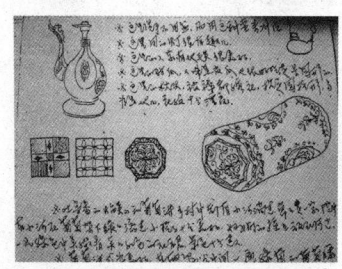

王维力在新疆速写笔记《洗手壶 枕头》

这就叫入乡随俗喽。

吃了很多苦，受了很多罪，王维力与人说起来竟是一次有趣的经历。他和男人们骑马狩猎，钻进他们的帐篷同吃同住。与阿妈、姑娘们一起摘葡萄。看哈萨克朋友乌伦汗的嫂子穿一身红色长衣，头缠大红头巾，骑马从他们面前飞奔而过，壮美无比！他参加维族人、哈萨克人的婚礼，击鼓舞蹈，乐声绕梁三匝而不绝；看奔葬场面，一队人马，从遥远处哭喊呼啸而过，是对生命失去的隆重的祭奠，然后和成一首沉重悲哀的挽歌，在空中回荡。生命的大悲大喜，在这片热土上周而复始，生生不息。

王维力在新疆速写笔记《娜菲赛瓜棚做凉面》

对于吐鲁番的葡萄，王维力在日记中写道："吐鲁番的葡萄太精彩了，品种多，光我就吃了五六种，异常的甜，异常的美丽。"这对于他一定印象深刻，因为在后来的创作中，经常出现以葡萄做题材的作品。

父亲在家中院内也栽过葡萄，一年秋季，父母带其他孩子出外旅行，只剩王维力看家。天热，王维力爱在葡萄架下乘凉，看着一串串熟透的葡萄真美啊，美得让人舍不得采摘。待父母回来发现，葡萄都烂在架上了。

木雕《丰盛》

《丰盛》被王维力构思为装饰雕塑。木雕中，维吾尔族小姑娘肩扛满满一篮葡萄，那罗筐和葡萄的雕刻用了装饰性浮雕手法，产生网纹效果。这是一个智慧的构想，既起到很好的装饰作用，又突现小姑娘稚嫩可爱的容貌。美丽的葡萄叶和葡萄须子，宛如古希腊雅典卫城

王维力作品《丰盛》(木雕)

柱上的装饰纹样，而葡萄颗粒饱满，有序地排列在竹篮上，为作品增添了装饰之美。整个雕塑被打磨得圆润光泽，十分可人。因为塑造的是一位维吾尔族小姑娘，用质地细腻的椴木材料，淡淡的乳黄色，正适于塑造娇嫩的肌肤。小姑娘有鼓鼓的脸蛋儿，元宝形的嘴唇，而那长长的一字眉，则是维吾尔族女孩特有的装扮。

维吾尔族女人以长发为美，未婚的女孩又会把头发梳成几十条甚至100多条细辫。王维力一丝不苟地对付这些细节，仿佛在为小姑娘梳妆打扮，满含情感地细心梳理，发辫排列精致有序，合拢在一起，就生动地再现了那个民族的美丽。

王维力作品《日夜想念毛主席》（木雕），被中国国家美术馆收藏

木雕《日夜想念毛主席》

王维力作品《日夜想念毛主席》（木雕）侧面

同一时期塑造了典型的维吾尔族老人形象，木刻《日夜想念毛主席》。老人满面风尘，却洋溢着喜悦，手捧红宝书"毛主席语录"，正是当年流行的一首歌"毛主席啊毛主席日夜都在想念你"，"骑着毛驴去看你，萨拉姆毛主席"的写照。手法也是刀砍斧凿，质地浑厚。

木雕《日夜想念毛主席》被中国国家美术馆收藏。

木雕《猎》

《猎》描述的是哈萨克猎人。

鹰猎是哈萨克民族自古沿袭的技能。每当冬季出猎，剽悍的哈萨克猎手身跨天山骏马，手托凶猛猎鹰，在猎犬的前呼后拥之下，放马奔驰于山林草原之间，浩浩荡荡、威风凛凛。而鹰，正是哈萨克民族的象征，勇猛、矫健。雕像中的猎人饱经风霜，狐皮帽下一双鹰隼般锋利的眼，注视远方，随时准备出击。他肩背双筒枪，戴皮手套，凶猛的猎鹰落于肩上，双目冷光犀利，鹰喙尖锐呈钩状，同主人一样严阵以待。猎鹰衬托着猎人的勇敢强悍，猎人更显鹰之英武。

雕像呈金字塔形，底座宽广厚实，给人稳重有力的感觉。身上有刀砍斧凿的痕迹，为表现猎手的剽悍、粗犷和勇猛起到很好的作用。

王维力作品《猎》(木雕)　被中国国家美术馆收藏

创作这尊雕像前，王维力曾骑马与牧人们在天山狩猎。牧人们对遥远的北京一无所知，以为王维力家里也养马，问养了多少匹？他们觉得王维力理所当然是位好骑手，所以一路走陡坡、跳悬崖都没有在意他。领头的往往是有经验的老者，手握雄鹰，气宇轩昂。后边跟一群猎人，王维力最年轻，随尾末。

有一次，路经悬崖，猎人们都跳过去了，王维力却是第一次经历，他不知道该怎么办。马跑到万丈深渊边沿，往下一看，头都发晕。他惊呆了，吓得勒住马，踯躅不前。可王维力天性不求人，没叫朋友帮忙。他想起小时候体育课上跳沙坑前的助跑动作，便转身退到远一些的地方重新起跑。可到悬崖边，他心里没底，又停下来了。然后硬着头皮，转身退到更远的地方，再一次疾跑，用双腿踢打马肚子，一闭眼，马竟然越过了5米宽的万丈深渊，好险啊，令人听后为他捏一把汗！他的心，也砰砰跳到嗓子眼儿，用生命换来的代价呀！

难怪雕像活灵活现！

王维力知道，塑造狩猎的哈萨克人的同时，一定要好好塑造那只鹰。马是猎人最亲密的朋友，他本想再塑一匹马，是那匹忠实可爱的骏马带他越过悬崖，化险为夷。但唯恐内容过于繁杂，反而破坏画面和主题。只好将它暗暗记在心中。

石雕《帕米尔的春天》

王维力作品《帕米尔的春天》(大理石) 被中国国家美术馆收藏

塔吉克族属欧罗巴人种，印度帕米尔类型。他们生活在高原上，远离城市的喧嚣和嘈杂，保持着人之初的善良和质朴。塔吉克人皮肤白皙，面部骨骼结构清楚。多数人双眼深凹，鼻梁高挺，唇部轮廓分明，美好形象使艺术家创作灵感涌动。

王维力的石雕《帕米尔的春天》，刻画一位塔吉克少女，举双臂束紧头巾。从坦然的目光和梳整头饰的动作中，可以感到她的幸福、平和和内心宁静。

高原在春的季节中苏醒，青春的活力溢满全身。少女头戴丝绒平顶帽，外裹大方巾，颈挂项链，穿宽大连衣裙，连衣裙胸前有装饰性的皱褶。帽檐两旁缀银元扣、宝石，串成两条如发辫式的装饰带，塔吉克人相信戴上它可以避邪。所有这些装束，都烘托出塔吉克民族女孩子的美丽和幸福，高贵如俄罗斯童话故事里的公主。

美丽的帕米尔高原净土般一直留在王维力脑海中，无论身在何方，都令他眷恋。近半个世纪后的2006年，王维力从美国再次故地重游，身后带了一群美国学生。他们钻进塔吉克人的毡包，和当地人一起喝奶茶听音乐，唱歌跳舞。然后请塔吉克舞者做模特，学生们当场作画。可见王维力对这块土地的一往情深。

在美国生活近30年，王维力希望与他朝夕相处的美国朋友们了解中国众多的民族，了解他深爱的祖国西北边陲，因此不远万里，将他们带到帕米尔高原，这是王维力多年的夙愿。

西藏采风

1975年，为庆祝西藏自治区成立10周年，全国集中了优秀的雕塑家赴藏，做大型群雕"农奴愤"。为创作"农奴愤"，雕塑家们深入生活，几乎走遍整个西藏，接触了西藏不同的民族。

每到一处，就与当地群众一块劳动，休息的时候，在地头画肖像写生。王维力三五分钟完成一副素描，他画了老人、小伙子、妇女和儿童。

老人们从奴隶社会走来、饱经沧桑。岁月在他们的脸上留下深深的痕迹，如高原上被暴风雨冲刷出的条条沟壑。粗糙多皱的皮肤，经历了飞沙风雪的磨砺，干枯了，裂痕累累。推翻黑暗的农奴制，才使他们获得新生。

朝气蓬勃的小伙子们喜戴轻柔的狐狸皮帽，或戴用金银丝缎编织的藏式"金顶帽"，神采奕奕，双目炯炯，很有些飒爽英姿。

彪悍的牧民青年，戴"口袋帽"，穿氆氇大氅，领口镶豹皮，狩猎生活造就了他们犀利的双眼，在卷曲的浓发下熠熠生辉。

王维力素描作品《藏族老人》(炭精棒)

王维力素描作品《戴金顶帽的藏族青年》(炭精棒)

姑娘们柔美,穿长袍,腰间束带,有的发辫盘头。

还有爱热闹的小孩子们,对画家特别感兴趣,画家走哪他们跟哪。该画他们了,又你推我搡,不好意思起来。画面上的一个小家伙微微低头,大拇指和食指下意识地抠在一起,却又情不自禁地偷看画家。

每一幅画都不是概念的,都从鲜活的生活中来,张张画得结实,诞生于人稀荒凉的山路上,农田边,或者牧人的帐篷里。

西藏的生活使王维力感动,他看见那么多难忘的人和美丽的风景,是内地见不到的。一年后工作结束,人人归心似箭,王维力也很想念父母,可是他又舍不得西藏的大好河山和那里的人。他知道这一走,就很难再来了。如果乘飞机,根本无法领略一路美景,那必是终生憾事。

于是,他退掉机票,踏上川藏公路。

那是一条漫长的、美丽与险恶并存的公路。本来两个半小时的飞机路程,王维力竟足足走了一个月。

他有时搭运货的敞篷大卡车,有时乘军车。看到人物美景就停下来画,画完再拦下趟路经的汽车。一路风霜雨雪不断,他甚至连件御寒的大衣都没有。汽车完全是在悬崖绝壁上行走,但躺在卡车的大箱里,仰面看滚动欲立的白云和苍松翠柏从头顶掠过,心中有说不出的激动。他平生第一次穿越中国西南山区,金沙江、澜沧江在悬崖陡壁上震怒而过,由于横断山脉的阻隔,变得狂放不羁,即使粉身碎骨也在所不惜。柔弱之水前赴后继,结集起来,如锯如斧,把山劈开,然后远行。二郎山的秋天,枫叶满山红遍,夕阳下火一般闪烁。温暖的

王维力素描作品《藏族妇女》(炭精棒)

亚热带气候，山冈翠绿欲滴，蓝花遍野，薄雾濛濛，空灵而玄妙，王维力简直有点飘飘欲仙的感觉。

那是个一生都不可能忘记的地方，王维力后来走遍世界，觉得即使是风景著名的瑞士和被人们向往的阿尔卑斯山脉，其湖光山色也不如这里的绚丽。

"世界最美的地方在中国！"他告诉人们。

王维力在路上流连忘返，走走停停，有时搭不上车，只好在道班里过夜。有时找不到旅馆，就睡在敞篷车里。他吃尽了苦头，画夹中的作品却越集越多，刮风下雨，首先被保护的是这些作品。

他创下了一个月不洗澡的纪录。

木雕《沙漠之鹰》

1979年，王维力被国家派往叙利亚，为该国总统塑像，他同时在叙利亚采风，画大量人物速写素描。许多当年中国驻叙利亚使馆的大使、参赞和其他工作人员都记得王维力，因为他给他们每个人画了漫画。有人将自己的漫画镶了镜框，挂在家中墙上，保留至今。那个时期，王维力并创作了具有民族色彩的木雕《沙漠之鹰》，塑造了叙利亚青年的典型形象。

王维力作品《沙漠之鹰》(木雕)

宋庆龄故居里的汉白玉胸像

雕像晶莹剔透，柔美而无丝毫瑕疵，使人感到其中包裹着一颗高贵的灵魂。

宋庆龄出生上海，父亲是一位牧师兼实业家。少年

时代，宋庆龄负笈美国，在佐治亚州韦斯里女子学院就读，接受西方教育，受到民主主义洗礼。辛亥革命推翻清朝专制统治，她对祖国的独立、自由、民主和富强满怀憧憬。

但共和国被扼杀在摇篮中，革命大潮消尽，宋庆龄报国无门，学业期满，没有回国，径直到日本、流亡革命党人聚集的东京。不久，担任孙中山先生的助手，并与之结为伉俪，开始了长达70年的革命生涯。

孙中山先生临终前，把"和平、奋斗、救中国"的遗嘱交给了宋庆龄和他的同志们。宋庆龄牢记嘱托，出访苏联，旅居欧洲，考察世界上第一个社会主义国家和几个主要的资本主义大国，研读马克思著作，与流亡欧洲的许多中国革命者一起研究中国革命的核心——土地和农民问题，思想上有了质的飞跃。

王维力作品《孙中山夫人宋庆龄》（石膏）

孙夫人身材娇小，在大革命的急风暴雨中却肩负重担，经历爱与恨、生与死的砥练，美丽的明眸时显伤感，性格却绝不乏坚韧与顽强。孙夫人曾因蒋介石背叛革命、清洗共产党人而与其决裂，坚定地站在共产党和劳苦大众的立场上；她面对敌人的子弹和恐吓毫不动摇，利用自己特殊身份营救了许多革命者；抗战时期，国难当头，她号召举国上下团结一致，抵抗日本侵略，争取最后胜利，为国共两党实现第二次合作起着不可替代的作用。解放后，孙夫人又致力于世界和平与关心中国少年儿童成长的事业。她是国家副主席，地位很高，却待人诚挚平和、善良博爱。

王维力认为，孙夫人这样为革命事业鞠躬尽瘁的爱国主义者，知识渊博、思想开放、敢于伸张正义的人、才有资格作为中华民族的妇女形象代表。20世纪70年代末,"文革"刚刚结束,孙夫人处境仍显微妙,王维力却已经常去拜访她了。

暮年的孙夫人依然气度不凡,忧国忧民之心不减,她深藏的信念和对国家对人民溢于言表的热爱,使王维力有很大震动,真切地感到面前站立的,正是小学历史教科书里读到的那位叱咤风云的巾帼伟人。

王维力很想为孙夫人塑一尊雕像,因为他是有大抱负的人,从小关心人类命运和国家大事,格外崇敬为人类进步作出贡献的伟人,伟人可以引起他的共鸣。

孙夫人知道王维力对艺术颇有见地,可以引为知己,就常请他来家做客,一起看电影,有时一看就六七个小时,看后又与他颇有兴致地讨论影片情节和演员演技。孙夫人喜看名著,如莎士比亚悲剧《李尔王》、《奥赛罗》、《麦克白斯》等,要是播放成龙的武打片就提不起兴趣,客气地与众人告辞说:"你们看吧。"

王维力作品《孙中山夫人宋庆龄》(石膏)侧面

孙夫人常请王维力吃饭,家里举行舞会也请他参加。王维力趁与孙夫人接触的机会,仔细观察、体会和思考。他翻阅孙夫人的传记和史料,搜集几百幅孙夫人各个时期的照片,私下做了大量功课。

报纸上刊登孙夫人的照片并不多,王维力曾为此打抱不平。后来方知,孙夫人注重个人形象,不满意的照片统统撕毁,不允许报社发表。

好在王维力"朋友遍天下",孙夫人的私人摄影师周幼马(马海德之子)恰好是他的"哥们儿"。周幼马知道王维力的需求,偷偷提供许多未公开发表的照片,口中连连嘱咐:"千万别让首长知道。"

费一番周折，王维力搜集了充足的素材和各个时期的照片，它们记载着孙夫人历经血腥革命和枪林弹雨的洗礼，从一位大家闺秀成长为民族领袖的历程。孙夫人的形象逐日饱满，清晰地印记于王维力脑海，一旦将其镌刻为雕像，立于世界之林，就会成为不朽之作。

王维力成竹在胸，决定塑造孙夫人坚韧不拔、又绝不盛气凌人；面对敌人勇敢顽强、一派大丈夫气概，本性又那么慈祥、和蔼、关爱人民的形象。

一尊雕像，就是主人公的一部史诗，王维力从坚硬的岩石中，锤炼出一位融和东、西方文化智慧的伟人。他是第一个为孙夫人做雕像的人。

孙夫人后半生主要从事少年儿童工作，她担任了国家副主席以后，许多人为她塑像，却不够理解她，多强调她的慈祥、和蔼的品格，有的人甚至把她做成大菩萨。王维力说他们对于孙夫人，只知其人，却不懂其人；只知其人美，不懂其人如何美。而他，几经深思熟虑，寻找到了贴近主人公性灵的描述点。

那时候，孙夫人已临近九十高龄，看到王维力为自己塑造的雕像，甚是喜爱，腼腆地笑了，说王维力是世界上唯一为她塑像的人。

很在乎自己形象的孙夫人在临终前，撕毁了大批她不满意的照片，却保留了王维力为其雕像的小照。

无数次推敲，无数次修改，王维力希望雕像十全十美。他的手艺近于精细，甚至发现汉白玉上的一点点瑕疵，都要凿掉整个层面，重新塑造，以求其纯净剔透。他希望孙夫人能拥有一尊长存于世而无遗憾的雕像，希望她的心灵在九泉之下得到慰藉。

从此，这座雕像永远坐落在宋庆龄故居，成为无数人缅怀她的重要组成部分。孙夫人身穿中式服装，浓发后挽，肌肤晶莹丰润，颧骨微高，面目和善地关怀众生，眉宇中流露着一丝担忧，那是为着祖国命运始终不弃的责任。那时"四人帮"刚刚被打倒，国家百废待兴，孙夫人没有来得及看到祖国立于世界之林的强大，她是否还有许多惦念？

另一尊翻制的雕像，保存于中国美术馆——中国国家最高美术博物馆收藏。

第三尊雕像，应邀远渡重洋，坐落于美国佐治亚州韦斯里女子学院，宋氏三姐妹曾经就读于此。

孙夫人雕像受到国家领导人的赞赏，孙夫人追悼会在人民大会堂举行时，廖承志先生曾提议摆放此尊雕像，可惜会堂太高大，雕像体积显小，只好作罢。

孙夫人雕像感动了许多观众，也惊动了香港大亨何鸿章先生。他是香港名流何东爵士的孙子。何鸿章先生远道而来，在北京找到王维力，希望能为美国华盛顿的乔治城大学"国际文化中心大厦"塑一尊孙中山先生雕像。

王维力作品《孙中山先生》(大理石)

孙中山先生的大理石像

孙中山先生是中国近代民主革命的先驱，为推翻千百年的封建统治制度奉献毕生精力，但是推翻旧社会的重任显然太艰巨，不是一代人能够完成的，孙中山先生发出了"革命尚未成功，同志仍须努力"的遗训。他弥留之际总结40年的革命经验，得出结论："必须唤起

民众,及联合世界上以平等待我之民族,共同奋斗。"

孙中山先生做着前人未做过的艰苦卓绝的事业,在旧中国疮痍满目的废墟上,为大众寻找一条通往强国的道路。对于这样的伟人,当然要塑出他的一身正气,满面大义凛然和领袖的气派。王维力却着重刻画了孙先生双目透露着的善良和宽容。眼睛是心灵的窗口,人物多元的性格跃然而现。孙中山先生没有权势的趾高气扬和不可一世,性格坚毅中仍然透露出温和、慈爱,中国人称其为"国父"。

一部优秀作品体现着雕塑家的文化底蕴和对描述者不一般的感悟。理解准确,方能表现准确,感动众生。说也巧合,观者在孙中山先生的眼神中看到了王维力那同样善良、诚实,有时有些忧郁、有些疲倦的眼神。

1982年9月24日,华盛顿乔治城大学文化中心举行塑像落成典礼,中国政府派当时的对外友协主席王炳南先生和柴泽民大使率代表团前赴华盛顿。王维力被邀请发言,那时候他的英语还不够纯熟,发言时只能背讲稿,但已经显示出演讲的才华。不论怎样的场面,面对怎样的"大人物",他都能不卑不亢、不紧不慢地做精彩演说,其中不乏幽默。讲演刚刚结束,一位外国官员上前与王维力紧紧握手,赞美他的工作,感谢他的付出。他们俩即刻被无数记者包围,镁光灯"哗啦""哗啦"闪个不停。事后人们告诉王维力,与他紧紧握手的人是联合国秘书长库尔特·瓦尔德海姆(Kurt Waldheim)。

在王维力的艺术作品中,不管领袖人物,还是普通劳动者,他都能发现并表现他们身上的美好。他与塑造的艺术对象感情笃厚，息息相通。王维力坚信："……无论是目前还较贫穷、落后的地区和国家，还是较富强、先进的地区和国家，许多人都是可爱的。虽然他们有的粗犷、有的清秀，有的豪放、有的斯文，但他们都有各自美好之处。"

第三章　休士顿有一个"国际大家庭"

这个人群自然相互靠近的、温暖的大家庭，在王维力身边已经聚集十几年了

王维力初到美国，就读于洛杉矶伊凡（Evans）成人学校，该校专门为外国学生提供英语教学。

学生来自不同国家，一下子看到地球上那么多人种，令王维力兴奋。同学们不同肤色、不同种族的面容体态，正是王维力创作的宝贵素材，大家都是兄弟姐妹，这在王维力看来是最自然不过的事了。上大学的时候，他有个通讯录，他在封面上写道："四海之内皆兄弟。"里面密密麻麻写满了各国朋友的联系方式。

在人体的骨骼结构方面，西方人比亚洲人更清晰，表达效果更显著。按捺不住绘画的欲望，课间的时候王维力就为同学们画肖像，嗖嗖几笔，声情并茂。他有这个本事，看人一眼瞬间抓住对方的形态。

伊凡社区成人学校有几千名学生，校内正盖新的教学楼，校长希望在一进楼的大厅雪白墙壁上，有幅美丽的壁画。有人推荐王维力。可是校长很为难，因为他的校园建设经费所剩不多了。王维力得悉后，豪爽地向校

长表示,他愿意献给学校一幅壁画,不收费用!王维力是20世纪五六十年代成长起来的中国青年,那个时代推崇高尚人格,先驱为新中国献身的榜样和雷锋精神深入人心,王维力在国内经常做公益事业,今日为学校做好事应属自然。何况他心存友爱并知感恩,他说:"'伊凡成人学校'是我来到大洋彼岸接受教育的第一所学校,我永远感谢学校的培育。"他还说:"在这里我交了许多朋友,学到新的知识,我对学校有一份特殊的感情,很愿意回报一幅作品。"

王维力的作为令当地人钦佩,他要馈赠的可是一幅有几层楼高的壁画呀(4.88米×18.3米),这要消耗很大的精力和时间呢。王维力用几个月的时间去图书馆搜集资料,然后开始构思。画了许多草图,心中有数后,就蹬着梯子爬上很高的楼层作画。

这使他回想起六七岁随父母去敦煌。当时父母应敦煌研究所所长常书鸿先生之邀,参观莫高窟。那时董希文先生也在莫高窟,他后来画了著名油画"开国大典"。两位大师仿佛在此等候良久,就是为给王维力开启这扇艺术殿堂的大门。

一进莫高窟的千佛洞,王维力愣住了,只觉如入仙境,奇想万千,热血沸腾。顿时,他屏住呼吸,璀璨斑斓的色彩与飞天动人的舞姿,使他如醉如痴。他立即抓笔临画,恨不得把所有瑰丽壁画尽收笔下。

后来王维力有机会读到常书鸿传记,发现他们真"英雄所见略同":常书鸿先生在巴黎街头地摊上看到莫高窟壁画画册,即刻从法国赶回中国,历尽辗转,来到敦煌。初见莫高窟,也是心旷神怡,夜不能寐,从此扎根敦煌，过起几乎"与世隔绝"的寂寞生活。一位受到法国艺术界赏识的江南才子，本可以在塞纳河边过着富足的日子，却为了心中的艺术，受苦于荒蛮大漠之中。王维力虽没有过他那样的艰辛历程，为艺术奉献的精神却相通，他们听凭内心的召唤，终生为艺术而活。常书鸿先生沉浸于心中宏图，无意间却将妻儿拖进严酷的生活环境，他甚至没有条件顾及孩子。这使幼小的王维力隐约感到献身艺术的"悲壮"，或许为他往后的独身，萌生了最初的意念。

敦煌莫高窟的璀璨从此萦绕王维力心中。

此时，凭着敦煌临画的功夫，王维力雄心勃勃，要用画笔在美国"刷"出一个"大同世界"。

艺术家无国界，王维力视天下各族人民为兄弟姐妹，还熟悉各国歌舞、音乐和绚丽多彩的服饰。描绘它们，驾轻就熟。现在，他成竹在心，信手拈来，把它们全都请到自己的壁画里。

绿色是生命，壁画中间以青绿作背景，那是春的气息，亚洲、欧洲、非洲和北美洲的青年女子在青绿之中翩翩起舞；左上角是夏，蔚蓝色的南太平洋、非洲人在岸边扭动着臂膀，鼓乐和之；

海底有一对夏威夷男女追逐嬉戏，珊瑚、鱼儿环绕身边；

金黄色的左下角该是秋收的季节，阿拉伯女孩头顶水果篮，迎面而来；

白色是纯洁，壁画的右上角，白雪皑皑，爱斯基摩人、西藏人和北美地区民族的人们正乘麋鹿拉着的雪车飞跑。

王维力正在创作大型壁画《欢乐年年，友谊长存》

王维力虽没有过他那样的艰辛历程，为艺术奉献的精神却相通，他们听凭内心的召唤，终生为艺术而活。

这是一幅理想主义的、装饰性很强的壁画,又像一部反战宣言,希望人类和谐相处,反映了世界各民族人民友谊地久天长的愿望。王维力童心未泯,与人为善,他本人朋友如云,正是壁画思想在现实生活中的体现。

用四季景色做背景,表示人类生生不息;"欢乐年年,友谊长存",则是壁画主题,这个主题与当今中国在世界上宣扬的"和谐世界"一拍即合。

那却是上世纪80年代初的事情了。

经过数月劳作,巨幅壁画诞生了!天真、浪漫、童话般诗意盎然的画面,从四楼直铺一层!

该校专门为此举行隆重揭幕典礼,洛杉矶市长汤姆·布莱德里、州参议员、州众议员、市议员以及洛杉矶教育学区总长等政界要人均应邀参加典礼。

校长哈蓝巴伯奈尔与王维力热烈拥抱,他说,这是今年学校收到的最珍贵的礼物。他授予王维力"艾美奖",此奖象征该校最高荣誉。市长布莱德里多次表示希望王维力选中他们的城市安家,并为本市有这么优秀的艺术家而自豪。

但因为休士顿有项目等待,王维力婉拒盛情之邀,辞别洛杉矶。后来,他在休士顿一下生活了30年,休士顿成为除北京之外、他的第二故乡。

重大决定——义务教学

1992年,王维力应休士顿艺术同盟之邀,教授雕塑课。教学期间,他最看重的是学生的基本功训练。因为无论美国,还是世界上其他国家,美术院校普遍存在

教学期间,他最看重的是学生的基本功训练。因为无论美国,还是世界上其他国家,美术院校普遍存在的问题是不重视基本功,片面鼓励学生"标新立异"和"创造性"思维。岂知,没有手下的真功夫,何以谈得上创造!

的问题是不重视基本功，片面鼓励学生"标新立异"和"创造性"思维。岂知，没有手下的真功夫，何以谈得上创造！

有一次，一位南加州大学美术系学生谈起画"手"，说画手太容易了，他做小孩子的时候就会。问怎么画，他当场表演：把自己的手放在一张白纸上，按其轮廓描出，然后再填手中内容。

因为美国艺术院校的学生如此水平，所以当南加州大学和路易斯安那州大学聘请王维力当老师时，他坚定地回答："No，Thank you！（不，谢谢！）"初到美国，他是来留学的，但几所著名大学看了他的作品，都说没有什么可以教他的了，校长希望他留下做教授。王维力更喜创作，也知道艺术的流行趋势，他不想从事教学工作。

王维力在速写素描课堂上

这一次，休士顿的艺术同盟多次请王维力授课，盛情难却，他开始尝试教学生画画和做雕塑。王维力很快发现，学生们的基本功太差了，甚至让他无从教起。在犹豫不决的时候，面对一双双乞求的眼，一幅幅真挚可爱的面孔，王维力决定给他们补课，但不收学费！他认为，不收学费，才能保持艺术教学的纯真性。从哪教起呢？如果教，就要把最本质、最重要的知识教给学生，那就是基础。他希望学生扎扎实实地打好基础，把速写素描学好，将来无论绘画还是搞雕塑，就都有了底气，即使做抽象艺术，也是建立在坚实的基础上。

王维力保持了艺术家的高贵。媒体称之为"北方男儿的豪爽之气"。

王维力是有良心的艺术家，他怀着对艺术的忠诚和热爱去教学生，他不希望将如此神圣的工作与经济联系在一起，不想人与人之间因为经济利益发生纠葛，所

王维力认为，这个世界太需要艺术了，他希望身边有更多的人热爱艺术，懂得艺术，他觉得这是艺术家的责任。

以，班长只收些活动经费，用来应付教室的租金、模特费和大家的饮料、甜点费用等。

　　义务教学，王维力高兴，他可以按着自己的愿望上课，如果在大学里，就要按校方要求安排教学，即使是错误的，也不得不违心去做，这是他不可忍受的。

　　王维力保持了艺术家的高贵。媒体称之为"北方男儿的豪爽之气"。

　　一位颇有名气的雕塑家，竟要亲自教学，这对社会自然有很大的吸引力。

　　因此，只要王维力上课，教室里就"人满为患"。有人从很远的Lake Jackson和College station来，还有的从墨西哥来。学生们希望老师多教他们，一周一天的学习时间显然不够。教师工作不是王维力的最爱，但他重友情，面对那么多期待的面孔，他就想"倾囊相助"。

　　王维力认为，这个世界太需要艺术了，他希望身边有更多的人热爱艺术，懂得艺术，他觉得这是艺术家的责任。

　　除周二整天上课外，王维力又腾出周六上午时间。这当然不是轻松事，占用他大量时间备课，还要准备教材和幻灯片。但这也使他的生活丰富起来，每周有些时候和朋友们一起度过，将自己所知的艺术见解告诉他们，共同探讨艺术，既做了有意义的事，也找到了知音，心中无比快乐。

　　这个培训班很有意思，学生年龄从十七八岁到八九十岁不等。有年轻人，中年人，还有中年人带着老母亲。学生又有不同的族裔，美国、中国、德国、墨西哥、俄罗斯、瑞士、叙利亚、阿根廷，还有瑞典、西班牙、法国、英国……简直一个"联合国"。而他们之中有专业艺术家，医生、律师、大学教师、石油公司的工程师、科研所的科学家。人们紧张地工作一周，宁肯放弃周末休息，开着车，从四面八方会聚到教室。1992年至今20年了，王维力教学风雨无阻，只要在休士顿，无一次耽搁。有时他从外地归来，顾不得回家，直接开车去课堂。他与同学们互相惦记着，亲如兄弟姐妹。只要是他的学生，他看着都好，谁也不许背后说别人坏话。大家知道王维力的性格，在他的班上，仿佛受到感染，没人好意思搬弄是非。

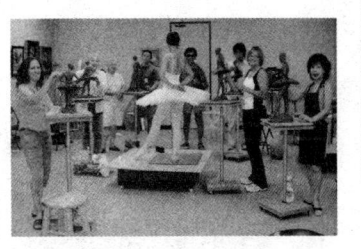

王维力在雕塑课堂上

有天晚上，王维力接到一个电话，是同学们打来的，他们每人说一句中文，连在一起，是对王维力的一段长长的祝福："亲爱的维力，你是我的良药！……维力，我们的生活中不能没有你！……维力，你改变了我的生活！……维力，我老是盼着去上课，大家在一起好温暖！……"他们直喊得王维力眼圈发红。学生说王维力是良药，真实地道出生活中的苦衷。人们生活在节奏快、压力大、缺乏沟通的社会里，苦闷孤独与生活相伴。有位女同学得了癌症，后来在王维力的工作室学画。她生命最后的一段日子过得很愉快。是她真挚地对王维力喊出："You are my good medicine(你是我的良药！)"王维力用人类艺术的精华和崇高信仰滋润着他的学生们的心灵，为众人讲解世界文学、舞蹈、音乐和美术，希望有更多的人与他同享，加强了人与人之间感情的交流，真可谓"心灵良药"，所以学生们的生活再也离不开这个大家庭，离不开王维力了。学生陶尔斯（Dosi）重病的日子里，一直在祝福工作室永存，那样的

> 王维力用人类艺术的精华和崇高信仰滋润着他的学生们的心灵，为众人讲解世界文学、舞蹈、音乐和美术，希望有更多的人与他同享，加强了人与人之间感情的交流，真可谓"心灵良药"。

话，在他离开人世以后，他的妻子还有地方可去。画家Down，每次下课后都走到王维力面前，恭恭敬敬地对他说："谢谢你，今天我又有了新的收获。"

王维力没有成立小家庭，却以博爱之心建立了大家庭，关怀着其中每一位成员。独特的创举，是他宽阔胸怀的体现。

王维力心里清楚，不仅学生需要他，他更需要学生，"我因你们而感到幸福！"他在电话里回答，那时他一定也被感动得泪流满面。

王维力在雕塑课堂上

一年迎春晚会上，一位女学生站在舞台上，手提一篮玫瑰。同学们上台，每人从篮里拿一枝玫瑰花，大家口中唱道："玫瑰玫瑰我爱你。"边唱边走到王维力面前，将手中玫瑰献给他，改唱道："维力维力我爱你。"后来每年的迎春晚会上，学生们都会唱道："维力维力我爱你，维力维力谢谢你。"一个人，看到许多张不同的真诚的面孔，听见人们异口同声的赞美，王维力热泪盈眶，感激人们对他的理解和友谊。每当记者采访，谈到义务教学时，王维力一再强调说，其实他得到的远比付出的多。问得到了什么，王维力不假思索地说，是"爱，无价的爱"。王维力认为，活在社会里，就是希望别人需要自己，得到自己的帮助与关怀，这样才觉得生活开心而且有意义。

王维力则认为，用什么形式创作，完全依赖于艺术表达的需要，无论写实，或者变形。

课堂上，王维力在学生中穿梭，为每一位学生纠正错误，不厌其烦地亲自给他们修改习作。他从人体解剖入手，把道理给大家讲透彻，又挑选了正规的人体解剖图，复印给大家。

待同学们画得差不多的时候，就有人搞起创作，王维力又组织评议会,让学生讲自己的创作,大家一起讨论。

王维力反感社会上"人云亦云"、是非颠倒的现象。张大千闹眼疾时的泼墨也说成是他的高峰之作。毕加索晚年"作秀"的应时之作被当作经典,毕加索不断变换艺术风格,并非出于表情达意的需要,而是在游戏艺术。王维力则认为,用什么形式创作,完全依赖于艺术表达的需要,无论写实,或者变形。

王维力的学生办展览

眼下人们失去耕耘的耐心,只想一夜成名。于是用大便做图案的、食死婴的,都可以登堂入室,吹捧者像欣赏"皇帝的新衣"那样争先恐后地叫好。王维力对其疾恶如仇。一些艺术家为挣钱,盲从美国社会艺术思潮的变化,并非出于艺术的感觉,王维力坚持表达自己真实感受。他的工作室和他可爱的学生们创造了一片净土,对艺术持老实真诚态度。这里仿佛是"乌托邦"的理想国,王维力要把世界上最好的艺术传授给学生们。

王维力为学生介绍世界上的艺术大师们,如果有值得看的展览,他就和学生们一起,驱车前往。展览使学生们大开眼界,他们期待着王维力带他们去看下一个展览。没想到,下一个却是学生们自己的展览!有油画、版画、水粉画和雕塑作品。报纸上刊登展览的消息,展览馆门前也打出霓虹灯广告。

展览开幕的那一天如同过节,学生们服饰庄重,穿工作室特制的、印着三"WWW"(WillyWangWorkshop缩写)的T恤衫,一律戴工作室胸牌。展览共展出36件作品,其中有雕塑、素描、国画、油画、水彩画等,堪称品种丰富,色彩艳丽。尤其风景画构图多样,颜色明

朗，表达了大自然的优美、壮丽。雕塑作品更令人回味，"抽"而有"象"，或称之为"抽象"而有"意象"。

2005年1月23日，《美南新闻》以"从基础中诞生风格，从风格引导出趣味"为标题，报道学生展览。副标题是："王维力艺术工作室给人们带来的惊喜。"其中谈到，"王维力艺术工作室可称得上是休士顿的一道独特的风景"。而今年展览与众不同处在于，不仅学生作品较前有质的变化，而且学生们"加入了为东南亚海啸受难者募捐的活动。展出的许多作品标价出售。王维力也将本人部分素描限量印刷品带来现场义卖，所得收入将捐给东南亚水灾地区"。工作室虽然小，却心系人类呢。

王维力素描作品《藏族老人》(炭精棒)

西藏是中国的领土——把真实的西藏告诉世界

王维力为人热诚、彬彬有礼，不乏绅士风度，但在大是大非面前，他可是当仁不让。

2007年10月9日《美南新闻》曾经这样描述他："王维力不允许任何人别有用心地说中国的坏话，他常常谈起自己在西藏的经历，告诉人们那里发生了天翻地覆的变化。"

"通过他的言谈行动，美国人对中国有了进一步的了解，去除了许多偏见。"

2000年8月19日《美南新闻》："……（王维力）不能容忍任何诋毁祖国的言行，这是他生命中唯一可以和人争执的地方。"

美国在经济、文化和科学技术上具备了相当成熟的条件，他们有发达的交通和通讯条件，迅速地通向世界各国都不成问题，为人们提供了了解世界和开展国际交往的机会。然而，一些美国人对外面的事情知之甚少，对中国也是如此。

中国《环球时报》有一篇文章说道："近百年来，成千上万走出国门的中国人所从事的第一个工作就是到中餐馆打工。而成千上万的西方人就是从中餐馆开始认识中国的。在很多外国人看来，在中餐馆吃顿饭或逛逛唐人街与去一趟中国似乎没有多大差别。"

"普通西方人眼中的中国形象就这样简单，就像他们总想用一个符号、一个替代物来象征中国，单调与符号化使西方人对中国的了解停滞不前。1942年的一项调查表明，60%的美国人不知道中国在世界地图上的位置。50多年后几乎没什么变化。1997年，美国有媒体做了调查，结果表明，100个学生中只有4个知道邓小平是谁，居然没人知道中国的国家主席是谁。"（中国《环球时报》2006年12月29日"西方看中国 一直在误读"。）

王维力素描作品《藏族牧民》(炭铅笔)

王维力上世纪80年代去美国，那时候中美关系犹如刚刚解冻一角的冰河，他要想对美国人说明白中国的西藏，犹如步履艰辛的破冰人，该有多么不容易。

西藏对于大多数美国人还很陌生，不知道它在哪，有人还以为在地中海。因此，当别有用心的人支持流亡国外的达赖喇嘛，谴责中国政府霸占西藏的时候，美国很多不明真相的人信以为真。电影演员李察·吉尔(Richard gere)无孔不入地利用奥斯卡颁奖典礼的机会突然向中国挑衅，要"中国人离开西藏"！此事大大惹火了奥斯卡主席,因为"彩排"时,他并无此"台词"。

李察·吉尔的行为也激怒了王维力,那届奥斯卡他没有参加,否则他非要问一下李察·吉尔:"你对中国知道多少?不懂问问我,我要好好教育你一番。"王维力当下邀集报社记者,痛斥了狂妄无知的李察·吉尔。王维力亲自深入西藏,他的笔下刻画的正是那些被解放的农奴,他们第一次尝到做人的滋味。王维力热爱他们,视他们为亲兄弟,因此,他不允许李察·吉尔们制造反华的谣言。

在美国,王维力到处宣传他所看到的西藏,口干舌燥,又写成文章:"把真实的西藏告诉世界"(《中国西藏》2001年 第6期)。文章中写道:

"1937年,美国电影《失去的地平线》(Lost Horizon)将西藏描述成乌托邦式的世外桃源,男耕女织,歌唱放牧,游泳戏水,人人生活幸福,没有贪欲,没有仇恨。不过,一离开香格里拉,18岁的姑娘立刻变成80岁的老妪。再加上好莱坞惯用的手法,在摄影棚中搭出来虚假、但却豪华、堂皇的宫殿布景,使人们错认为那就是过去的西藏。尽管今天西藏有了地覆天翻的巨变,他们用《失去的地平线》去衡量,还是感到'今不如昔'。……另一部影片,叫作《在西藏七年》,冗长、空洞,且连起码的真实感都没有,全片在南美的阿根廷拍成,国民党驻西藏代表居然还留着清朝时代的大辫子,由此可见影片的粗制滥造,制作者对中国的无知到了什么程度。影片结尾更是厚颜无耻地撒了一个弥天大谎,说当年有100万藏胞被屠杀,其实西藏所有的人口加起来,也不足100万。"

王维力素描作品《藏族少年》(炭精棒)

美国民众并不了解真情,他们被反动的影片蒙蔽,这使王维力十分着急,盼望着中国有部电影,讲讲实情,以正视听。

翟俊杰导演了纪录片《西藏风云》,以厘清解放西藏的事实。

王维力终于盼来了中国电视连续剧《西藏风云》,这令他喜出望外。他又在文章中写道:

"《西藏风云》生动地表现了和平解放西藏、大军西进、平息叛乱以及民主改革的全过程。导演是当年十八军步行进藏的战士翟俊杰,他从头到尾参与了这一伟大的事业,他最有发言权。影片朴实无华,没有哗众取宠的噱头,但却感人,因为他讲的句句是实话,件件是实情,甚至每个人物出场时,都标明了姓名、职务。这是一部故事片,却有纪录片的真实感,使人看了心服口服。我虽然不认识翟俊杰,但我以为我们的心是相通的。我知道他也是一个看到乌七八糟的《在西藏七年》等片后,感到'是可忍,孰不可忍',有话直说的血性汉子。他把这段波澜壮阔、改天换地的历史第一次用电影呈现在世人面前。他也让我们更加缅怀这些创造历史的人——中央代表张经武、司令员张国华、老政委谭冠三以及所有为民族团结、祖国统一贡献青春和生命的最可爱的人。"

艺术家的爱国热情和责任感、正义感,使王维力在捍卫西藏领土主权的问题上当仁不让。他想到了电影,他记着列宁曾经说过,"在各门艺术中,电影是最重要的"。他认为,"我们应当好好运用这种艺术,去讴歌真、善、美,去鞭笞假、恶、丑。无论如何,电影的

王维力素描作品《戴口袋帽的人》
(炭铅笔和水彩)

影响都是直接的、深远的。过去，我们说得太不够了，我们的声音很小，绝大多数外国人对西藏的知识等于'零'。由于电影的特殊功能，一部《西藏风云》，使外国人明白了西藏。"

王维力兴奋得犹如电影院的"跑片员"，穿梭在朋友之间。在西藏问题是非混乱的美国，王维力的学生和朋友们都明确地知道"西藏是中国的一部分"。在遥远的大西洋彼岸，当美国民众对中国的情况知之甚少，甚至有人抱以敌意的时候，王维力会不会有些孤独无助？他义无反顾，用自己微薄之力，捍卫着祖国的尊严，在美国人眼里，塑造一个真实的中国形象。他呼吁祖国的电影工作者们，"我请求你们向我伸出援助的手，当我为真理呐喊，有些筋疲力尽时，助我一臂之力，多拍些好影片让世人更多地了解一些，他们本可以了解却又不够了解的西藏真相。"很多美国人喜欢看中国的纪录片，中国经济的崛起，使美国人对中国很好奇。

有一年王维力回国，看到了翟俊杰，当面感谢他拍出这样的好片子。

王维力相信，当善良的人们了解了真相以后，他们是会站在真理一边的。

事实如此，他的美国学生们从老师那里了解了许多中国的地域、民族、音乐和舞蹈，并且爱上了中国。对其他国家了解有限的学生们，甚至知道中国有56个民族，其中有一个民族叫维吾尔族，人长得很像他们。很多年以来，王维力一直坚持做着"让世界了解中国"的事情。

曾身为休士顿中国领事馆副总领事的刘一斌先生认

为，王维力以一位著名艺术家、休士顿名流的身份，向美国人介绍中国，有时比中国政府官员起了更大更好的作用。很多美国人先是肯定并信服王维力本人，然后通过他，才更多地认识中国，知道中国人已不是梳长辫穿马褂的形象！

不论过去中国国内出现过哪些问题，还是现今令世人刮目相看的经济发展，王维力始终相信中国会是世界上最好的国家。他期盼和等待着她强大的那一天。尽管他住在美国，但国内的每一点进步都令他振奋。他常常回国看一看，看到许多翻天覆地的变化，看到亲戚朋友日子都好过了，心里高兴，逢人便夸。

前几年和一位台湾朋友同在北京旅行。那位朋友问："维力，你敢在北京的馆子里吃饭吗？"王维力立刻回应："我在台湾都敢吃，在北京还不敢！"他知道外边的人对中国内地有偏见，他总护着中国。当然，他不是看不到她的缺点，只是相信她能变得更好。他懂得宽容，也不怕等待。

"读万卷书，行万里路"，懂得悲天悯地，用一颗善良正义的心，感悟艺术和生命

旅行是王维力生活中的重要部分。他当年在中国功成名就，忍痛离别父母故土，毅然来到美国，最重要的原因就是渴望旅行，到世界去看艺术，旅行是在翻阅一本厚重的艺术史书。一切都在潜移默化之中。心里有了突发的灵感，实际，那灵感是长期累积的迸发；手中有了异想的笔触，其间，那笔触来自蕴藏在胸中某位大师

的启迪。惊讶于前人的鬼斧神刀。停留在某个世纪,仿佛与巨人处在同一时代,揣摩他们每一次的刀痕斧凿,那些艺术家们是他的良师挚友,活在他的心中。

旅行前要做功课,反复查阅美术史、文学史和建筑史,熟读小说、历史、地理知识,知道得越多,在旅途中,看到的和体验的就越多。

王维力精心设计每一次的旅行。他思维缜密,充分考虑在旅途中要到的地方和要参观的内容。他会计划用30分钟去巴黎的某条街上,看某一个建筑上的一个浮雕;为看埃及艳后纳菲尔蒂蒂塑像,还会腾出40分钟,到柏林博物馆;或者去瑞典卡米莱斯的工作室和雕塑花园;还有丹麦新古典主义的汤沃森、克罗地亚的梅斯特罗维奇,挪威维格朗公园——世界最大的露天人体艺术雕塑公园……

王维力与妹妹在希腊

从第一次旅行,王维力就着手把所到之处优秀作品的原作全部拍录下来,制成幻灯片。工程巨大,却是所有美术家最看重、最向往的事情。现在,他家的放映室里,积累了成千上万张幻灯片,按不同国家分门别类。

旅行归来,他会在自家的幻灯室里,给学生和朋友们介绍异国他乡的艺术。待人们了解到王维力长年奔波于世界各地,博采众长的时候,大家感慨他的一刀一笔,都蕴含着古今中外艺术的精华,他的丰硕的作品中,渗透着厚重的人生阅历和对人的真、善、美的探索。他"胸内有大千世界,手中有鬼斧神工,阅尽人间春色,走遍五洲四海,自然出手不凡,正所谓:笔端有高山大海大千世界,刀下带万年风云沧桑巨变。"(美国《明桥体育报》2005年4月10日)

旅行是王维力生活中的重要部分。他当年在中国功成名就,忍痛离别父母故土,毅然来到美国,最重要的原因就是渴望旅行,到世界去看艺术,旅行是在翻阅一本厚重的艺术史书。

后来，学生们已经不能满足只看幻灯片，他们尾随王维力，也开始了周游世界。王维力带他们去了法国、意大利、希腊、俄罗斯、瑞典、芬兰、挪威、丹麦、德国、克罗地亚、摩洛哥、捷克、匈牙利、埃及、墨西哥、巴西、印度……

2002年，王维力终于将学生们带到了他的故乡中国！大部分美国人第一次来中国。

这使他颇费了一番心思。甚至住什么酒店，吃什么东西，都由他亲自安排。去中国，他必须样样考虑周到，不能因为一丁点疏忽给国家脸上摸黑。他知道一些美国人对中国几乎一无所知，又道听途说地留下些不好的印象。

王维力和学生们在莫斯科

王维力想告诉他的不同肤色、不同国籍的朋友们，中国是最好的！他想让朋友们看到中国的美丽和发达。因此第一次中国之行，王维力将旅行地点选择为北京、上海这样发达的大城市，又选择了风景秀美、气候温润的杭州、苏州。同学们穿着印有WWW（WillyWang Workshop）字母的T恤衫在天安门广场上拍照，这是王维力一直期盼的事情。那年，王维力的母校中央美术学院刚刚搬进望京新址，新学校由清华大学建筑系著名教授吴良镛先生设计，很大气很现代。美院书记、院长接待了他们。王维力在美院做了演讲，深情地谈起当年他受到最好的学校最好的老师培养的故事。

2004年，王维力又一次将他的学生带到中国，这回该是触摸祖国源远流长的绘画雕塑艺术了。考察从西安开始，沿着丝绸之路，一直走到西域。尽管学生们对秦始皇兵马俑早有所闻，但是当他们亲眼目睹壮阔的场

王维力和学生们在天安门广场

在他的理念里,有一种乌托邦式的理想,希望世上的人们友好相处,都做朋友。王维力不是政治家,却是一位很好的艺术家。艺术家的内心,永远呼唤和平和友爱。

面,仍被帝王之气震撼!身披盔甲的浩浩荡荡的武士队伍,赫然一派众志成城之势!

在新疆,同学们见到王维力40多年前的老朋友,他们穿上最漂亮的服装,带上子子孙孙,来酒店与美国学生们联欢。王维力还特意复印了60年代去新疆的实习笔记,笔记连写带画,记录了朋友们父辈居住的房屋、房屋中的摆设,送各家一份。他知道,朋友们住进新房,当年的旧房子早已不见,送给他们自己为他们记录的过去,一定是最好的礼物。王维力说,他有两个大家庭,一个在美国,一个在中国,今天,两个家庭的朋友在此相会,千载难逢。王维力在聚会上讲话,说他还会带着美国朋友们去吐鲁番、火焰山,去看天山脚下的美丽湖泊、帕米尔高原上的崇山峻岭,当年他的第一批轰动艺术界的雕塑作品,都来源于这块土地。其中一位新疆朋友阿克巴尔讲话时用了一个比喻,他说,虽然维力旅居美国,与新疆相隔千里万里,但多年来,始终有一根红丝线将我们相连,丝线渐收渐近,有一日终于相见。这一次中、美人民的民间聚会,纯是王维力一手所为,出自他美好的心愿。在他的理念里,有一种乌托邦式的理想,希望世上的人们友好相处,都做朋友。王维力不是政治家,却是一位很好的艺术家。艺术家的内心,永远呼唤和平和友爱。

告别新疆,飞到艺术圣地敦煌莫高窟。为让远道而来的弟子们多学些东西,王维力在出发前就设法联系到敦煌研究院樊锦诗院长,开放几座已关闭,但艺术价值极高的洞窟。王维力告诉学生们,艺术的视野和阅历是一个人进行艺术创作的基础,没有高的鉴赏力,就不可能有高水平的创作。"眼高手低"其实没错，首先眼要高，手才有可能从低变高。

2007年9月，王维力又带学生去南疆观岩画石雕。美国《华夏时报》（2007年9月1日至7日）报道："王维力工作室每年至少一次跨国远征，每逢此时，艺术工作室遂成艺术之舟，快乐忘忧，横泛四海。船长王维力曾感叹，连年下来，他的艺术工作室——这所几十人的大家庭，车动舟行，历泊欧亚、北非、南美，攻城略地，绝不重复，其间唯有中国例外，不烦几次三番。今年艺术之舟的星盘再度校准了中国新疆，9月中旬，他们将自休士顿启程，樯桅直指南疆的喀什、塔克拉玛干。"此次行程，实际要比历次旅途艰难得多，荒漠颠簸无常，甚至最好的酒店条件都不够完善，学生们有时不得不就地在旷野中"方便"。但这些都算不了什么，重要的是看到了美丽的岩画和石雕，观赏了维吾尔族集乐曲、舞蹈、歌唱为一体的演出《十二木卡姆》。

月亮中天的夜晚，王维力带学生驱车赶往一个偏远的村寨，由于路途坎坷，时间耽搁，几乎深夜才到。学生们下车发现，村寨中所有的村民们集体等候着他们，令人感动。维吾尔族农民为他们唱歌跳舞。本已昏昏欲睡的学生们被村民的歌舞感染，一下车，就兴致勃勃地走进人群，与村民共舞，通宵达旦。

有一年，工作室还去了中原——中国文化发源地山东、河南，参观龙门石窟、平遥古城、双林寺、永乐宫，还有北京的法海寺……这样的艺术采风盛事，学生们一生难得。

中国之行后，工作室每年除聚会过圣诞节外，又过

起春节。学生们穿唐装,和面剁馅包饺子,炸春卷。唱"掀起你的盖头来",跳新疆舞。但最吸引人的,还是那条悬浮大厅上空的中国龙!

中国龙足有12尺长,温顺可爱。美国人创造的龙,没有拘泥于中国人的固定概念,这条龙从表情到体征,全超出"传统"的套路,一副老实厚道,博学斯文的模样,加上白腮和红绿身体,又有些像圣诞老人,可谓中西合璧的产物。王维力的"洋"学生们精心创作中国龙,这一点弥足珍贵。一位中国外交官也参加了晚会,他说,几十年的外交生涯中,在世界不同国家过除夕,这次感受中国节日味道最浓。他说,这个温馨友爱的大家庭,真可作为和谐世界的典范。

不是尾声:大爱

组织幸福家庭,是中国人非常看重的事情。王维力应该是在恋爱和婚姻上最不用担心的人。因为他是那种从外形到气质都招女孩子喜欢的人。更因为他是一位天才雕塑家。此外,他品行端正,为人忠厚善意,如果有一个家,肯定是个有责任感、很顾家的人。这样的人,找个美丽、善良的姑娘成家,难道还有什么困难吗?王维力男女朋友众多,他喜欢热闹,喜欢参加文艺沙龙,或者舞会。无论出现在什么场合,很快就成为人们关注、议论的对象。

但他一直没有遇到心目中喜爱的女人。

有一次,王维力"险些"结婚。那时候"四人帮"被打倒,国门乍开,父亲的老朋友,一位美国著名建筑家，带女儿从海外回国探亲。那个女孩在美国长大，西方开放式的教育使她不同于国内女子，她活泼开朗，还知道许多世界和美国社会的事情，使人有耳目一新之感。女孩子的活力和另一种思维方式使王维力对她有了好感，曾经与她手拉手愉快地逛天安门广场。两家大人都有意撮合儿女的亲事。与她相处一段时间，王维力却觉察到她并非己所期待，又有些异国不同文化的差异，他预感到，他们的结合暗藏着很大的隐患。这门姻缘就此了结。

到了美国，王维力依然被女人们所追所爱。女人们说，如果做丈夫，他比美国的男人可靠。还有人劝王维力，美国与中国不同，如果你不想结婚，同居也是可以的。但王维力属于很传统的那种人，即使在可以"胡作非为"的环境下，也绝不越雷池一步。

或许王维力无意中伤害了许多人。可以说，爱上她的女人是不幸的，他有无法使她们忘掉的美好回忆，但她们对他的努力又完全徒劳。王维力是有坚定信仰而绝不动摇的人，他对爱情的守候有如对艺术追求的忠贞不渝。在这方面，他不做任何妥协，哪怕独身一生。

好莱坞和英国演员 费雯·丽

王维力也很无奈，因为在他的一生中都没有遇到他的爱人。只有小说和电影中才有伟大的爱情，平庸混乱的现实生活中几乎难寻。或者说，王维力是生活在银幕中的人？他太理想主义了？太不现实了？太追求完美？追求不存在的东西？他到底在等待怎样的女人呢？热心的演员朋友王铁成打算发动大伙给他帮忙。问多了，王铁成心领神会，调侃道：莫非喜欢费雯·丽（VivienLeigh）？费雯·丽是好莱坞著名影星，以影片

《魂断蓝桥》和《乱世佳人》蜚声影坛。

费雯·丽的美貌和她精灵般打动人心的表演才华以及高尚的敬业精神，都使王维力为之崇敬。费雯·丽使影片《魂断蓝桥》成为不朽之影片，但她在拍摄这部影片时却很不开心。因为她希望让她深爱的丈夫劳伦斯·奥立维（Laurence Olivier）扮演此片男主角，却未如愿，只能与罗勃·泰勒（Robert Taylor）配戏，这让她大为不快。可是高度的敬业精神，使她一进摄影棚，就忘掉一切，全身心地投入。

1951年，费雯·丽出演《欲望号街车》大获成功，但这部可称作极其残忍、摧残身心的影片给费雯·丽的健康留下了阴影。1953年，又拍摄《象行》，此次环境更加恶劣，天气闷热潮湿，镜头还有猛蛇缠身，神经敏感而娇小的费雯·丽疲惫之至，无可抵挡，终于精神崩溃，被送回伦敦。对于她，有人这样写道："人们只知道艳羡蝴蝶的舞姿，却不知道这朝生夕死的精灵燃烧的是自己的生命。"

王维力对费雯·丽的崇爱，听的人笑一笑，觉得更像是梦呓，可是说的人多了，似乎也假戏成真。其实，抱定终身为艺术而活的王维力，专注于此，不大可能分心于她人了。王维力认为，自己的性格并不完美，做朋友可聚可散，要永远在一起，怕受不了，太伤神，又浪费时间，为此，他不愿意接受别人的爱，也不想伤害朋友。

当今，爱情失去了人们想象的纯真和神圣，显得更加功利、不确定和稍纵即逝，王维力或许在追求真、善、美的过程中发现了它的缺憾，它的不纯和难

王维力现代雕塑系列之一《微风》
（大理石）

王维力现代雕塑系列之二《情侣》
（大理石）

当今，爱情失去了人们想象的纯真和神圣，显得更加功利、不确定和稍纵即失，王维力或许在追求真、善、美的过程中发现了它的缺憾，它的不纯和难求，只能舍它求其次了。

求，只能舍它求其次了。何况，对事物追求尽善尽美，使他养成一种挑剔的、苛刻的眼光。他似乎更看重"大爱"，大家都是兄弟姐妹，是他所向往的人类美好的人际关系。

实际生活中，王维力是一个非常有生活情趣的人。他好客，喜欢请朋友来家坐一坐。他的家整齐、清洁，布置得又格外漂亮、温馨。

王维力美丽温暖雕塑很多的家

房间天花板很高，屋内视野开阔，建筑设计现代化，室内家居，各国古董居多，与直线的房屋建筑相得益彰。厨房的落地窗前，有小巧的、质地上好的木质餐桌，桌旁两把木椅。寒冷的冬天，两人对坐桌旁，听音乐，喝咖啡，或者热茶，非常惬意。

客厅的墙上和地上挂铺着厚厚的埃及、直布罗陀和古波斯的羊毛地毯。门口流水潺潺，在四只由上而下、错落有致的墨西哥陶罐中叮咚作响。陶罐上画有几何图案，象征着太阳、月亮和生命的绿树，与流水呼应，仿佛喻义着大自然周而复始的节奏。

几只古董木柜，颇有趣味。

靠门而立的西班牙木柜，正面和侧面雕满花纹，图案有形如狮头的怪兽，有避邪的毒虫。雕花精致，装饰性极强。

王维力作品《斗牛士》(石雕)

另一木柜古朴，正面无太多雕饰，四腿却如兽的下肢，猛状有力。

餐厅西面为法式柜，花纹雕琢、晶莹剔透，桌面光滑润泽，留下陈年的痕迹。

东面是苏格兰柜，雕刻一丝不苟，与西面柜和谐成趣。

这些众多的柜中，分放着王维力从世界各地淘来的宝贝。有大量书籍、画册、影视录像带、光盘……

餐厅的门旁突兀地飞起两条银色的泰国巨龙，使寂然的居室有了生气，仿佛在提醒人们，房间的主人是东方之子。

沙发旁有一圆桌，那桌面是个多格式大果盘，中间有形如菠萝的果盒。把桌面翻过来，却是一副棋盘，真让人惊异工匠的聪慧。它来自加勒比海的多米尼加。

沙发前的"茶几"，是一只喀麦隆儿童木床，四侧雕了兽面和虫蛇的镂纹，床面也镶嵌铜雕虫蛇，旨在避邪。铜兽枕更令人叫绝，却无人说清那兽究竟是虎？是狐？抑或其他。

有人说，日本人爱清洁、喜欢工整，所以汽车和家电产品居世界之首。而一个不拘小节、邋里拉遢的民族，不可能创造出精致完美的物件。这正如王维力的创作，他习惯了精妙绝伦，手下工夫准确到位，不可有丝毫变动，才使他的创作寓永。他不能忍受粗制滥造、肮脏和杂乱无序。

王维力美丽温暖雕塑很多的家

王维力的家里一尘不染，摆设井井有条，颇像民间"博物馆"，他在世上行走，凭着博学和慧眼，从万物之中仔细推敲，把爱物带回"博物馆"。屋里柱上挂着拜占庭时期的蓝白花瓷盘。柜上立着俄罗斯的套层娃娃、印度马、摩洛哥酒具、美国台灯、伊朗的酒器。壁炉前摆着希腊、中国西藏的土罐、日本的木乃伊、波兰的木偶人。奥地利装饰画家克里姆特流溢着黄金色彩的原画，嵌镶在考究的相框中，在墙上璨璨生辉。这些物品留下他在世界上行走的痕迹，同时表现他的艺术世界

王维力带学生去中国临行前，中国驻休士顿总领馆总领事高燕平女士（王维力右边）为工作室设宴送行。（局部）

《孔子》（青铜）

《孙中山先生》（大理石）

《孙中山夫人宋庆龄》（石膏）侧面

王维力雕塑作品

陈省身全身像
（位于美国加州 柏克莱大学）

《卡莱·葛伦》（青铜）侧面

陈省身雕塑（现位于南开大学）

《耶稣——伟大的医治者》（青铜 花岗石）

《耶稣——伟大的医治者(局部)》
（青铜 花岗石）

《护士》（青铜）

《猎》（木雕）

《沙漠之鹰》（木雕）

《日夜想念毛主席》（木雕）

《帕米尔的春天》（大理石）

《丰盛》（木雕）

《斗牛士》　正面

《斗牛士》　背面

河流

舞者

微风

情侣

的包容性。

不论是一只土罐，还是一只易碎的瓷瓶，从千里万里之外带回来；无论乘飞机，还是坐火车，搭乘公共汽车；无论欧洲还是南美，或者非洲，旅途上，王维力捧着它们，抱着它们，如母亲呵护心爱的婴儿。

它们是他的命根子——他就是爱世界各民族的美文化。

人们想，这样美丽温暖的家里，想当然应该有一位可爱的女主人，岂知，世上的事情从来不能十全十美，生活总是给人们留下遗憾。

王维力至今是这里唯一的守候者。

作者简历：

王且力，北京长大。亦或得益于语文、图画优势，当年考入北京最好的中、小学校——北京第二实验小学和北京师大女附中，一生受益。

"文革"期间上山下乡支援西北边疆。

1978年考入陕西师范大学中文系读书。

毕业后任教于陕西教育学院中文系。

90年代初就职于北京中央美术学院，副教授。与美院一位留法归来教师在国内首创电脑美术专业。其后衍生为平面设计专业、环境艺术专业和动画专业。

姜安 著

李业平传

假如哪位政治理论课教员能把在一般人看来很枯燥、很抽象的政治理论课讲精、讲活、讲透，那人们定会吃惊不已！而听过课的人再告诉你：听他的课，简直"是一次享受"，那人们更会诧异得瞪大眼睛！

这位能把"哲学"、"党的创新理论课"讲出"艺术性"的政治理论课教员，就是中国人民解放军兰州军区西安陆军学院理论教研室主任——李业平。他以其睿智、创新开拓的能力，敬业、勤勉进取的精神，在中国国防教育战线工作了30多年。他像润物细无声的春雨，为中国军队现代化建设培养出一批批优秀人才。

李业平

这个兵，17岁前没穿过新鞋子

59年前，当新成立仅3年的中华人民共和国江苏省泗阳县陈集的一个普通的土墙、草房中诞生了一个男婴时，男婴的父母并未意识到他将成为未来中国国防教育战线上一名成绩卓著的教授、专家。

当时的中国，并不富裕。这个小生命的降临，带给一个普通农户短暂的欢喜之后，他的父母马上又要为今后的生计以及如何养活孩子的问题发愁了。父母给男婴起了大名：李业平。

李业平出生之后，家中又相继添了5个弟妹。全家人挤在土墙、草房里。四弟兄挤在同一张床上，扯盖一床被子，连身子也掩不住。

17岁之前，他没穿过新鞋子。夏天，他光着脚板在

田埂上奔跑；冬天，他用芦苇花和黄草编成毛窝窝暖双脚。17岁前，他没穿过一条新裤子。6个兄妹的衣衫，全靠拣拾亲戚家孩子穿剩的旧衣服，像接力赛跑一样把旧衣服传给更小的弟弟妹妹。生活虽然窘迫，但他的父母却很有远见，他们尽力让每一个孩子读书。

6岁时，李业平进入本县的陈集小学读书。12岁时，他考入本县"裴圩中学"读书。

他的妈妈身体不好。妈妈一病倒，这个家就塌了半边天。懂事早的李业平放学后，一进家门就去挑水，再洗两个红薯，丢进大锅里煮稀饭。或者，拿一碗玉米面散一大锅面糊糊，让全家人吃。家中，只有父亲一人在生产队挣工分。当时的生产队，很穷。10分工才值2分钱！年幼的李业平极力分担家庭的负担。上学时，他的肩上总是多背一只粪箕，上下学的路上顺便拾一些肥粪交给生产队挣工分。星期天和寒暑假，是他能够帮助大人挣工分的时间。他像大人一样，在田里干活，还打草、割芦苇，送到生产队挣工分。他没有一句怨言。

3年经济困难时期，李业平的姥姥、姥爷饿死了，留下两个年幼的舅舅也被妈妈领到自家抚养。十口之家的生活负担，全都落到父母身上。李业平没时间发牢骚，他恨自己没多长一双手，不能多为家庭分担困难。放学的路上，他看见路旁、沟边上有几根干草、几片树叶儿，也要扫起来背回家留作冬日烧火、取暖之用。

小小的男孩只有一个想法：多干活，让自己和弟妹念好书。

然而"文化大革命"的风暴，吹到这个偏僻的泗阳县裴圩中学。学校停课了，孩子们没书读，李业平的

江苏老家第一张三代人合影的全家福。此照片由李业平1986年8月自拍。（第四排为大儿子李业平）

探亲时再为父母合个影。此照片由李业平1999年春节拍摄。

小小的男孩只有一个想法：多干活，让自己和弟妹念好书。

爸爸对不满17岁的大儿子说："当兵去吧。"孝顺的李业平，就报名参军了。

临行前，妈妈不知从哪儿弄来一块布为李业平做了一条崭新的裤子。这是他有生以来第一次穿新裤子，美滋滋的味道品尝了不到一周时间，他就当兵走了。新裤子留给了弟弟。

"我遇到了好爸爸、好妈妈。"——几十年后，李业平谈起自己的成长过程时这样说，"这是我人生的第一个幸运！我的爸爸、妈妈虽不富裕，却咬着牙让儿女读书。他们一生都不愿拖儿女的后腿。我感谢他们！"

不满17岁的李业平，当兵来到兰州军区天水步兵学校。他在警卫连当战士。

最初的"人生转折"似乎并不"美妙"。这个学校在李业平到来之前就已面临撤销的命运，3个月后它将不复存在。李业平所在的警卫连的任务很简单：站岗、收麦子。从农村长大的李业平，不怕干农活儿，可是他却在打麦场上晒昏倒了3次。

那天晚上，警卫连的指导员带着一身倦意、一脑子疑惑来查哨。他看见，站岗的士兵正是白天昏倒在麦田里的李业平。指导员上前询问后才知道：原来，前一晚也是李业平站岗。他站完一班岗后，并没有人来换岗，他就一直站到天亮，而后就去割麦子。这件事，他没对任何人说起。第二天晚上，当又轮到李业平站岗时，仍然无人来换岗，李业平仍旧站到天明，然后又是一声不哼地去割麦子、打麦子……指导员望着面前这位已经明显体力不支的士兵，冲他的班长和排长大发其火："怎么搞的？竟然没人处理这件事？！"话说出一半，他收

1969年3月22日在甘肃天水步兵学校警卫连新兵班合影。（左起：第一排杨兰平、刘志俊、杨志、赵贵田、陈生桂，第二排丁厚平、张士军、赵后超、李业平、李志高）

1969年5月在兰州军区警卫营与战友合影。（左起：颜崇志、李业平、张士军）

"我遇到了好爸爸、好妈妈。"——几十年后，李业平谈起自己的成长过程时这样说，"这是我人生的第一个幸运！我的爸爸、妈妈虽不富裕，却咬着牙让儿女读书。他们一生都不愿拖儿女的后腿。我感谢他们！"

青海省军区警卫班合影。（左起：第一排唐志明、赵云峰、李学文、单创洲，第二排李业平、赵军、苟志）此照片1971年12月拍摄。

"老实人，不会吃亏。"——几十年后，当李业平总结自己的人生时，他又发出这个感慨，"我一路遇见了好领导！"

住了。心想：这么老实、肯干的兵，干脆调到我身边去。

于是，3次昏倒在麦场上却不肯说出真相、仍加班站岗的李业平，就被调到指导员的身旁成为一名通讯员。老实的李业平因此有了看书、读报的时间，他如饥似渴地读书、读报！甚至，把报纸上的好文章一句一句地抄录在自己的小本子上——这对他今后的生活，起了关键性的作用。

"老实人，不会吃亏。"——几十年后，当李业平总结自己的人生时，他又发出这个感慨，"我一路遇见了好领导！"——他把自己的进步与成就，归结在这个"因素"上。"这是我人生的第二个幸运！在人生转折期，我总是遇见好领导。"

不久，天水步兵学校撤销了。李业平随警卫连编入新组建的陆军第十九军警卫连。李业平因其老实、本分，被指导员选派去给野战军副政委当警卫员。这位副政委，是1938年参加革命的"老八路"，他喜欢老实、肯干、对个人利益一无所求的人。李业平与老首长及家人相处得很好。后来，这位野战军副政委调往青海省军区担任党委第一把手时，他没有放弃李业平，仍把他带到青海省军区给自己当警卫员。

这位首长，是李业平在人生转折期给他带来很大帮助的"好领导"。李业平不辞劳苦地干警卫员的工作，同时也抽时间继续读书、读报、积累文化知识。1972年，上级分配给青海省军区一名推荐工农兵上大学的名额，学校和院系是著名的上海复旦大学哲学系。青海省军区决定：把这个推荐名额分配给李业平。

谁知，出于报恩动机的李业平只想留在老首长身边，帮他多做一些具体工作，犹豫只读到初中二年级的自己不适应大学生活。犹豫中，老首长把他叫到跟前，说："你这个傻娃，你去！我从小当兵，就是后悔没有文化。你去！一定去！把文化知识学到手。"

就这样，李业平不再犹豫、推辞。他背起背包，前去兰州军区应试。那一年，兰州军区共推荐6名官兵竞考上海复旦大学一个名额。李业平参加了命题作文的测试，说来也巧，这个命题作文的题目正是李业平曾在报刊中多次抄录的一类文体。于是，他得心应手地写出一篇作文。当场，监考老师对他说："你被录取了。"

具有悠久历史的复旦大学使李业平迅速感觉到了身上肩负的使命。他把自己所有的时间，都用来追赶、超越其他同学所掌握的知识上了。课堂上、宿舍里、操场上，他无时无刻不在思考老师所传授的哲学知识。甚至，在澡堂里他也认真熟记抽象的名词和解释……三年的校园生活，很快就结束了。临近毕业时，班主任——金帮秋老师找他谈话："在这批部队学员中，要选出5名优秀同志推荐到人民日报、中央党校、解放日报、文汇报或留校工作。你可以任选其中一个工作单位。"

李业平深知：金老师对他信任、厚爱。但他对金老师的关心表示谢意之后，就不假思索地表明自己的态度："我要回部队工作，哪个单位都不选。"

这个表态，让金老师很是诧异。他以劝说的口气对自己的得意门生说："你可要想好！这几个单位，都是好单位。大家都想去。这是一个机会，你再慎重考虑考虑。"

李业平1972年9月在上海复旦大学哲学系上学时留影。

李业平1972年6月在上海复旦大学哲学系上学时留影。

老师的劝告，没有动摇李业平回青海部队的决心。当时，李业平的头脑中具有很深的"感恩"意识，他只想报答部队的老首长，想给老首长当秘书。

爱惜人才的金老师，不想让李业平放弃一次绝佳的工作机会。他背着李业平，亲自给李业平在上海工作的姑姑、舅舅打电话，请他们做李业平的工作。李业平的姑姑、舅舅对李业平的选择简直不可理解："傻！青海怎么能和上海比呢？"亲人在电话中埋怨他，"你留在上海工作，将来在上海安家。对你、对孩子的前途和生活，都有好处。"

在复旦大学上学时留影。此照片1972年5月1日拍摄。

老师、亲人的多次劝说，让李业平犹豫了。此刻，部队的老首长也来上海出差，专门来校看望李业平，鼓励他："要好好学习，毕业后回部队建功立业。"老首长的期望使他不再犹豫，他再次向恩师表明回原部队工作的决心："是部队，把我这个农家子弟送上大学的。我学了知识，理应回部队工作。"

"好样的！"恩师这么赞扬他。

1975年7月，李业平完成了复旦大学的学业，告别恩师与亲人，告别母校与上海，回到了艰苦的青海高原。

在青海，他因工作细致、文字功底好，先后担任青海省军区警卫排长、参谋、干事，后来又调到首长身边当秘书。1978年3月，当兰州军区组建"兰州军区步兵学校"时，干部部门首先想到了当年被推荐上大学的106名工农兵学员。于是，李业平被调往西安南郊终南山下的步兵学校，担任政治理论教员。从此，他的人生被定格在"三尺讲台"上——换句话说，他开始在三尺讲台上实现自己的人生价值。31年后，当李业平与复旦大学的

李业平1969年5月1日在兰州市东方红广场留影。

"是部队，把我这个农家子弟送上大学的。我学了知识，理应回部队工作。"

恩师相逢在系庆50周年活动现场时，李业平已是一名在教学、科研均取得一些成果的国防教育战线的教授、教研室主任、享受政府特殊津贴的专家了。

金老师感到欣慰。他对学生说："你当初的选择是对的。"

第一堂课，失败了

李业平风尘仆仆地、只用3天时间就完成了交接工作。

他怀着留恋的心情离开青海高原，走进步兵学校报到。

背包还未解开，上级就分配他讲《矛盾论》。他匆匆从资料室借来几本辅导材料，加了几个班，写出一份63页的讲稿。

那一节课，台下坐着学院、政治部、教研室的各级领导，还有10多名教员也专门来听他的课。除此之外，还有100多双学员的目光望着他。

学员队的值班教导员生龙活虎地跑步来到他的面前，举手敬了一个军礼。然后，用洪亮的嗓音向李业平报告："报告教员同志！学员队应到人数120人，实到人数120人，现已整队入座，请指示！"

李业平庄重地举起右手，还礼。然而，此前从未见过这么隆重、神圣场面的他，懵了。举在太阳穴旁的右手，足足一两分钟没放下来。所有人的目光，都盯住了他。

坐在台下的教研室郭主任，急得直向他打手势。学

李业平1978年12月在南京长江大桥留影。

员队的报告人站在他面前,小声提醒他:"别紧张,放下手来。"

可是,他的脑子里只有一片空白。右手,仍未放下。

学员队的报告人看他未放下手,也不敢放下右手。全场出现一片"静音"。

后来,他的右手在无意识中掉了下来。这堂课,才继续进行下去。

接下来的课,他上得更糟糕。

由于头没开好,他原来设计的教学方案全乱了。90分钟的授课时间里,他始终没敢抬头,只是机械地念完讲稿。捱过90分钟后,他逃跑似地离开讲台,但他看出了领导、学员的失望眼光。

走下讲台后,他哭了。

哭得很伤心。

他责问自己:我也许不是教书的料?我也许吃不成教员这碗饭?

他的情绪低沉到了极点。他把自己关在宿舍里不愿出门,也不想见人。偏偏此时,宿舍的门被轻轻推开了。曾经担任过《解放军报》副总编的学院江枫副政委、政治部张立光副主任,走了进来。他们对李业平说:"不要气馁,万事开头难嘛。第一堂课,你敢在台上站90分钟,就不容易。"

随后几天,教研室主任、具有25年教学经验的郭永贵也找他谈心。帮助他分析这堂课没讲好的原因。他对李业平说:"你是一名大学生,有理论基础。只要努力,一定能把课讲好。"

此后，教研室又专门委派一位从南京军事学院调来的张泽书副主任负责培养李业平。这位老教员具有丰富的教学经验，他以多年的教学经验手把手地帮助李业平修改讲稿。"慢慢来。你备课的时候，我来听课。"他鼓励李业平。果然，当李业平试教时，他多次来听课，并为他指点教学迷津。他告诫李业平："备课时，要吃透教学大纲和教材，多听其他教员的课，博采众长；还要多了解学员的思想实际，这样讲课时才能做到有的放矢。"

人生的转折处，李业平又遇见了好领导！

于是，他打起精神，全身心投入到教学之中。他连续听了36位教员的课，光听课笔记累计起来就有三尺厚！细心的李业平，注意从其他教员的教学中寻找教学规律。他发现，凡是课讲得好的教员，都采用"观点"加"例子"的教学方式，而不是干巴巴地念讲稿。于是，他再一次给学员队上课时，就采用这种教学方式。台下，学员们的一双双渴求知识的目光顿时激发起他作为一名政治教员的责任感。他下决心要在教学岗位上干出一番事业。

从此，这位上海复旦大学哲学系的高材生，在终南山下以宝贵的青春年华浇灌着哲学园地。

当时他已经28岁，到了谈婚论嫁的年龄。他却把恋爱、婚姻一再推迟，把亲友们的劝说置之脑后。甚至，放弃了节假日，一门心思钻研教学。每当他备好了课，都要对着墙壁试讲，多方邀请领导和同事试听，提意见。他教授的第一门课程，是经过5次"试教"才过关的。在摸索中，他逐渐总结出"啃排骨"的教学法，把

李业平在上海复旦大学哲学系上学时留影。

于是，他打起精神，全身心投入到教学之中。他连续听了36位教员的课，光听课笔记累计起来就有三尺厚！

哲学观点当作"骨头（骨干）"，围绕"观点"安排许多实例，以说故事的方法讲授哲学、政治理论。这种教学法，果然使抽象、枯燥的哲学有了鲜活的"生命"，一堂堂哲学课也因此增加了针对性、知识性、趣味性，教学的"吸引力"更是大大提高。

一年后，他的教学成功了。他的授课得到学员的好评。两年后，他在全院"优秀教员评比民主测评"中，得到较高分数。他已经从一名教学的"门外汉"，成长为学校首批"优秀教员"中最年轻的一位。优秀教员证书是001号。

他在教学岗位上安心了。

不！不只是安心，而是干出了兴趣、乐趣！他说："教书育人，对我来说是一件快乐的事。越忙越充实，越干越有精神。"

李业平爱人张锦敏（1977年拍摄于云南楚雄照像馆）。

"教书育人，对我来说是一件快乐的事。越忙越充实，越干越有精神。"

盛夏，他把双脚泡在水盆中编写教材

29岁那年，他结婚了。

进入他生活的这位女性，给他的生活带来了温馨，为他的生活增添了新的、丰富的内容，同时也把执著追求事业的勇气、力量带给了他。

妻子，是一位中共高级干部的女儿。她是解放军35医院的护士长，曾在老山前线立过功。她的父亲是"三八式"老干部，母亲是1945年入党的老党员、老兵。农民的儿子李业平，在与干部子女交往时似乎缺乏自信心。当三位同事同时把这位女性介绍给他时，他只同意见一面。

周末,一个大雨天。李业平从终南山脚下一直步行到西安市南郊的解放军35医院,然后又跟女友一同步行到西安市东郊的兴庆公园。双双坐在湖畔,开始了第一次对话。

"我有三个情况是不可改变的。"李业平开门见山,想在"第一时间"把自己的真实情况告诉对方,以便她尽早做出决断,"第一,我是农村人。爸爸妈妈都是农民,弟妹6个……"

"我的爸爸、妈妈在当兵前也是农民。"对方做出的回答,出乎他的意外。

"第二,我是教书的。将来不可能像当军长、师长的那样辉煌……"

"我是一名护士。将来也辉煌不到哪去……"又是一个出乎意料的回答。

"第三,我谈过对象……"当这个实情刚出口,他马上听见对方做出第三个回答。

"我也谈过对象。昨天,我还去西北大学看对象……不过,我俩没谈成。谈对象,哪有谈一次就成功的……"又是一个出乎意料!

3个出乎意料的回答,使李业平认定:她是能与自己相伴一生的人。于是,两人的恋爱关系在湖畔敲定。李业平脱口而出:"如果我们的婚姻能成功,我向你做出两个承诺:第一,我给你擦一辈子皮鞋;第二,我在家拖一辈子地板。"此后,在长达几十年的婚姻生活中,李业平果然遵守了承诺,既使成为享受政府特殊津贴的专家后,他仍在家中拖地板,替妻子擦皮鞋。

1981年春节,李业平结婚了。1983年,他的儿子出

李业平和张锦敏认识后的第一张照片。(1980年9月拍摄于西安照像馆)

"如果我们的婚姻能成功,我向你做出两个承诺:第一,我给你擦一辈子皮鞋;第二,我在家拖一辈子地板。"此后,在长达几十年的婚姻生活中,李业平果然遵守了承诺,既使成为享受政府特殊津贴的专家后,他仍在家中拖地板,替妻子擦皮鞋。

生了。

　　同样敬业的两个人所组成的家庭，其生活状态可想而知。孩子出生后，李业平开始了在从终南山下至古城西安间的来回奔跑。他既要完成繁重的教学任务，又要牵挂着妻子、儿子……那段时间，李业平夫妇的日子过得很艰难。为了不耽误星期一的授课，星期天傍晚他就乘学校班车提前返回终南山下。当晚的班车永远是拥挤不堪的，一辆普通大巴常常人贴人地塞满100多人！车门无法进入了，李业平就从车窗翻进车内，司机急得冲他大吼："你不想活啦？"已紧贴在别人身后的李业平气都喘不上来，他对司机的吼叫感到十分难过，谁不想活呢？他看见，路旁正有一辆辆首长专车开过，车内只坐一人……若不是为了教学，谁愿意冒险翻窗挤车？

　　超负荷的忙乱、奔跑，使李业平也曾产生调动工作的念头。然而那段日子，正是陆军学院最困难的时期，先后有10名教员要求调走。学院的领导亲自乘小车来到李业平的岳父家，向老人做工作，希望他们动员女婿留在陆军学院工作，为学院留下一名优秀的政治理论教员。为此，学院领导还主动提出把李业平的妻子调到终南山下的学院门诊部担任护士长。老岳父很识大体，他同意学院的安排。于是，李业平夫妇双双在终南山下，安了家。

　　李业平理解妻子从事的护理工作责任重大，他主动承担起带孩子的责任。白天，他把儿子送到陆军学院的幼儿园，晚上下班后又把孩子接回宿舍。喂奶，洗澡，洗尿布，进行幼儿启蒙教育……入夜，李业平在这间宿舍里，一手捧着书本、教案，备课；一手拍着幼小的

李业平和张锦敏结婚后在老家院子留影。（1981年春节拍摄于李业平家乡江苏省泗阳县裴圩乡三联村）

李业平和张锦敏结婚后在西安陆军学院家中的第一张合影（1981年3月自拍）。

儿子，哄他入睡。宿舍内，书香伴着奶味儿。父子两代人，在这种氛围中共同成长起来。

李业平很清楚自己是农民的孩子，没有任何背景，一切全靠自己的努力。于是，他的人生辞典中没有"等待"、"依赖"、"松懈"、"拖延"这些词汇。他认为，时间既是常量，也是变量。只要愿意挤，总能挤出来的。于是，在他的时间表里，没有了节假日，没有了"八小时以外"，没有上下班之分。他一天的工作量，等于别人的一天半。繁重的教学之余，他常常一面抚育孩子，一面挤出时间广泛涉猎政治、经济、科技等各学科知识。入夜，他躺在床上还要把书中的一些重要内容在头脑中"过"一遍，把白天遇到的现实问题在脑子里想一回……当大脑中朦胧闪现"灵感"时，他就一骨碌爬起来把"灵感"记录下来。一个夜晚，他常反复起身多次，弄得家人以为他身体不适，也陪着他起身。后来，他们知道他的习惯后也就习以为常了。

在解放军西安政治学院干休所两家老人见面时合影。此照片由张锦敏1987年春节拍摄。（左起：父亲李建扬、岳父张书勤、岳母邵桂英、母亲王兰英）

敬业、认真、追求完美——使得李业平的事业获取了异乎寻常的成果。起初，他并不是名教授，并不是每堂课都讲得十分好。可是"态度"决定了成功，他不把教书当成"负担"而是把教书育人看作一种"享受"。"还有什么职业，比教书育人更好的呢？"他问自己，也问别人。他热爱这个职业，把这个职业看得崇高、伟大！

一位爱学校、爱教学、爱学员的教员，在自己的岗位上必定是安心的、静心的、尽心的，也必定会在这个岗位上作出贡献。李业平的备课，极其认真——这使他的教学很少出现差错。讲课之前，他必定要先请新老教

李业平和张锦敏星期天休闲时分聊聊天。（1981年9月在西安陆军学院家中自拍）

他的人生辞典中没有"等待"、"依懒"、"松懈"、"拖延"这些词汇。他认为，时间既是常量，也是变量。只要愿意挤，总能挤出来的。于是，在他的时间表里，没有了节假日，没有了"八小时以外"，没有上下班之分。他一天的工作量，等于别人的一天半。

员听他的"试教",虚心听取意见——这又使他的教学内容和形式日趋完美、成熟。2004年,军队举行"全军政治理论课观摩",他用数月时间钻研"积极推进中国特色军事变革"理论,经常在两个相近的词汇中反复比较、挑选出一个最适合的词汇组织思想表达。结果,他又一次成功了。

他认为"李业平为国防大学教育事业奉献了宝贵的青春"这句评语,只说对了一半。他说:"其实,三尺讲台也为我搭建起了一个实现人生价值的舞台。"

看着父子俩。此照片由张锦敏1987年5月拍摄。

他在这个人生舞台上尽情发挥着智慧、才干。他在教学工作取得进步之后,又不停步地思索军事与哲学的关系问题。教学之余,他一边摇着蒲扇,为入睡的幼子驱赶蚊子,一面思索着"军事与哲学有没有关系?""是什么关系?"

星期天,他抱着儿子在书店中浏览。当他发现《看水浒讲哲学》、《说故事讲哲学》等书籍时,思维更加活跃起来。"自己为什么不能写出一本《说军事讲哲学》呢?"

全家在西安临潼华清池前留影。此照片1985年4月拍摄。

他的想法,在一些人看来是异想天开:"毛头小伙子,也想吃大螃蟹?"

李业平偏要试一试!为了减少别人的议论,他与田禄年教员在"秘密状态"下向哲学的新领域发起"冲锋"。下班后,他一头扎进图书馆,翻阅资料,寻找战例;晚上,哄睡了儿子,他又伏在木桌上为自己的构思搭框架,列细目,打草稿……1988年的冬季,寒冷极了。李业平为赶在寒假结束前写出书稿,他在整个寒假里都把自己关在家中,"与世隔绝"。邻居们还以为他

其实,三尺讲台也为我搭建起了一个实现人生价值的舞台。

出差了呢。过春节的那些天，妻子承担了带孩子、做家务的全部繁重劳动。近40天的时间里，他逼着自己与时间赛跑，从未在凌晨3点前睡过觉。半年后，一本43万字的《哲学与军事漫谈》脱稿了。这本与人合著的书由甘肃人民出版社出版。

意外的收获，使李业平钻研哲学理论的兴趣、热情，一发不可收。此后20多年中，他曾先后主持编著了39本专著和教材、发表169篇学术论文。他在1990年主编的《元帅用兵之道》一书，深受当时军委副主席刘华清、国防大学校长兼政委张震的赞赏，分别为该书作了"出奇制胜 用兵如神"、"学习老帅们的用兵作战经验 坚持和发展毛泽东思想"的题词。李业平同志编写的《马克思主义哲学参考资料》，破例成为哲学课的必读书目。他在《哲学头脑——当代军官生命所系》一书中，从哲学原理、军事、科技、能力、道德、人生等六个方面阐述了当代军官应具备的哲学素质，填补了军官实用哲学的空白，被称为"最能解决问题的应用哲学读本"。近些年来，他先后参加了全国、全军"八五"、"九五"、"十五"三项课题研究，1983年参加了全国教育科学"八五"规划国防军事教育学科重点课题《校园芳草》的研究。积极、向上的精神状态，使他拥有一个好身体；知足、知恩、知责的平静心态，使他在承担任何繁重的工作时，都有一个好心情。他编写《新世纪行动纲领》教材时，正值盛夏，气温高达39摄氏度，他把双脚泡在水盆中工作，心情愉快地按时完成了教材编写任务。

儿子也逐渐长大了。5岁半的儿子被爸爸送进终南

在家修改教案。1987年10月拍摄。

积极、向上的精神状态，使他拥有一个好身体；知足、知恩、知责的平静心态，使他在承担任何繁重的工作时，都有一个好心情。

山下的国营171厂小学读书,该小学有工人子弟,也有附近的农民子弟就读,所以爸爸是有意让儿子与工农子弟接触。儿子考中学时,爸爸又让儿子到附近长安县航天067基地中学读书,意在让儿子学会与工农家庭的孩子平等相处。从9岁起,儿子就开始阅读爸爸写的《哲学头脑——当代军官生命所系》,哲学思维进入这个和睦的家庭。高考分班前,儿子在数学预考中的成绩不理想,思想压力很大,饭也不吃了。李业平对儿子说:"爸爸是搞教育的,绝对不会打你。你要对爸爸说实话。"孩子说出自己在预考中只得了38分,李业平听后毫无怒气,反倒劝儿子:"这只是一次预考嘛,即使得0分也不要紧。重要的是总结出经验,为正式考试做好准备。即使下一次考试同样不理想,只要有进步也该受到表扬。"儿子放下了思想包袱,在正式高考中成绩优异,顺利考入解放军南京政治学院哲学系,毕业后又考取西安政治学院硕士研究生,经过两年半的刻苦攻读顺利的获得了硕士学位。为了填补在部队基层工作的经历空白,毕业时主动向组织申请到兰州军区最艰苦的地区代职锻炼、摔打自己。经过他再三申请,组织批准他到新疆军区伊犁边防部队代职锻炼。经过近一年的基层工作实践,他对边防、对基层、对官兵、有了亲身的感受;对忠诚、对使命、对奉献、对责任的深刻内涵有了新的感悟:真正从内心深处感受到了"中国边防军人的祖国观",懂得了"'小哨所'连着'大使命'",明白了"待在边防就是奉献",认识到了"边防无小事,事事连中央"等边防官兵的人生境界和崇高的价值追求。短短的代职使他感受到了自己的人生的责任和工作的选择,开始思

儿子周岁生日时在西安陆军学院校区留影。此照片由战友1984年9月15日拍摄

一家人在兰州市游览黄河。此照片1989年8月拍摄。

1992年7月李业平一家三口在北京天安门前留影。

考自己的人生理想、人生价值、人生态度、人生道路。为了把边防部队基层部队思想政治工作做实、做活、做新，他抱定了为基层官兵服务的人生追求，下决心报考军队思想政治教育博士，最终已总分第二名的成绩，于2009年9月被录取为西安政治学院军队思想政治教育方向博士研究生。博士生的生活是美好的，也是充实的；但博士生的学习是艰辛的，也是充满挑战的。为了使心爱的孩子在3年博士学习和生活中不要虚度时光，要有所学、有所为、有所进。李业平常在茶余饭后和孩子交流谈心，用自己的亲身经历和体会，特别是对知识的渴望、对工作的认真、对治学的严谨、对科研的执着、对困难的应对等，来启发激励儿子珍惜人生过程中来之不易的博士学习的"黄金阶段"。儿子也从父亲的言行当中感悟到对他深深地挚爱和殷切的期望，他也总是像父亲那样低调做人、高调做事、刻苦学习、勇攀高峰。目前，儿子李帝晓正在加班加点、紧张的"备战"自己的博士毕业论文……

在儿子读博期间，喜欢上一位美丽漂亮、好学上进、知书达理、善解人意的警花——殷洁。她是一名警官，在陕西省武警总队从事心理工作，抱着对基层官兵心理服务工作负责满腔热忱，创办了官兵心理服务网站，为及时掌握和解决官兵心理问题，提供了一个很好的平台，受到了领导和官兵的一致好评，被单位评为"优秀警官"。她走进了儿子李帝晓的内心世界，他们在事业上志同道合、在情感上心心相印、在学习上互帮互学、在生活上互敬互爱。当殷洁走进了李业平这个温馨和睦、善学上进的家庭后，给这个家庭带来了许多新

儿子李帝晓在南京政治学院学习期间革命胜地井冈山接受传统教育。此照片为2005年5月宋小波摄于毛主席旧居门前。

李业平儿媳殷洁与儿子李帝晓在游览西安世界园艺博览会时的合影。此照片由妻子张锦敏拍摄于2011年9月30日长安塔前。

的快乐幸福、新的生机活力、新的起点、新的希望、新的愿景……

儿子李帝晓的志向是：子承父业，忠诚党的国防教育事业，成为一名优秀的哲学教员。

他把"亲和力"带进课堂，又向每位学员传递……

李业平全家合影。（左起：妻子张锦敏、儿媳殷洁、李业平、儿子李帝晓）。2011年9月30日参观世园会时留影。

"请问教员同志，党在'十六大'文献中提出'新社会阶层也是党的群众基础，私营企业主也可以加入共产党'，这与中国共产党的总纲、总任务相符合吗？"

"请问教员同志，课堂上您告诫我们'不要片面追求自我价值'。可是社会现实却告诉我们'理想理想，有利才想；前途前途，有钱才图'。究竟怎么做，才能在社会上生存？"

"请问教员同志，生活中大量存在农村孩子上学难、看病难、低保不能兑现、农民工权利不能完全受保护等问题，这与党中央提出的'以人为本'创新理论，似乎相去甚远？"

……

在家中查阅资料。此照片由张锦敏1987年10月拍摄。

这是陆军学院的一堂政治理论课。站在讲台上的李业平，面临学员们的不断疑问。

他并不以"教育者"自居。他深知：当代青年人很"自我"，谁也不愿意被"改造"、被教育。于是，他把自己"摆"在与学员平等的位置上，既有修正学员头脑中错误思想的勇气与胆魄，又善于以学员容易接受的方式和他们平等交流。他的身上透出一种"亲和力"——这是他的人格魅力所在。他心态平和,为人谦虚、和蔼,平易近人,乐于助人,在他的思维观念里没有"等级",只有"平等"。他无论对新老教员,还是对学员,甚至学校的水工、电工、清洁工……都平等相待。与人见面,总是首先向对方真诚地打招呼。他把"亲和力"带进课堂,又向每一位学员传递出去。

学员们都愿意跟他交流。常常一个上午的课时中,竟有100多人次提出疑问、困惑。

李业平课后与学员面对面交流。此照片由候国杰2005年7月拍摄。

李业平对学员提出的问题从不回避。而是带着问题上讲台,以严谨的治学态度,毫无保留地阐明自己的观点,耐心、细致地进行辅导,不给学员留下半点疑惑。对于一时讲不透的观点,他与学员共同探讨,通过坦诚的交流廓清学员的思想迷雾。

李业平耐心地回答学员白淼所提出的第一个问题。

他知道,这位学员的家庭成员中有几位共产党员,因而他对"私营企业主入党"等问题一时想不通,感情上很难接受。李业平告诉他:"社会在不断发展,中国社会的各阶级随着时代发展,其阶级基础也在发生着变化。进入21世纪后,中国社会中已经找不到'纯'而又纯的工人阶级、资产阶级了。"随后,他从马克思主义阶级分析法入手,针对学员头脑中存在的把"私人企业主等同于资本家"的模糊概念,对当前中国社会的阶级、阶层做了深入浅出的分析。一席话出口,学员白淼的思想豁然开朗了。

李业平知道,刚才递条子提出"农村孩子上学难"、"看病难"、"低保"、"农民工保护"等问题的,是"指导员队"的学员们。他们大多数是从中国西

李业平与学员面对面交流。

"哲学是一门很抽象、很枯燥的科学，只有把抽象的问题变得具体生动，把复杂的问题变得通俗易懂，学员才愿听、爱听，才能使他们在学历史、听故事中，领悟人生真谛。"

部农村走出的军队基层干部，特别关心"民生问题"，对当今社会存在的一些不公正现象也表现出更多的愤慨。于是课堂上，李业平心平气和地与他们交心："目前，在中国的确存在着5％的家庭拥有70％社会收入的现象。但是我们的党已关注到这些问题，并且正着手解决和纠正这些问题。不久前，北京正召开全国人民代表大会，这些问题已作为提案摆上党和国家领导人的议事日程。同学们，我们能不能多给党和国家一点时间，纠正这些问题……"台下，响起热烈的掌声。

台上的李业平，继续与学员交流着。"我们看问题时，要学会用哲学的辩证法，历史地、发展地、全面地看问题，而不要只看负面、只用'静止'的眼光去看……"接着，他又联系国际共产主义运动兴衰，新世纪我国改革开放面临的机遇、挑战，联系军队现代化建设的新情况、新问题……讲下去。大量的数据、事例，让学员们从理论与实践的结合上弄清了党中央提出的"创新理论"的历史与现实意义。学员们心服口服了。

这是一个星期六的上午，学院的大礼堂里座无虚席，礼堂的过道里也坐满了学员。李教授的讲述生动，有激情，深入浅出，旁征博引，紧密联系日常生活……学员们被深深吸引了。原定90分钟的课程，整整讲了180多分钟！其间，学员们递纸条达63次，学员们鼓掌打断他的讲述达10多次。课讲完了，学员们全体起立，鼓掌近10分钟，目送李教授走出几十米远……

李业平绝不是墨守成规的人。

他说："哲学是一门很抽象、很枯燥的科学，只有把抽象的问题变得具体生动，把复杂的问题变得通俗易懂，学员才愿听、爱听，才能使他们在学历史、听故事中，领悟人生真谛。"为把枯燥、抽象的哲学和政治理论课讲"新"、讲"活"、讲"透"，他反复研究了当代军事教育权威——季卜枚的"以需引思、以疑促思、以难激思"的教学方法。不但将其引入到教学之中，并且还摸索出"提示设疑，阅读教材，重点讲解，讨论作业，课堂小结"的"五步教学法"以及"论坛式"、"专题式"、"开放式"、"交互式"等多种教学方法。为了增加教学的生动性、吸引力，他甚至潜心研究授课艺术，不断总结和积累科学的授课方法，摸索、训练"用最通俗、最生动的语言以及学员最乐于接受的形式，把深奥的道理讲明白、把复杂的问题讲清楚"的能力。久而久之，他的语言赋予感染力，他的授课几乎年年被学员评为"最爱听的课"。

李业平与优秀学员交流

"李教授讲课，很实在，听了让人信服。"

"听李教授的课，是一种享受。"

学员们的评价和认可，被李业平视为最高的奖赏。

李业平感到欣慰却并不自满。他明白：惟有开拓，才能进步与提高。于是，他在继承和发扬传统教学方法的基础上，依据教学对象的变化，借助现代科学技术，不断更新教育观念，进行教学改革。他以教育工作者的敏锐与执着，关注理论的最新创新点，不断学习和搜集最新、最前沿、最科学、最有价值的理论与数据，并及时引入教学之中，输送给学员。为此，他不仅集中研读了世界史、国际共产主义运动史、中国近代史、中共党史，并且系统学习了新时期以来中共中央的一系列重要文献，还每天必浏览各大报纸、杂志、广播、电视……

"用最通俗、最生动的语言以及学员最乐于接受的形式，把深奥的道理讲明白、把复杂的问题讲清楚。"

李业平与优秀毕业学员走出大礼堂。此照片由任用社2006年7月在西安陆军学院拍摄。

广学、广思、善于创新——这让李业平在讲课时总能扣紧时代发展的脉搏,瞄准学科理论前沿,以敏锐的政治眼光与超前的理论思想,回答、解决广大官兵普遍关注的热点、难点问题。

有时,早上发生的事情,他当天就引进讲课之中去了。

初夏的一个晚上,李业平主任带领几名年轻教员加班直到天明。完成任务后,年轻教员都回宿舍睡觉了,他仍坚持出操,听上午安排的报告会。那一天,正由国家安全局干部讲授国家安全形势,类似这样的报告他此前已经听过多次,但他仍旧认真地听,希望从中获取更新的信息。他忍着疲惫,听了整整一个上午,报告的内容似乎未超出他所掌握的信息。然而当报告即将结束时,他突然听见报告人讲出一则此前从未听过的有关本·拉登对中国政府态度的信息。他马上记住这个信息,并适时地运用到接下来讲授的国际关系课程中,启发学员用哲学思维来观察国际关系问题。他认为,仅这一条信息,就让他那一个上午的报告会没有白听!

广学、广思、善于创新——这让李业平在讲课时总能扣紧时代发展的脉搏,瞄准学科理论前沿,以敏锐的政治眼光与超前的理论思想,回答、解决广大官兵普遍关注的热点、难点问题。用最新的理论和科技成果,用最新、最前沿、最科学的理论与技能,武装学员、打造学员。实现教育对象从知识型、学者型向智能性、复合型方向发展的大目标。

"听李教授的课,很愉快。"

"听他一堂课,身心很愉悦。"

学员们的赞赏,让李业平欣慰地笑了。他说:"其实,我讲一堂课,也是一种享受。"

愉快地讲课、愉快地听课;享受地讲课、享受地听课——如此传授知识,难道不是进入一种美妙的境界吗?难怪,他的教学成果——《邓小平理论教学创新与实践》在2001年8月摘取了军队级教学成果二等奖。当许多人为这个唯一的军队级成果高兴时，李业平又开始对《"三个代表"重要思想》课程的教学法探索了。他对这门课程，总结出"把握一条线"、"搞活两个课堂"、"抓住三个关节点"、"注重四个结合"的教学法。这个教学法，在2005年底又获得全军院校教学成果一等奖。他并没有因此满足和驻足，党的创新理论进入教学后，他又开始了新的探索和研究，总结了坚持第一课堂，搞活第二课堂，发挥网络课堂，走向社会大课堂的教学法，为党的创新理论系统进教材、生动进课堂、扎实进头脑找到了新的路径。这一教学法，2007年12月获得军队院校级优秀成果一等奖，2009年8月获得全军优秀教学成果二等奖。

交给学员"哲学思维"的金钥匙

李业平作为兰州军区学习实践"三个代表"重要思想先进典型后，西安陆军学院灯箱专用照片。2003年9月赵海玉摄于办公楼前。

几年前夏季里的一天，李业平主任听见一个令他震惊的事情。

他的一位"得意门生"，在火车上服下60粒安眠药。这位学员，在校时曾是哲学考试中拿第一名的"尖子"学员。毕业时，他得知自己被分配到艰苦地区部队后认为理想破灭，从此一蹶不振。李业平曾找他谈心，那位学员也曾表示"接受组织的分配"，于是踏上西去的火车。可谁知，在火车上他意外听说自己留在城市工作的名额是被别人顶替了，于是再也经受不住打击，服下60粒安眠药。幸亏，他被及时发现、及时救治，才顺利抵达西北边疆部队。

李业平作为兰州军区学习实践"三个代表"重要思想先进典型到部队作巡回报告后与官兵交流。2003年8月由崔文建摄于新疆军区某边防哨所。

教学中,他开始有意识地把哲学课变为指点学员人生迷津的启蒙课。

这件事,让李业平难过了很长一段时间。

他不住地责问自己:为什么自己的得意门生,竟然如此脆弱?

反思中,他意识到:西北地区部队大多驻扎在风雪高原、大漠戈壁,自然条件异常艰苦,作为一名政治理论教员,不仅要向学员传授知识,更要在传授知识时注重用哲学观点帮助他们正确看待苦与乐、得与失等问题,从根本上打牢献身国防的思想基础。否则,教出的学员本事再大,也没有用处。

从此,"育人"成为他经常琢磨的一件事。

他经常放弃节假日、休息时间找学员谈心,针对学员的思想实际,精心备课。教学中,他开始有意识地把哲学课变为指点学员人生迷津的启蒙课。对于学员们经常议论的交友、成才、志向、婚恋、前途等话题,他采取事先调查问卷、座谈、课堂提问等方式,将问题收集起来,逐一编入自己的教案之中。让哲学课与学员拉近了距离,使学员们学习哲学、政治理论的兴趣越来越浓。

那一次曾在课堂上提出"理想理想,有利才想;前途前途,有钱才图。这个口号是否实用"的学员——张继东,聪明伶俐,组织能力极强,在校时就是学员队的区队长。可是这位学员一度受到社会上"片面追求自我价值"的影响,曾产生弃学经商的念头。张继东带着困惑,敲开李业平教授的家门。李教授放下手中的教案,与他促膝谈心,用哲学观点开始了这一次谈话。李业平从社会发展的基本规律,讲到人生观,并且把自己写的两本哲学著作《哲学与军事漫谈》、《哲学头脑——当代军官生命所系》送给张继东，启发他学好哲学，正确对待理想、前途问题。张继东的思想有了转变，毕业时他主动放弃留校和到大机关任职的机会，要求到艰苦地区部队锻炼。在基层连队，他遵照恩师的教诲，用哲学思维指导工作与生活，总结了《用哲学头脑指导我做好市场经济条件下的政治思想工作》经验，在全军推广。他被评为"全军模范指导员"，受到当时中央军委主席的接见。此后，张继东在繁忙的工作中，每当出差路过古城西安时都专程来到母校看望自己的哲学启蒙老师，他说："感谢李教授给了我'哲学思维'这把金钥匙，使我学会运用哲学理论指导人生，学会用辩证的、历史的、发展的观念看问题、想问题。这让我在部队生活、学习、工作如鱼得水。哲学思维，看似与日常生活关系不大，但是有了这种思维，一个人的人生质量、境界，却大不一样。"

润物的无声细雨，在10多年时间里滋养着张继东的心灵。10多年后，他以出色的工作业绩被提拔到母校——西安陆军学院副政委。返回母校工作后，他刚一见到恩师就拿出自己写的一本哲学论著《怎样用哲学指导团政委工作》，真诚地说："当年，我离开学校时，恩师把自己写的两本哲学书送给我。现在我回母校工作，也把一本我写的哲学书送给老师。"

李业平捧过那本书，脸上露出由衷的喜悦。

2005年"五一"长假刚过了一天，李业平教授就匆匆乘坐一辆长途汽车连夜赶往兰州军区某红军团。前一天，他接受了一项重要任务：向红军团的营以下干部宣讲"三个代表"重要思想。

"感谢李教授给了我'哲学思维'这把金钥匙，使我学会运用哲学理论指导人生，学会用辩证的、历史的、发展的观念看问题、想问题。"

李业平作为兰州军区学习实践"三个代表"重要思想先进典型到部队巡回报告。2003年8月雷鹏摄于南疆军区某边防团。走在报告团最前面的是李业平,第二是崔文建,第三是王秀丽。

第二天下午,风尘仆仆的李业平教授就开始在红军团的大操场上讲课了。他依旧采取"互动式"教学方式,当场就收到近百张条子。

"请问,'三个代表'是一个体系,为什么只用三句话来概括?"

"请问,'三个代表'思想是指导共产党的理论,跟共青团员有什么关系?"

"请问,如果按您所说'神舟五号'上天是实践'三个代表'思想的结果。那么美国、苏联早在我们之前就把宇航员送上天了,他们又是用什么思想指导的?"

"请问,我学习'三个代表'已经两年了,为啥还没提干……"

……纸条,雪片一般飞到李业平的讲台上。

李业平看出:部队的基层官兵很关注切身利益,他们渴望学习政治理论,却又容易把理论问题简单化,甚至"对号入座"。因此,他并不嘲笑他们提出的每个问题,反而尽力与他们真诚对话。

他说:"创新理论,是解决世界观问题的。它教给人的,是一个方法论。这个方法论,反过来又指导人们的工作与生活,它不是只针对社会生活中的每一件具体事,使之得到'立竿见影'的解决。'三个代表'重要思想,是一个纲领,我们不能指望它像吃一碗面条那样解决每个人的每一个具体问题,更不能认为自己没提干、没入党,这个理论就没有用处。当年,美国、苏联研制宇宙飞船时,必定是遵循了'代表先进生产力发展方向'原则的。中国是在生产力发展水平不高的情况下研制'神五'的，从立项、研制、飞船上天……都是在'三个代表思想'指导下进行的，体现了代表先进生产力的前进方向。设想一下，如果不是以这个思想做指导，'神五'的上天可能会走弯路，可能会再拖很多年。至于这个理论与共青团员有何关系，我认为在党的创新理论指导下创造的一切业绩，与我们每个人的生活都息息相关。比如，'神五'上天了，这个成就必定在今天或将来，对我国的科技、军事、生产、生活各个领域产生影响——当然，也包括对我们每个人的生活产生影响。因此，作为一名军人我们都要做先进生产力的捍卫者、先进文化的传播者、人民利益的维护者……"

李业平正在查阅资料。

天空飘起了细雨。两小时前，全团官兵手拿小板凳坐在大操场上时还是烈日当空，可是两小时后却是乌云密布，雷声阵阵。雨点，越来越大。雨中，官兵的衣服全淋湿了，却纹丝不动。

李业平教授对团干部说："解散吧，以后再讲。"

可是没人挪动。台上台下的人们，睁大了一双双渴求知识的眼睛。有人拿来一把雨伞，撑在李业平教授的头顶，为他遮风挡雨，他在雨水中继续讲课……掌声不断，笑声不断。当晚6时，课才讲完。解散后，战士们又哗啦一下围住了李业平教授，继续向他提出心中的疑问。

有一位基层干部直截了当向李业平教授述说苦恼：那天，部队进行大运动量的训练，官兵们个个泥头泥脑，盼望洗一个太阳能热水澡。可是，水管中却没水。我派一名战士去修理，战士的手抓了一把水管，被烫了一下。他马上说："排长，管子很烫。你让我修水管，

西安陆军学院召开李业平同志先进事迹报告会。此照片由赵海玉2002年4月22日拍摄

是不'以人为本'。李教授,你给说说,我该不该让战士修管子?"

李业平教授的嗓子全哑了。他耐心听完这位排长的倾诉,认真地解答:"以人为本,不是以你为本,也不是以我为本,而是以人民的根本利益为本。当大多数人的利益需要时,我们应该牺牲个人利益去为多数人的利益服务。你让那位士兵完成任务时,就要让他科学地完成,不要让他把手烫坏,不要做出无谓牺牲。创新理论,不是简单对号入座……"那位基层干部听后,满意地走了。

课后,部队领导亲自送李教授去门诊部输液。他被确诊为:声带撕裂,水肿。经过医护人员精心熬中药、针灸、推拿,才"救"了他的嗓子。从此,他的教学生涯中又多了两个内容:每天必带一包"金嗓子含片";每天讲课前,必泡一杯"三七花茶"。

有人曾问李业平教授:"您讲的理论,自己信吗?据说,一些名牌大学的政治课教员,讲完课后对学员说:我的课讲完了,信不信由你。反正我不信!"

李业平明确地回答:"我信!我没有理由怀疑!我在实践中看出,我们的党从本质上是为人民服务的,虽然党内个别人企图利用党的执政地位谋私利,但是这个政党总是不断地纠正错误、惩治党内败类。说句老实话,我很感激'哲学'伴我一生。面对人生诸多选择时,我之所以能做到'理性对待',这正得益于用哲学思维去正确对待组织、对待他人、对待社会、对待自己。1978年恢复高考后,工农兵大学生不值钱了。这本是一件坏事,可是我却认为在当时全国停课、没有书读的时候我能走进大学、多读一些书，这是我的一个幸运！工农兵学员虽然不吃香了，但在我看来这正是促使我发奋改变知识结构的机会。所以我不在意别人的看法，也不与人争辩，只是暗下决心补习外语等欠缺的知识，跟着'中央广播大学'学英语。1985年我顺利通过了英语关，被南京大学哲学系录取为研究生。哲学思维，不仅使我增强了专业技术水平和能力，同时也改变了我的命运以及他人对我的评价。一个没有哲学思维的人，也许一生都享受不到辩证地、历史地、全面地看问题带给人生的乐趣、愉快……"

李业平到南京参加研究生学习前全家合影。此照片1985年8月拍摄。

他对哲学和党的创新理论，是真信，真学，真教，并真心践行。

又一批学员毕业了。离校前，学员们把李教授请到学员队举行"师生共话人生"思想交流。李业平教授像父亲、像兄长，以拉家常的形式讲述了自己的几次人生重大选择。3个小时的交流，57次被掌声打断。在场的380名毕业学员一致表示：像李教授那样言行统一。学员七队的大学生——赵耀，此后两次向队党支部递交申请书，要求去南疆部队工作。他说："李教授把最宝贵的青春献给了国防教育事业，作为他的学生，我要接过他的接力棒，把自己的才华献给祖国最需要的地方。"

"李教授把最宝贵的青春献给了国防教育事业，作为他的学生，我要接过他的接力棒，把自己的才华献给祖国最需要的地方。"

每届毕业学员临行前，都会拿出小本子让李教授签名，赠一句警言。

20多年来，西安陆军学院已经毕业近万名学员，连续多年"百分之百服从分配、百分之百按时离校报到、百分之百到基层和边疆建功立业"。这其中，有李业平教授的心血、汗水。

他鼓励年轻教员"往前冲！"

延安大学的本科毕业生——史方、李海青，走进西安陆军学院的大门。

他们是一对恋人。双双经过考试，被李业平教授特招进入陆军学院担任政治教研室教员。那一年，陆军学院为加快基础学科建设步伐、尽早实现与地方高校的接轨，决定每年从地方高校特招一批年轻教员，充实教员队伍。其数量以每年15%的比例增加。为此，有人曾担心地方大学生直接进入军校会带来负面影响，可是李业平却为师资队伍的壮大而高兴。此刻，他正在为近年来教员队伍出现的断层、能力水平发展不平衡等严重问题而深深地担心、焦虑。

在挑选第一批教员时，李业平首先选中4名家境贫寒的大学生，充实教师队伍。他认为，名牌大学的毕业生不一定都能成为好教员。他更看重那些了解普通人生存状态、珍惜教员职业的大学毕业生。4位家境贫寒的大学生顺利进入政治教研室后，果然表现出良好的个人品格与业务素质。

一切都是新鲜的，一切又是陌生的。从延安大学毕业的李海青，第二天清晨就被军号声惊醒了。

"教员也要出操？"她揉着惺忪的睡眼，向同宿舍的一位教员问道。

"是的。"对方这样回答她。李海青立刻穿上一双"阿迪达斯"名牌跑步鞋，跑出宿舍。在大学时，她养成了锻炼身体的好习惯，喜欢体育运动。她跑步来到集

儿子周岁生日时在西安陆军学院校区留影。此照片由战友1984年9月15日拍摄。

合地点时，发现包括李业平教授在内的教研室主任、副主任、老教员都已站在队列之中，脚上一律穿部队下发的黄胶鞋。队伍集合后，全队只被带到距离校大门不远的一座小桥前，然后又折回来解散了。

"这算什么出操？既不能锻炼身体，又影响了睡觉。完全是形式主义嘛！"李海青嘀咕着。她在地方大学里自由自在惯了，不懂得、也不理解军队的"游戏规则"。

不久，她看见一位年轻干部因病住进医院，却因未请假而在年终被扣了奖金。"这也太没'人情味'了！"李海青的心里又是一阵翻腾。接下来，她在一次教研室的"民主生活会"上按捺不住，奋起与另一位年轻女教员一唱一和，向"形式主义"发起猛攻。面对劈头盖脑的质疑、责问，李业平教授只是安静地听着，然后冷静地回答："你们现在是军人。军人在条令、条例面前，没有'为什么'，只有执行！"

李业平任西安陆军学院政治理论教研室主任期间，对年轻教员进行传帮带。前排：左一为李业平，左二为邱东；后排：左一为薛萍，左二为史方，左三为张舒。2005年6月由赵海玉摄于教研室会议室。

第二天清晨，李海青看见：头发染霜的李业平主任仍旧穿一双黄胶鞋按时集合，随队出操。事后，她听见李业平教授对她说："我们是军人，军队在新时期肩负的使命并不比战争时期轻松。我们这支军队，要为共产党巩固执政地位提供重要的力量保证；要为维护国家发展的重要战略机遇期提供坚强的安全保障；要为国家利益的拓展提供有利的战略支撑；要为维护世界和平与促进共同发展发挥重要作用。军人出操，不只是为锻炼身体，更重要的是作风、纪律的养成——那是战斗力的生成。"

李海青惊呆了。几天前，当她走进陆军学院时并未

要培养高素质的军事人才，就要有高质量的院校，而高质量的院校则首先要有一支高质量、高水平的教员队伍。

意识到肩负着如此重大的历史使命，她当时只认为自己有了一个职业。李业平主任的话，给她带来震动："和平时期，军事院校起着培养军事人才的主渠道和基地的作用。美国军队的军官与士兵，几乎全部是通过院校培养的大学生，90％以上具有学士、硕士、博士学位。海湾战争中，美军的战场指挥核心人员全部具有学士以上学位。要培养高素质的军事人才，就要有高质量的院校，而高质量的院校则首先要有一支高质量、高水平的教员队伍。理论教学，正是在党的理论创新成果与干部、学员之间，架起一座桥梁。"

李海青明白了，从一名地方大学毕业生成长为一名合格的军队政治教员，还必须经过两个"转变"：从青年学生向军人的转变；从普通干部向军队政治教员的转变。

李海青经过3个月的"新兵训练"、又经过教研部的"新教员培训"后，被安排讲授"国际关系"课。此前，她从未讲过这门课程，思想压力特别大。她听说明天领导要来听她的试教，前一晚就没睡好觉，脑子里反反复复想这件事，一个人对着墙壁不停地试讲。她甚至把每一句话怎么说，每一个动作怎么做，包括手势都事先注在讲稿上了。

第二天试教时，她紧张得要命。然而，当她看见李业平主任坐在台下耐心地、认真地听课的神情，面孔上绝无厌烦、嘲笑、讥讽之态时，她的心情放松了。试教刚结束，她就听见李业平主任真诚地建议："讲这堂课，你应该站在那个位置上；手势不能太大；出示题板的时间要掌握好，以便控制讲课的节奏；举例子时，举到一定程度就不要再举了,否则例子举得时间太长就难以回到原来的主题上……"

李海青明白了:什么叫"台上一分钟,台下十年功"。

第二年,当国际形势发生重大变化、人们纷纷谈论世界格局的"多极化"时,李业平大胆地建议让李海青为全院干部讲授《国际关系讲座》。李海青从接受课题,到规划从几个方面讲解,做授课的辅助课件……都是李业平主任手把手帮助准备的。试教时,李业平看出李海青的课是以表演形式讲出的,又帮助她改进授课方式,还一分一秒地替她掐时间,帮助她掌握好讲课的时间。他以培养优秀人才的强烈意识、海纳百川的宽广胸怀,把年轻教员一个个往前推,往前送。他鼓励李海青:"往前冲!"

李业平任西安陆军学院政治理论教研室主任期间,全室同志合影。2003年6月赵海玉摄于二号教学楼前。前排:左一李海清,左二尚蔚,左三严维斌,左四李业平,左五刘惠荣。后排左起依次为:燕连福、薛萍、张舒、邱东、李俊科、张康、史方、朱宝庆、姚民峰。

几乎没有走弯路,李海青的《国际关系讲座》讲得很成功。听课的院领导对台上那位身材瘦小、却驾驶着国际形势大课题的新教员,十分诧异!

两年后,当全院展开"优秀教员评比"时,李海青的对象——陕北小伙子史方被李业平力荐参赛。他一举获得全院"优秀教员"称号。下一年,李业平主任又力推李海青参加"优秀教员评比",并通宵达旦地帮助她做准备……李海青也获得了"优秀教员"称号。此后,这一对伉俪又在李业平主任的鼓励下,双双考取了"在职硕士研究生",他们一边进修,一边教学,很快成为教学骨干。如今,史方、李海青已经完成了两个"转变"。李海青笑称:"经过几年的教学,我学会了'服从'、学会在考虑问题时首先以'集体'为思维的出发

点。我的人生,好像进入到一层新境界。我的观念、思维、行为方式、生活节奏……都彻头彻尾地被人民军队'改造'了。"

试教,是每一位新教员走上讲台的必练功夫。李业平主任对每一位新教员的每一次试教,都要亲自去听,并且要求全教研室的人员(不论新老教员)都去听。新教员的"试教"通过后,正式讲授的第一课李业平主任也照样跟课,亲自去听,并且认真提出意见、建议。他对新教员准备的"课件"的背景光、字体、字号的大小,甚至讲课时的每一句话、每一个动作,都亲自在现场做出纠正、示范……反反复复多次,一些新教员都烦了,不想再改进了。李教授却一脸的焦急:"要争取一次做好!如果一堂课的准备反复多次修改,对于教员是不利的。"

从财经学院毕业的新教员——薛萍,第一次试教《哲学》课时,语言怎么也组织不到一块。她几乎不敢抬头看台下,低着头一个劲儿地念讲稿。只念了5分钟,就被叫"停"了。

"这不像讲课,讲课不是背念讲义。"李业平主任在台下对薛萍说。年轻的女孩一头热汗,她对自己的表现很沮丧,也感觉委屈。这个讲稿,是她花费许多心血准备的,就这么被一大堆问题给否了?她尽量让双眼离开讲稿,显得自然一点。可是台下,又响起了李业平主任的声音。

"书本语言太多。如果学员问你:这样讲课,不如我们回去看书,何必听你的课?你咋回答?"

薛萍知道了这堂课"不成功"的原因。她对自己的教学能力，产生了怀疑。

"讲课时，开头必须精彩，要一下子就吸引住学员的眼球……"老教授在台下，对她指点迷津。这让小薛的心情从沮丧、失望，变为想再试一试、再改一遍的欲望。于是她再一次试教，李业平也再一次倾听，并且一句一句地为她做辅导……整整一个上午过去了。走出教室时，李业平对执著的小薛说："当你一次次试教时，我完全可以像有些人那样说：好着呢，挺好的。可是，教书育人是一项神圣的职业，掺不得一点假、冒、伪、劣的东西。你才试了几次，千万别泄气。我们这些老教员也是经过多次试教才站上讲台的，有的教员是经过20多次试教，才通过的。要记住，你去讲课是给自己树牌子，你拿出去的必须是最好的东西！"

薛萍明白了李教授的良苦用心。她经过6次试教，课程终于通过了，她站在了神圣的讲台上。薛萍是一位爱动脑筋的姑娘，她在讲课时从不因循守旧，每堂课都加入自己的独特思考。李业平也从这位新教员的试教中，发现她讲课活泼、观点新鲜的特点。于是，在征得薛萍的同意后，他把薛萍的一些观点引入自己的讲课之中。他就是这样一位不断从他人身上汲取营养的人。就是这样在李业平与年轻教员的互帮互学中，薛萍成长为教员新秀。2007年在李主任的指导下，薛萍准备的《当代革命军人核心价值观》一课在全军科学发展观教学观摩比赛中获得了三等奖。不久后，当李业平主任接受向军区师以上干部讲授《和谐社会与履行使命》任务时，他在课前首先把精心准备的讲稿拿到张磊等三位年轻教员面前进行"试教"。张磊是国防科技大学计算机专业的毕

"当你一次次试教时，我完全可以像有些人那样说：好着呢，挺好的。可是，教书育人是一项神圣的职业，掺不得一点假、冒、伪、劣的东西。你才试了几次，千万别泄气。我们这些老教员也是经过多次试教才站上讲台的，有的教员是经过20多次试教，才通过的。要记住，你去讲课是给自己树牌子，你拿出去的必须是最好的东西！"

他在教研室内制定了"一年打基础,二年扶上路,三年打通关,四年出成果"的以老带新、以新促老、共同提高的培养教员的设想,提出把年轻教员培养成为"厚基础、宽知识、强能力、高素质"的合格教员的战略目标。

业生,他来到陆军学院后担任哲学教员,是一位品学兼优的年轻教员。张磊听了老主任的试教后,大胆地指出他的一些读音不对,还指出"开场白,讲得不够贴切,应该改一下"。李业平主任接受了张磊的建议,一字一句与张磊斟酌,修改。正式教学时,他的开场白说得妥当、贴切,令听众耳目一新,收到意想不到的满意效果。

陆军学院的政治理论课,随着时代的发展内容设置不断增加,政治理论教员的工作量也逐渐增大。自从李业平教授担任"政治教研室"主任职务后,这个教研室不仅承担了院内本科、大中专队的《哲学》、《邓小平理论》、《法学》等15门课的正常教学,还担负了本院以及中央党校的函授教学和院内政治教育重点专题的辅导。特别是自2002年起,学院又承担了军区师以上干部理论读书班的《市场经济》、《法学》和党的创新理论等教学辅导任务,教学工作十分繁重。仅李业平主任一个人,就承担了哲学、邓小平理论、国际关系、国际金融、文化史等9门课程。他不但要求自己讲好课,还发动大家共同完成繁重的教学任务。为此,他狠抓教员队伍的思想建设,改变教员的工作姿态、精神面貌,在共产党员中发起"过去入党为什么,现在为党做什么,将来为党留什么"的对照、检查活动,较好地解决了教员"安心、尽心、热心"的问题。接着,他又着手解决教员队伍中出现的断层、能力发展不平衡问题。他在教研室内制定了"一年打基础,二年扶上路,三年打通关,四年出成果"的以老带新、以新促老、共同提高的培养教员的设想,提出把年轻教员培养成为"厚基础、宽知识、强能力、高素质"的合格教员的战略目标。他还为教员制定了三个量化标准：一、要求每人每年读双百万字的教材、参考资料；二、要求每人每年有一堂精品课；三、要求高、中、初级职称教员，每人每年发表学术论文分别不少于3篇、2篇、1篇。

"培养合格教员"的总目标，在润物细无声中进行着。新教员一进学院，几乎都被学院的艰苦环境吓住了：终南山脚下，四围都是庄稼地，偏僻得竟有一只野生黑熊闯入校园。这里，没有直通西安市的公交车，校园内没有配套的小学、中学，服务设施尚不完善，偶尔去一趟西安市区采购日用品，必须费力挤进学院定时开出的班车……年轻教员的头脑中，难免产生各种想法。然而，当他们看见李业平主任每日生龙活虎地站在三尺讲台上；当他们看见李业平主任每晚情绪高昂地在教研室内挑灯加班；当他们看见李业平主任日复一日地远离家人、身单影只地行走在寂静的校园小路上；当他们看见老主任心甘情愿地把"机会"留给年轻人、手把手地把丰富教学经验传授给他们时，年轻教员的心中有了楷模。他们知道自己应该怎样做了。

冬季的傍晚，寒气逼人。大操场上拉起几盏电灯，学院正组织各教研室的年轻教员举行乒乓球比赛。"杀"进决赛圈的李海青一心想为教研室争光，内心有些紧张。她向四处望一眼，发现头发花白的李业平主任正带领教研室全体教员站在球台前，为她助威。老主任的慈爱目光，透过凛冽的寒风传递到李海青的身上，她顿觉力量倍增，很快拿下几局捧起了冠军奖杯。在同事的眼里，李主任是长者，是朋友。他在教研室内部，对

一、要求每人每年读双百万字的教材、参考资料；

二、要求每人每年有一堂精品课；

三、要求高、中、初级职称教员，每人每年发表学术论文分别不少于3篇、2篇、1篇。

年轻教员的要求十分严格,严格到了近乎苛求的地步。然而走出教研室,他从不说任何一位教员,包括年轻教员的缺点,反而总是向领导宣传年轻教员的长处、优势。这就使年轻人在别人面前十分自信,无形中增强了"主人翁"意识。

李业平正在查阅资料。

当每一位年轻教员进校后,李业平主任都劝他们:"晚上,要到教研室去看书。"他的理由是:晚上安静,是学习的最好时间。如果把晚饭后的时间用来打牌、吃饭、看电视,时间很快就消失了,今后会感到可惜的。他自己就是这么做的:每个晚上,他吃过晚饭,稍微浏览一下当天发生的重要新闻,然后就来到教研室读书,读报,加班……天天如此!春夏秋冬从不改变!一直坚持了30多年!他的课之所以讲得生动、活泼、深受学员们喜爱,原因之一就是他拥有丰富的知识,能够旁征博引……这些,全得益于他把别人用来玩耍、打牌、聊天的时间,用来搜集资料、积累知识了。

在他的影响下,"政治教研室"内部没有打牌、聊天、吃喝、玩乐的风气。晚上,教研室的灯光闪亮,年轻教员们坐在教研室内读书、备课、交流教学体会……凡是走进政治教研室的人,都会感觉被一种紧迫感推动着,不敢松懈,不知疲倦。

青年教员——史方连续3天加班制作课件后,心中生出一股无名火。凌晨2点,他看见李业平主任的办公室亮着灯,就想进去把这项任务辞掉。当他轻轻推开门时,发现老教授正用一只手捶着腰,一只手写教案。桌旁,放着没吃完的半包方便面。史方悄悄掩上门,心平气和地回到电脑前……一年后,他凭着可贵的敬业精神,走上了"优秀教员"的领奖台。

史方、李海青这对恋人在陆军学院结了婚,有了孩子。当他们的女儿长到上小学的年龄时,他们不得不向李业平提交一份"史方转业申请书"。起初,李业平主任很是诧异,但当他想到位于终南山下的陆军学院内没有小学、中学,孩子上学只能在西安市内租房、交纳很高的"借读费"才能受到起码的小学教育时,他啥话也没说,在"转业报告"上签了字。他知道,这对年轻夫妇做出如此选择是痛苦的,他们的教学事业正在起步,他们在这里比翼双飞、刚刚取得独创性的成绩,然而他们却面临着非常实际的家庭困难,他们其中一个人不得不忍痛放弃在国防教育战线取得成绩的机会。李业平喜爱这些年轻人,也更理解、尊重他们。

来自"苦甲天下"的甘肃省甘谷县的年轻教员——燕连福,是李业平的得意门生。这位朴实、憨厚的甘谷娃,最初站在李业平主任面前时是借同学的一身衣服来试教的。李业平把他留下了,并以兄长般的"爱"培养他。这位甘谷娃,很快成长为"优秀教员",并且有了考研究生的想法。李业平知道后,不但不阻止他,反而鼓励道:要在教学之余刻苦攻读。他说:"谁不想把优秀人才留在身边?可是'只留不放'是短视的。我宁肯自己多干一点,只要让年轻人在这里打好基础、成为国家栋梁,我就高兴。如果他们的事业有发展,调到联合国才好呢!"

他鼓励每一位想考研究生的教员都去考研。燕连福因为成绩优异,被西安交通大学录取为哲学硕士研究生,此后该校又准备送他去美国攻读博士学位。李业平

"谁不想把优秀人才留在身边?可是'只留不放'是短视的。我宁肯自己多干一点,只要让年轻人在这里打好基础、成为国家栋梁,我就高兴。如果他们的事业有发展,调到联合国才好呢!"

得知这个消息后，大力支持他继续深造，鼓励他将来报效祖国。那位年轻教员也不忘陆军学院的培养，接到名牌大学的硕士研究生录取书时，依然忙着为学员们做辅导。

如今，李业平已是"桃李满天下"。他领导的教研室在教学、科研方面总是走在学院的前列。目前，政治教研室不仅人才辈出，而且教学结构日趋合理。脱颖而出的年轻教员几乎每人都有一堂精品课，他们先后制作出多媒体课件和电子幻灯，使教研室的五门主课都有了一套多媒体课件。李业平主任培养出的年轻教员，有的成为教授，有的成为全军优秀教员，有的被选调到总部和军区机关工作。教研室连续16年被评为"学术研究和全面建设的先进单位"。

为了培养年轻人，让事业继续传承，李业平多次向组织提出辞去教研室主任，2010年10月组织同意李业平的请求。为了发挥老教授、老专家的作用，学院专门成立了专家组，让他继续发光发热，并成立了西部安全研究中心，让他挂帅出征担当主任。李业平不负重任，他把军旅生涯40多年的经验积累和教学研究成果聚焦在国防教育和西部安全问题上。仅用一年多的时间潜心研究，由他主研申报的《我国西部安全战略研究》2011年被立项为全军军事科学研究"十二五"重大课题，填补了国内军队相关研究领域的空白，是该院建院70年来首次承担的全军重大课题，也是他几十年教学科研生涯中承担的等级最高、难度最大、影响最广的一项科研重任。

我很感激"哲学"伴我一生

今年，李业平教授已经59岁了。

他仍旧穿一双黄胶鞋，在校园内散步；仍旧在家中拖地板，为妻子擦皮鞋……他的妻子，也始终如一地甘当他的事业的"最有力支持者"。2004年8月，李业平主任推荐4名年轻教员参加全军"三个代表精品课评比"。院领导却说：还是你上。于是，他就把整个暑假用来准备参赛课题了。这期间，远在江苏泗阳县老家的亲属把一个不幸的消息告诉他的妻子：老母亲身患重病，怀疑是肺癌。

全家福。此照片1987年2月在西安陆军学院拍摄。（左起：张锦敏、母亲王兰英、李帝晓、父亲李建扬、李业平）

李业平教授的妻子不想让这个不幸的消息分散丈夫的工作注意力。她叮嘱亲属：尽快把老母亲的透视片寄到西安。收到片子后，她拿着片子跑遍西安市的肿瘤医院，找医生询问，最终确诊老母亲的病是肺癌。可是老人体质弱、胸腔积水太多已经不能做手术。焦急中，她打听到有一种名叫"灵芝宝"的保健品能辅助治疗癌症，一口气就买下2万多元的药品，寄回老家，使老人胸腔内的积水基本被控制住。

婆婆王兰英、媳妇张锦敏和儿子李帝晓。此照片由李业平1987年春节拍摄。

当年的8月27日，李业平主任顺利参加完预赛。这时，他的妻子才把老母亲的病情告诉他。此时，老母亲的病情已得到控制，李业平也顺利完成了决赛。在妻子的帮助下，老母亲的生命竟然延长了两年半。为此，李业平教授很感谢妻子，更感谢父母，他的亲人们，无声地成就了他的事业。殊不知，李业平的妻子在照顾老人期间，时任西安市纪委信访室主任和后任党风室主任的

祖孙三代。此照片由儿媳张锦敏1987年1月拍摄。（左起：李业平、奶奶王兰英、李帝晓、爷爷李建扬）

爱人转业时最后一张着军装的合影。此照片1992年拍摄。

她，工作十分繁忙，经常吃住在办公室。在她主抓的党政领导干部向纪委全委会述廉、区县建立农村监督委员会和党务公开等多项工作得到了中纪委、省纪委和市委领导的高度评价和肯定，《中国纪检监察报》先后作了报道。她对工作的认真、对领导的负责、对下属的关心，得到了领导和大家的一致认可。她所带的党风室连续4年被评为"先进单位"。2010年，被组织任命为西安市纪律检查委员会机关党委专职副书记，李业平的妻子张锦敏又开始了新的征程。在这个新的岗位上，她履职尽责，开拓创新，使机关党委工作开启了新的起点，展现了新的面貌，取得了新的成绩……

随着教龄的增长、教学水平的提高，李业平主任在军内外的知名度越来越高。他工作成绩突出，先后荣立二等功一次、三等功四次。与他同年入伍的战友，有的当了将军，有的成了老板，可是他还是耕耘在三尺讲台上，不为位子、票子、车子、房子所动。地方高校、大公司曾经先后9次以高薪聘请他去工作，却都被他一一拒绝了。江苏老家的一家进出口公司的总裁，曾以10万元年薪邀请他担任公司的政策顾问，每当他休假回江苏时，那位老总都要上门做工作，劝他："都什么年代了，还教马列？在我这儿，你只要动动脑子，轻轻松松一年就拿到10万。"

李业平和爱人、儿子与岳父岳母合影。前排：左一岳父张书勤，左二岳母邵桂英；后排左一爱人张锦敏，左二李业平，左三儿子李帝晓。2006年6月由康二明摄于解放军西安政治学院学员干休所岳父岳母家。

李业平教授听了，只是摇一摇头："我知道我该干什么，我明白我能干什么。"

他执意不离开教书育人的岗位，执著地坚守在国防教育这块阵地上。"几十年来，我老老实实地干，军队没有亏待我。"他说。

他的晚年，又遇见了"好领导"。

西安陆军学院的领导人，向全院新老教员承诺："你们只管把工作干好，其他的工作我来做。"他们果真兑现了承诺。

学院的夏政委一句话"不能让老实人吃亏"，于是2005年10月的一个星期天，当总政干部部的一位局长带领一个考察组来到终南山下考核李业平能否评定专业技术3级时，陆军学院的领导全部站出来为这位默默工作在国防教育第一线的普通教员作证。考评的时间只有一小时，怎么利用好这一小时、让远道而来的首长了解这位在终南山下教学28年的老教员呢？

李业平被批准为专业技术3级教授后，学院灯箱专用照片。2006年5月由李帝晓摄于西安陆军学院二号教学楼前。

曾在军区干部部工作多年的夏政委，动用了他做干部工作的经验，精心布置了那一小时的汇报。他要求：常委们必须全部到场；要把口头汇报改为一目了然的"李业平工作成绩展览"。一切准备都是在这位政治委员的亲自安排下就绪的。当考评组的首长抵达陆军学院时，学院的领导人首先以最简洁的语言汇报5分钟，然后就把考评组带去观看展览。展室分为四个单元，分别展示了李业平教授获得的政治荣誉；多年来出版、发表的论文和著作；256个获奖证书；20多家媒体对他的宣传文章。在极短的时间内，一位老教员的事迹清晰地展示在众人面前。成绩，不容置疑。考评组的首长心服口服地说，李业平有资格被评定为专业技术3级。

李业平同志参加中组部、中宣部、中央党校、教育部、总政治部在中央党校举办的第五期中央部委所属高校哲学社会科学教学科研骨干研修班学习，作为该班党支部书记带队到上海浦东干部学院参观见学。2005年7月28日专职摄影师摄于浦东干部学院报告厅门前。前排左一为李业平。

临别时，考评组的首长与李业平做了最后一次谈话。李业平教授这样表明心声：第一，感谢总政干部部的领导在星期天来陆军学院考评干部。这是对工作在国防教育战线的广大教员的鼓舞。第二，如果让我表态，

李业平近照

李业平教授是全国名师，曾四次荣立三等功，一次荣立二等功，1988年和2001年两次被评为"全军优秀教师"，2002年荣获全军首届育才奖"金奖"、享受政府特殊津贴。2008年被学院评为"名师标兵"。特别是2009年6月，李业平教授被授予专业技术少将军衔，同年9月被兰州军区评为"新中国60年'感动西北、感动军营'百名英雄模范人物"之一，2009年10月被国务院授予"全国优秀教师"称号。

我主观上很想要专业技术3级。它不仅是对于我个人教学工作的肯定，更体现了中国军队对国防教育第一线教员们的关怀，是对这个群体的劳动价值的认同。第三，如果能够批准，我很高兴；如果客观条件不具备批准不了，我照样干好工作，绝对不会有任何思想情绪。因为，我在这个岗位上工作，完全出于热爱，而不是为了得到级别、待遇。

李业平教授顺利地被批准为专业技术3级。

李业平教授是全军知名专家。先后编写出版专著教材69本，发表学术论文200余篇，先后承担"八五"、"九五"、"十五"、"十一五"、"十二五"和教育部6个重点课题研究。全国军队教育科学军事国防教育学科规划重点课题是：《西部大开发与西部国防建设》、《西部国防教育学》、《我军新使命与院校教育》；2004年教育部哲学社会科学研究重大课题委托研究项目《中国化的马克思主义教学研究》的主研人员，他撰写《中国特色社会主义理论"三进入"教学体系研究与实践》等100余篇论文分别获全国、全军、省部级一、二、三等奖和优秀奖；他主研的《党的创新理论教学改革与实践》等36项教学成果获得全军和省部级以上优秀教学成果一、二、三等奖。

李业平教授是全国名师，曾四次荣立三等功，一次荣立二等功，1988年和2001年两次被评为"全军优秀教师"，2002年荣获全军首届育才奖"金奖"、享受政府特殊津贴。2007年两次参加全军学习宣传胡总书记"6·25"讲话和党的"十七大"精神宣讲团，到总部机关、各军兵种和大军区等大单位进行宣讲，受到官兵好评，受到军委徐才厚副主席和总政治部李继耐主任的两次接见，总政宣传部两次给兰州军区政治部和西安陆军学院发来了表扬信。2008年被学院评为"名师标兵"。特别是2009年6月，李业平教授被授予专业技术少将军衔，同年9月被兰州军区评为"新中国60年'感动西北、感动军营'百名英雄模范人物"之一，2009年10月被国务院授予"全国优秀教师"称号。

每个傍晚，当彩霞映红陆军学院的校园时，这位享受军级待遇的老教授，依旧穿一双黄胶鞋在校园内散步，依旧不知不觉地走进教研室，在那里学习，加班……

作者简历：

姜安，女，1969年入伍，1974年毕业于兰州大学中文系。现任兰州军区政治部创作室专业作家，甘肃省作家协会副主席、甘肃省藏学研究会理事。一级作家，享受政府特殊津贴。

出版长篇小说《走出硝烟的女神》、长篇报告文学《37孔窑洞与红色中国》、短篇小说集《素描生活》、文化专著《神秘的雪域达摩》等19部著作；创作广播连续剧《远去的骑士》和电视连续剧《八瓣格桑花》；撰写电视文化片《从帐圈走来》（上下集）、《尼姑生涯》（上下集）等共12部40集；在报纸杂志上发表中、短篇纪实文学、小说、散文、学术论文等200余篇。其中，纪实文学《两位父亲》、文化专著《弥漫在雪域的藏传佛教》、电视文化片《从帐圈走来》、长篇小说《走出硝烟的女神》等，被介绍、输出英、美、日等70余个国家。

获"全国五个一工程奖"（2次）、"全国少数民族题材电视骏马奖"（2次）、"中国图书奖"、"全国优秀传记文学奖"、"中国人民解放军图书奖"（2次）、全军"新作品一等奖"（3次）、"中国电影华表奖"等17项全国大奖，并获2项社会科学奖。

多部作品被搬上银幕、荧屏；一些作品被改编为长篇评书、长篇小说连续广播。多部作品被再版、连载、转载。长篇小说《走出硝烟的女神》被中宣部、文化部等6部门列为向新中国成立五十周年献礼的10部优秀长篇小说。受到中国作家协会在北京隆重嘉奖、表彰（10位作家之一），被解放军总政治部评为"全军文化工作先进个人"。

吴东峰 著

冯玉祥别传

晚清名宦薛福成之孙、袁世凯之女婿薛观澜曾著文言:"我于民国八九年开始与冯玉祥认识,彼此甚为投契,吾寓北京盔头作,冯曾一度来访,随从一人,朴实无华,谁能料到其为全国风云人物哉!"

冯玉祥将军高大魁伟,体胖臃肿,脸赤如朱砂,眉横一字,煞气腾腾,右耳大而长,左耳方且短。薛观澜曾如此描写冯:"其颧赤,威重也;其声喑,情伪也。满口新名词,不登大雅,是固炫鬻以取名当世者。然其态度娴静,言语中肯,颙颙昂昂,温恭如也。"

任国民政府军事委员会副委员长时的冯玉祥(1936)

1928年,美国《纽约时报》一记者采访冯玉祥将军,见面握手后,仰望将军曰:"冯将军,你长得真高大!"冯玉祥笑眯眯低首望之曰:"是的。你要是砍下我的头,顶在你的头上,那么我俩就一样高了。"该记者闻言惶惶变色,采访后数日不得安寝。

1928年7月2日,美国《时代》杂志关于封面人物冯玉祥的报道,以下面这段描述为开场白:"他站起来足有六英尺高。他不是纤弱的黄种人,个头魁梧,古铜色,和蔼。《圣经》拿在手上或者放在口袋里,虔诚的基督徒。神枪手。世界上最大的私人军队——195000人——的主人。在今天,这样的人就是中国的一个最强者:冯玉祥元帅。"

1928年7月2日美国《时代》

"他站起来足有六英尺高。他不是纤弱的黄种人,个头魁梧,古铜色,和蔼。《圣经》拿在手上或者放在口袋里,虔诚的基督徒。神枪手。世界上最大的私人军队——195000人——的主人。在今天,这样的人就是中国的一个最强者:冯玉祥元帅。"

1927年6月,蒋介石于徐州初会冯玉祥。冯玉祥专车抵徐时,蒋率李宗仁等各北伐将领至郝寨车站欢迎。是时,冠盖如云,仪仗隆盛,蒋等静候良久,冯花车方缓缓进站,一时军乐大作,蒋等革履佩剑,整肃衣冠,排立月台恭迎。车停,蒋等翘首望之,凡客车内皆属冯氏文武随员,唯不见冯之踪影。正疑惑间,客车随员以

手向后指。蒋等急行至最后节车厢,抬头忽见:冯玉祥将军正站立于满载行李之铁皮车门口,足蹬土布鞋,腰束布麻带,布衣敝履,一身土气,笑声朗朗与之招手致意。"布衣将军"之名由此传也!

从目兵到"西北王"

冯玉祥将军,小名科宝,学名基善,又名冯焕章,祖籍安徽巢县竹柯村。父亲泥瓦匠,名有茂,生性勇武,酷好武艺,由流浪而为佣工,由佣工而中武庠。初投身铭军(铭军,为刘铭传所带领故名。他是淮军将领之一,在晚清很负盛名),远戍新疆,后入淮军,转驻河北,定居于保定府,官至管带。冯玉祥将军后来回忆曰:"保定府是我儿童时代的养育之地,是我的第二故乡。"母亲游氏,无名,生七子而仅活一,冯玉祥将军也。

冯玉祥将军年幼(9岁)时,曾读(1891年)一年零三个月私塾,日日背"子曰""诗云",刻苦用功。因家贫买不起纸笔,以细竹管扎束麻为笔,以洋铁片为纸,蘸薄黄泥液书写大字,后改在砖上练习楷书。将军书法得益于"童子功"。

保定府五营练军,有"父子兵"旧习。若有空缺,亲属可顶名补缺。某日,营中出了一个缺额,苗管带曰:"这回补冯大老爷的儿子。"他人问:"冯大老爷的儿子叫什么名字?"苗管带一怔,随意写下"冯玉祥"三个字。将军由此而服役军中一生,冯玉祥之名亦用一生。是时,冯玉祥11岁。

任国民军联军总司令时的冯玉祥(1926)

冯玉祥将军正站立于满载行李之铁皮车门口,足蹬土布鞋,腰束布麻带,布衣敝履,一身土气,笑声朗朗与之招手致意。"布衣将军"之名由此传也!

同年春夏之交,保定府突然发生瘟疫,传染迅速。冯玉祥将军随军奉命进城,持枪轰打瘟神。是时,队伍分做若干排,每排10人,每走过一条胡同口,就砰砰地一排枪,从早打到晚,满城弥漫硝烟。走到北门,路东恰巧有一座外人传教的福音堂。青年冯玉祥见之,心中厌恶,托枪瞄准,砰砰打了两枪,门匾立时黑了一大块。将军回忆言:"从这种幼稚的行为上,很可以想见当时一般民众的情绪。"

慈禧回都过保定,冯玉祥将军被保定练军选派担任"卡轮"。"卡轮"者,即护卫也。将军身着蓝布开衩袍,手持红漆小笤箒,净水泼街,黄土垫路,恭迎慈禧驾到。"两宫"到站时,将军得见慈禧尊容:身着青花缎大坎肩,头梳满装"两把头",脚蹬三寸高木地鞋,行来安详缓慢,满脸皱纹,涂着很厚的宫粉。袁世凯叩见时,冯玉祥听到慈禧与袁曰:"我们娘儿们不要紧了,到了家了,什么事也没有了。"

青年冯玉祥爱国观念强,求知欲旺,好学上进,不甘人下。

1894年7月1日,清廷下令正式与日本宣战,练军前后两营奉令调往大沽口警备。命令到后,营中军心大乱,嘁嘴咋舌者有之,唉声叹气者有之,奇哭怪嚎者有之,而冯玉祥将军则热血沸腾,整装待发,毫无畏惧之心。

至大沽口,将军见日本军舰游弋水上,耀武扬威,挥拳与同伴发誓曰:"今后我不当兵则已,要当兵,誓死要打日本,尺地寸土绝不许由我手里让日本夺了去!"爱国热情溢于言表。《辛丑条约》签订后,将军见有拆

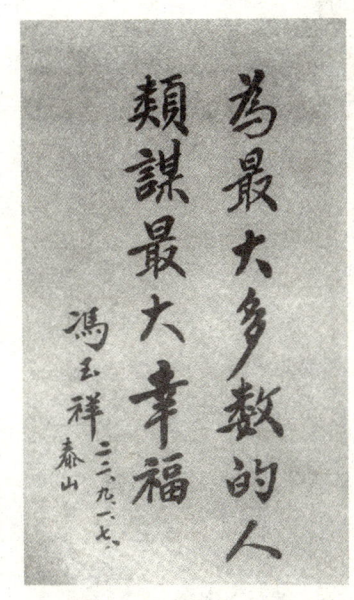

冯玉祥题词

青年冯玉祥爱国观念强,求知欲旺,好学上进,不甘人下。

要想着收咱失地
别忘了遗我河山
冯玉祥 三十三年

冯玉祥在抗战时的题词

"今后我不当兵则已，要当兵，誓死要打日本，尺地寸土绝不许由我手里让日本夺了去！"

"我们当兵，就是要保卫国家，抵抗强权。外国人把我打死了，那倒成全了我。" 将军为此特意自制一图章，上刻"外国点心"四字，以此绰号而洋洋自得。

除大沽口炮台一项规定，自言"如同火山爆裂一样的肝胆欲碎"。

冯玉祥将军初喝酒，不知深浅。某日战友聚会，见其人高马大，体魄强健，纷纷敬酒、喝彩、叫号。掌柜亦不知情，取出上等带浆酒，任其充量。酒后冯大醉，四肢麻木，不能自持。次日，浑身发水疱，透明，小者如黄豆，大者如蚕豆，精神亦萎靡至极度。此后，将军下定戒酒决心，遇有宴会，杯盏不动，一生不沾酒。

冯玉祥任目兵时，每日早起练"喊操"："立正"、"稍息"、"托枪"、"开步走"……声音宏大，风雨无阻，从未间断。大年初一也照喊不误。故此有目兵以"外国点心"绰号讽之，其意为早晚要被"洋鬼子的洋药丸子嗙死！"将军闻之微微笑，对曰："我们当兵，就是要保卫国家，抵抗强权。外国人把我打死了，那倒成全了我。"将军为此特意自制一图章，上刻"外国点心"四字，以此绰号而洋洋自得。

某日，冯玉祥将军正在营中读曾文正公家书。工兵营排长孙谏声见之不悦曰："你还想当忠臣孝子吗？"将军不解，问："当忠臣孝子难道不好吗？"孙正色曰："当孝子，我不反对；当忠臣我可不赞成！"随即神色慌张取两本书给冯玉祥。将军彻夜读之，一身冷汗，满脸泪水，即咬牙切齿，誓志要报仇雪恨。此两本书，即《嘉定屠城记》、《扬州十日记》。将军反清之念由此始也。

薛观澜言，清政府垮台后，黎元洪与蒙古王公塔旺布加拉等合办中美实业公司，黎氏任董事长，张勋为副董事长，王芝祥任华人总裁。观澜因通晓英文，得任总务处长。冯玉祥亦加入资本，列名为董事。冯氏每遇公司开会必到，到必早。观澜察其用意，纯在联络蒙古王公，尤与奈曼王、巴林王、贡桑诺尔布等，情深意密。此时冯氏不过一区区旅长，已有窥觎西北之志，眼光甚远，允称一时之隽楚。

民国初期，冯玉祥将军统领之部队，鼎盛时期兵力多达40万人，纵横陕、甘、宁、青诸省，号为"西北军"。属下战将如云，龙争虎斗，各霸一方，最为宠信者有：孙良诚、孙连仲、韩复榘、韩多峰、佟麟阁、刘汝明、石友三、张维玺、程希贤、过之纲、闻承烈、葛金章、赵席聘，时人称之为"十三太保"。

冯玉祥有军事顾问名乌斯马诺夫，尤喜打听西北军情，问这问那。某日，将军问乌斯马诺夫："顾问先生，你知道在我们中国，'顾问'两个字当什么讲吗？"乌斯马诺夫摇首答："不懂。"将军正色曰："顾者看也，问者问话也。顾问者，就是当我看着你，有话问你的时候，你答复就是了。"乌斯马诺夫呐呐。

任陆军检阅使时的冯玉祥（1922）

带兵有方亦有术

冯玉祥将军带兵有方亦有术。

冯玉祥将军善治军。

将军言："古今用兵，未有将帅和而士卒不用命的；亦未有将帅不和而士卒用命的。上行下效，一丝不爽，凡我官长，尤当深鉴。"

将军言："令行则胜，令不行则败。不必有意违抗，若或彼此观望，贻误军机，其患即不可设想。孔明

民国初期，冯玉祥将军统领之部队，鼎盛时期兵力多达40万人，纵横陕、甘、宁、青诸省，号为"西北军"。

之斩马谡、马岱之杀魏延，实为法所不容，且恐一人违令，将士效尤，一日临敌，谁更效死？不可不戒。"

将军言："官长为目兵表率，教育善则善，教育恶则恶，差以毫厘，谬以千里。为官长者，纵不为目兵计，亦当为国家计，为自身计。胜败厉害，在在攸关。"

将军言："头目如竿，兵丁如影。'竖竿见影'就是这个意思。譬如竿直影必直，竿弯影必弯。头目又如染坊之颜色，兵丁如纯白之质，入黑则黑，入蓝则蓝。所以当头目的，总要给兵丁立一个好榜样。人能正己而后能正人，况身为头目，作兵丁之表率乎！"

冯氏治军素称严厉。因皈依基督教，不烟不酒，其军中烟酒嫖赌，概行严禁，军纪严明，秋毫无犯，为时人所称颂。

冯玉祥将军善练兵。

1912年2月19日，陆建章委任冯玉祥为陆编练左路备补军第2营营长，并命其自行招募兵员，训练兵员。自此时冯玉祥将训练课目内容，编成歌曲教士兵学唱。如针对一个兵受伤，好几个兵抬送，一个官长受伤，几十个兵伺候的不合理战斗动作，编《战斗动作歌》云："战斗动作切要，目兵（士兵）均须牢记：一闻前进命令，奋勇不顾敌火。战友伤亡取其子弹，如无命令不得顾之。"

又针对士兵不谙瞄准，胡乱放枪，空耗子弹之弊端，编《射击军纪歌》云："射击军纪重要，皆须确实施行。虽在敌火之下，务要坚韧沉着。力求发扬枪火效力，时常注意利用地形。"

冯玉祥给士兵作示范

冯氏治军素称严厉。因皈依基督教，不烟不酒，其军中烟酒嫖赌，概行严禁，军纪严明，秋毫无犯，为时人所称颂。

又针对官兵不知利用地物，造成作战死伤过多的原因，编《利用地物歌》云："战斗时，重射击，杀敌为第一。选择地物遮蔽身体最忌是蚁聚。留神小排指挥地域，不可擅离。攻击之时切莫占据难超之地，碍邻兵发枪击，要注意。"

又针对军队欺压百姓之恶习，编《爱百姓歌》为士兵教唱。其歌词云："军人须知爱惜百姓，我之粮饷民所供。食民之膏衣民之脂，遇有祸患我们保。平内乱，御敌扰，不使百姓受苦恼。纪律严，名誉好，军民一体国之宝。"

冯玉祥与官兵一起劳动

冯玉祥将军回忆言："我在国民军时候，新兵入伍，首先教他们一首《爱百姓歌》，使他们一当兵就知道军民是怎样的关系，那他们以后再不敢欺压良民。而这样国民军也能得到民众的爱护。我想这个歌是有大作用的。"

冯玉祥将军善爱兵。

民国初年，军中官长打骂士兵之风甚行，冯玉祥则于军中首创《八不扩戒条》：官长生气时，不许打士兵；士兵劳碌太过时不许打；对新兵不许打；初次犯过者不许打；有病者不许打；天气过热过冷时不许打；饱饭后及饥饿时不许打；哀愁落泪时不许打。

冯玉祥在军营中规定："连排长有为自己的士兵代写家书的义务。"

冯玉祥言："训练军队要从重视病人起：如何使病人少？病了的人如何医治？服中药呢？服西药？为官长的每朝总要亲自一一去看过。不论轻病重病都要一一记上。自己不得已不能去时，必须派最重要的人去。"

《八不扩戒条》：官长生气时，不许打士兵；士兵劳碌太过时不许打；对新兵不许打；初次犯过者不许打；有病者不许打；天气过热过冷时不许打；饱饭后及饥饿时不许打；哀愁落泪时不许打。

冯玉祥亦规定:"只准上级请下级吃饭,不准下级请上级吃饭"、"只准上级给下级送礼,不准下级给上级送礼"。

冯玉祥将军署理陕西督军时,见驻陕数万官兵因供给短缺,生活清苦,便费尽周折,说服各部官长,为每兵各礼赠一双鞋、一双袜、一条手巾、一块肥皂。有人言将军"虚伪,好施小恩小惠",将军闻之曰:"休打官话,你连小恩小惠都不给,更何日始有大恩大惠呢?"

1918年,段祺瑞下令免冯玉祥旅长职,以该旅团长董世禄代理旅长。冯部官兵闻讯大哗,电请北京政府收回撤换旅长的成命,电云:"六年四月一日我旅长骂傅良佐办事不公被免职,讨逆时始得复职。……此次调兵,杨书记道沫在浦口阻止出发,于二月二日投江死。……宁与旅长同死,不愿任其独去,如不获请,请将我官兵九千五百十三人一律枪毙,以谢天下。"

"在世的最伟大的中国人"

冯玉祥将军带兵实践"真爱民、不扰民"。1920年,英文《每周评论》杂志评选"12名在世的最伟大的中国人",冯玉祥名列第二,仅次于孙中山。

1907年冬某日,冯玉祥剿匪归来,途经东三省新民朝阳。该地当辽热要冲,大部分均为蒙古王公居留之地。诸王公头戴红顶子(二、三品)跪地迎候,是时将军戴白顶子(五品)。某王公盛请邀将军到他家做客。是时,大雪。将军见端茶两个女子,破衣烂衫,下身竟一丝不挂。冯当王公面问之:"冷不冷?吃得如何?"

又谓王公曰:"她们如果是你自己的女儿,你会如此待她们吗?"王公呐呐,将军起身拂袖而去。

冯玉祥将军率部入潼关,属下留守后队补充连长杨治清跳墙诱奸民女被告发。将军大怒,查清事实,即下令公审枪决。杨临行前,冯亲见之,问:"死后有何心愿,尽可交代。"杨答:"唯担心两兄弟,年幼无人关照。"将军应允。后,其二弟名治贵,服务军中,升为团长;三弟名治全,时年尚幼,将军接至军中,供给入校读书,直至南京中央大学毕业。

1917年,时为旅长的冯玉祥带兵驻扎南京浦口。某日,江苏督军李纯设"花酒宴"请冯等将领。宴始,李宣布与宴者"出条子",即在妓女名单上点名画圈,将军不悦,坚不"出条子",而李纯则引两妓女坐冯玉祥旁,左红右绿,弹唱劝酒。将军怒不可遏,拂袖离席而去。是时,全场达官贵人均愕然,李纯目瞪口呆,喃喃自语曰:"一个官场怪物,一个官场怪物!"

抗日战争之初,冯玉祥将军曾居四川巴县虎溪乡白鹤村(今沙坪坝区陈家桥镇),出行徒步,朴实无华。某日,虎溪乡露天戏台上演川剧《五台会兄》,将军与乡民同站在坝中间看戏。戏演过半,突降雨,乡民纷纷避雨而去,将军则坚持看到最后。及辞,有相识者取出"脚掌鞋"(防滑雨鞋)请其换穿,冯笑笑向差役索笠自执之,扬扬而去。

抗日战争时期,冯玉祥将军于重庆士绅张海南手中购一大宅,居七年。将军以"抗倭庐"命名是宅,以示抗日御敌之决心。宅中各门亦均以抗日内容命名。大门名为"抗倭寇门";中庭三门分别为"不忘吉黑门"、

讨伐张勋复辟时的冯玉祥(1917)

"一个官场怪物,一个官场怪物!"

冯玉祥与彭德怀（1940年）

冯玉祥提倡基督教，反对佛教，曾言："耶稣是个大革命家。他讲贫穷的人得福音，被掳的得释放，被捆绑的得自由；他还责备法利赛人假冒为善。救国必先正人心，除了耶稣谁能正人心呢？"

时人称之为特立独行的"基督将军"，而其部队被称为"基督雄狮"。

"不忘辽热门"、"不忘北天门"；左边门为"复国仇门"，右边门为"雪国耻门"；两个后门，一为"收复失地门"，一为"还我河山门"。进将军故居，如置身于如火如荼之抗日战场。更有宅外路边，将军开办了一家饭店，名"穷人饭店"，建草房数间，置简陋桌椅，专为过往难民提供食物，服务员即为将军身边工作人员也。

冯玉祥提倡基督教，反对佛教，曾言："耶稣是个大革命家。他讲贫穷的人得福音，被掳的得释放，被捆绑的得自由；他还责备法利赛人假冒为善。救国必先正人心，除了耶稣谁能正人心呢？"

1905年，冯玉祥将军腹部生一疮。初寻中医治疗，中医为骗取医药费，诓之曰："不良生活所致。"将军自知之，转而求医北京教会，以西药治之，痊愈。基督教医生分文不收，将军道谢，回曰："不要谢我，请你谢谢上帝！"此后将军皈依基督教，不烟不酒，军中吃喝嫖赌，概行严禁，属下士兵念圣经，唱圣歌，按照牧师们的训导祈祷。时人称之为特立独行的"基督将军"，而其部队被称为"基督雄狮"。

1915年，冯玉祥于四川主持了一次祈雨仪式，背诵《圣经》中以利亚先知为加尔默罗山祈雨而做的祈祷。根据传教士的一份报告：到1924年，冯玉祥在京出任陆军检阅使，手下3万余人中信教过半，其中军官受洗者十之八九。当年2月，冯部有千余名官兵受洗，8月，又有5000人在南苑受洗。冯部高级将领如张之江、李鸣钟等都是虔诚的教徒。

冯玉祥将军与美国传教士罗感恩大夫交往甚密。

某日，冯邀罗教士为其妻弟医治疯病，患者竟开枪将罗打死。冯无以面对罗妻，而罗妻则与之言："求主饶恕他，因为他所作的他不知道。"冯大感动，念念不忘罗感恩，并出资8000元建一座礼拜堂，命名"思罗堂"。

1925年，上海发生"五卅"惨案，冯玉祥将军发出致全世界基督教徒的通电，呈请他们主持正义，回应者寥寥。

冯玉祥将军五原誓师后，西北军内的基督教嘎然而止。以政治员代之牧师；以朝会代之礼拜；以《国际歌》代之圣歌；以孙文建国大纲课代之读经布道。有人问冯玉祥："怎么不念基督教了？"将军振振有词："三民主义如电灯，基督教相形之下，成了煤油灯了。"

直奉之战时的冯玉祥（1924）

一生创作1400多首诗歌

冯玉祥将军好读书，戎马一生，手不释卷，古今中外，多多益善。

冯玉祥读梁启超《饮冰室文集》时，见序文上提到《纲鉴易知录》，即至北平琉璃厂花六钱银子购之，随身携带，日夜捧读。某日，王化东统领至该部视察，见冯正率士兵打造营墙，上衣脱下搁一旁，袋口插一书。王化东检视之，见为《纲鉴易知录》，喜形于色，逢人便夸："我们营里的官长居然也有看《纲鉴易知录》的，真是了不得！"冯玉祥时任哨长，由此而得王化东提携，接连晋升，从副目、正目、哨长一直到队官。

冯玉祥好读书不求甚解，中外兼杂，良莠并吞。

为避免外人打扰，门外悬一自制木牌，上书："冯玉祥死了。"学习完毕，木牌翻转，上书："冯玉祥活了。"

冯玉祥将军喜作诗，一生创作1400多首诗歌，多为大白话，打油体，自称"丘八诗人"。

某日，冯由天津乘骄车往济南，携带大批商务印书馆所印新书，如《大彼得》、《哥伦布》、《富兰克林》、《林肯》、《纳尔逊》、《班超》、《司马光》等，不顾车路颠簸，手不释卷，车停不晓，车行不觉，达济南时，车夫与之曰："济南到了！"冯问："纳尔逊怎么了？"车夫大惑。

1919年，冯玉祥升任第十六混成旅旅长，驻军北京南苑。是时将军声望日隆，应酬频繁，而仍坚持每日早晨读英语两小时。为避免外人打扰，门外悬一自制木牌，上书："冯玉祥死了。"学习完毕，木牌翻转，上书："冯玉祥活了。"

冯玉祥将军与蒋百里友善，称之为"军事奇才"，极为推崇。1923年左右，冯编印分发所部将校一册古今名将治军格言书，内有"孙子曰"、"岳飞曰"、"华盛顿曰"、"曾国藩曰"等，"蒋方震曰"赫然并列其中。蒋百里，字方震，聪明绝顶，清末中举，去日本留学，回国后任保定陆军军官学校校长。1937年初，蒋百里出版其军事论著集《国防论》，首次提出抗日持久战理论，先于毛泽东、白崇禧等人。

冯玉祥将军喜作诗，一生创作1400多首诗歌，多为大白话，打油体，自称"丘八诗人"。周恩来赞之曰："丘八诗体为先生所倡，兴会所至，嬉笑怒骂，都成文章。"郭沫若评冯诗曰："真正实践了当时文艺界的目标'文章入伍，文章下乡'。"

冯玉祥将军爱树如命，曾于军中立下护树军令："马啃一树，杖责二十，补栽十棵。"将军驻兵北京，率领官兵广植树木，被誉为"植树将军"。后驻兵徐州时，亦带兵种植大量树木，并作《护林诗》喻示军民：

老冯驻徐州，
大树绿油油；
谁砍我的树，
我砍谁的头。

汪精卫参加各种会议，经常姗姗来迟，因其辛亥革命元老身份，无人敢于问责，而冯玉祥亲书一副对联送给汪精卫，上联为："一桌子点心，半桌子水果，哪知民间疾苦"；下联为："两点钟开会，四点钟到齐，岂是革命精神"。汪大惭。

汪精卫投日叛国后，冯玉祥怒火中烧，夜以继日，笔不停挥，作长达590字的"丘八诗"《黄花菜》，痛骂汪精卫。诗云：

时当二九天，蜀道菜花黄；灿灿真悦目，风来阵阵香；此花有傲骨，胆敢战风霜；前方正抗敌，汪贼竟投降！平素空谈论，离奇又狂妄："岳飞是军阀，秦桧是忠良。"有人对我说，此话出于汪。此为其哲学，"有奶便是娘！"察哈尔抗战，口外作战场；多伦既克服，官兵多伤亡，运回一千多，死者四团长；平津入医院，万目共昭彰。

……

抗日战争某年冬，寒风凛冽，滴水成冰。冯玉祥将军散步江津长江边，见有妇女跪江边洗衣，手脚通红，感慨不已，作《洗衣女》诗云：

冯玉祥视察工事（1939年）

一桌子点心，半桌子水果，哪知民间疾苦；两点钟开会，四点钟到齐，岂是革命精神。

妇女洗衣跪江边,
不但手疼腿亦酸。
富贵女流不知此,
还说江景使人宽。

又某日,冯玉祥将军出行,有一老太当街拦轿喊冤,将军细察而知:驻江津某部连长因看戏不买票与百姓发生争执,用机枪横扫大街,其子惨死枪下。为此将军作《喊冤妇》诗云:

喊冤老太婆,
一把抓住我。
冤枉又冤枉,
叫我听她说:
机枪满街扫,
儿子初打死。
一家靠谁养?
泪水一沱沱。
当兵不抗日,
这是为什么?
养兵打百姓,
天理是如何?

抗战胜利后,大批在重庆的民主人士无钱无权,难以离川返乡。冯玉祥向蒋介石要了一艘"民主号"轮船,专事运载。是日,船上拥挤数百人,将军及家人亦跻身其间。同行有李济深、谭平山、邹鲁、褚辅成、徐悲鸿、侯外庐、王宠惠、王葆真、吴组湘等。将军还在船上创办《民联日报》，一日一期，共出七期。船行次日，乘客便看到这张油印的八开小报，社长冯玉祥以快板诗形式，发表了富有深意的发刊词，全文如下：

说民联，道民联，民联果然如所愿。多少好朋友，共乘一条船，连连挥着手都说：四川再见，重庆再见！说不了的情怀，道不尽的依恋，一路江景皆大观。眼下一片绿水，岸上两排青山，还有名城和胜迹，过了一站又一站。抗战胜利今还都，应当欣跃又狂欢。为什么心头不轻松？为什么面上少笑颜？那是为了政局未开明，那是为了各地有内战，大家个个皆不安，何时和平能实现？时时都在祷告，刻刻都在挂念，同胞还须努力，为了实现那一天。

冯玉祥视察部队（1938年）

时人称之为"倒戈将军"

冯玉祥将军一生于政治风云变幻中曾多次倒戈，时人称之为"倒戈将军"。

1911年辛亥革命爆发后，将军组织滦州起义，举兵响应，功败垂成，此为第一次倒戈；袁世凯称帝，将军身为袁属下而与蔡松坡联络，协助四川独立，此为第二次倒戈；1917年张勋复辟，将军先马厂誓师而起兵，进攻北京，击败"辫子兵"，此为第三次倒戈；1918年南北军战于长岳，将军为北军将领而拒绝乱命，停兵武穴，主张南北议和，此为第四次倒戈；1924年，将军为直系主将，突然与奉系联手，回师入京，举行首都革命，驱曹（曹锟）倒吴（吴佩孚），主和拥段，并驱逐溥仪，此为第五次倒戈；1926年，将军于绥远五原誓师，而后起兵潼关，倒张（张作霖、吴佩孚）而拥蒋北伐，此为第七次倒戈；1929年5月，将军宣布反蒋，遂爆发蒋、冯战争，此为第八次倒戈……

　　1923年，曹锟贿选总统，以每张选票五千大洋的价格收买参众两院议员。冯玉祥以"索饷"、辞职等等举动，逼黎元洪出走、张绍曾辞职。消息传出，舆论大哗，冯玉祥名声狼藉。安徽旅宁学生团体致电冯玉祥责之曰："惟年来闻公政绩，未尝不引为军阀中之优秀者，满冀公始终自爱……不意此次曹欲攫取领袖逼走元首，都门鼎沸，举国震动，中外报纸，皆指公为曹氏之功臣，新华门逼宫一剧，在全国已尽知，不愧为曹氏一走狗……军人之模范，更如是乎？呜呼，公其休矣。"

　　1924年9月，张作霖与吴佩孚大战于热河、山海关。被调往喜峰口迎战张作霖的冯玉祥突然倒戈，班师回京，驱曹（曹锟）倒吴（吴佩孚）。石仁麟记录了兵变的全过程："冯仅少数轻装前进。每到一地(冯)即以电报报告其行踪，取信曹、吴。并借口修路，把炮兵火力潜伏在沿路两旁的城镇，不露神色，待吴佩孚嫡系部队第三师开赴山海关前线后，立即班师回京，由孙部策应入城，包围总统府。胡部得讯亦由前线反戈，会师一处，驱曹倒吴，宣告主和，拥段。"

　　李宗仁回忆，在北平开编遣会议期间。某日，冯玉祥于故宫宴请中央要人和各北伐高级将领，与宴凡百余人。宴中，竟召百余位故宫旧员列队站宴前，高声问之："你们直说，宣统出宫时，我冯玉祥偷过东西没有？"百余人齐声应答："冯总司令没有偷东

冯玉祥全家合影（1936年）

西！"冯又问："你们说话诚实不诚实？"又齐声应之："我们说话是诚实的！"将军即转身向众宾客行一鞠躬礼，曰："诸位现在已知道我冯玉祥并未偷过故宫宝物吧！"与宴者先相顾愕然，继哄堂大笑，后又议论纷纭。

1926年8月，直奉晋军阀大败国民革命军。9月16日，冯玉祥于绥远五原县，出任国民军联军总司令。17日，发表《五原誓师宣言》，投袂而起，倒戈援蒋。冯慷慨激昂言：自己"过去没有明白革命的旗帜"，"这次要赤裸裸地说出来，使国人知道，我做的忽而是革命，忽而不是革命，其缘故是什么回事"，"首次公开声明我是一个国民党党员，是国民政府委员之一，一切由国民党决定，国民政府主持。"

冯玉祥与蒋介石、阎锡山（1929年）

1927年，冯玉祥与蒋介石于郑州结盟，交换兰谱，并于河南省府礼堂拍照纪念结义。是时，冯蒋二人为谁居左而礼让不休，冯对蒋曰："你是总司令，应当居左。"蒋对冯说："你年长为兄，兄当居左。"参谋长石仁麟回忆言：最后，拍两张照片，两人分别居左，"以表示既讲公谊又讲私情。"

1945年8月，毛泽东赴重庆谈判，冯玉祥将军为之设家宴洗尘。应邀作陪的张治中见席上置数瓶茅台酒，大呼曰："焕公家中有酒，这可是一大新闻啊！"继曰："余与焕公同乡，相处多年，家里摆酒，今日当为首次！"毛泽东、周恩来闻之大为感动。毛泽东举杯赞曰："将军置身民主，功在国家！"周恩来附议曰："焕章先生丰功伟绩，举世尽知。"

毛泽东举杯赞曰："将军置身民主，功在国家！"

冯玉祥将军善演说，凡集会，有将军到场，必满

座；有将军讲话，无退席。将军所言，大实话，无虚言，为人所不敢为，言人所不敢言。

国共内战爆发后，冯玉祥远走美国，四处演说，公开抨击蒋介石内战、独裁政策，痛斥美国援蒋之不良行为。仅于明尼苏达州，两个星期内演讲了27次。如曰："蒋介石是屠宰公司的总经理，在中国屠杀了成千上万的教授、学生、老百姓。又是'制造'共产党工厂的厂长，反共打内战，共产党愈打愈多，中国人民都倾向共产党了。蒋介石还是'运输大队长，无底洞洞主'，他把美国送给他的武器、弹药，也都转送给了共产党，无论你给他多少援助，也填不满他这个无底洞。"

关于冯之"倒戈"，时人多有非议，谓冯随清倒清，随袁倒袁，随曹倒曹，随段倒段，随蒋倒蒋，朝三暮四，背友求荣，而将军则引陶渊明句自辩曰："觉今是而昨非。行年五十，而知过去四十九年之非。"

1948年7月，应中共中央邀请，冯玉祥将军登上苏联"胜利号"游轮，自美回国，途经黑海时，因轮船失火遇难，终年66岁。1953年10月15日，冯玉祥将军骨灰安葬于泰山脚下，墓阶分3层，共66级台阶，象征冯玉祥在生命的道路上度过的66个春秋。汉白玉墓壁上有郭沫若题字："冯玉祥先生之墓"，中间嵌冯玉祥将军的镏金铜像，并刻冯的自述诗《我》：

冯玉祥在美国拍摄的最后一张照片

我，

平民生，平民活，

不讲美，不讲阔。

只求为民，只求为国。

奋斗不懈，守诚守拙。

此志不移，誓死抗倭。
尽心尽力，我写我说。
咬紧牙关，我便是我。
努力努力，一点不错。

本文资料来源参考书报刊目：

冯玉祥著《我的生活》（中国工人出版社出版）

《冯玉祥选集》（人民出版社，1985年10月1版）

《李宗仁回忆录》（广西师范大学出版社，2005年）

薛观澜文《冯玉祥为何送我清宫磁器》（《春秋》杂志1964年总第178期）

佚名文《军歌解说冯玉祥指挥艺术》（《中国国防报》2005年6月14日）

徐琳玲等文《百变冯玉祥》（《南方人物周刊》2010年11月22日）

刘芳文 谢纪恩整理《冯玉祥"基督将军"称号的由来》（《文史月刊》2002年第3期，整理于1965年5月）

朱真 文《乘冯玉祥民联轮自渝返宁纪实》（《人民政协报》2004年12月27日）

《冯玉祥"吃花酒"》（《老年生活报》2001年9月7日）

《冯玉祥：陆军上将好吟诗作画》（重庆晨报2010年5月18日）

梁漱溟回忆《忆往谈旧录(节选)》（人民网2010年9月6日）

《冯玉祥将军写诗护树》（网络文摘：2006年3月7

冯玉祥位于泰山东科学山的墓

冯玉祥墓志铭

日1时26分）

三年砍柴文《置身民主，功在国家——毛泽东点评冯玉祥》（发帖于：中国历史 发布时间：2008年11月9日 12:59:05 ）

作者简历：

  吴东峰，祖籍安徽嘉山，生于西子湖畔，长于浙南温州。1968年参加解放军，毕业于南京大学中文系，先后服役于南京军区和广州军区，任新华社驻军区记者、广州军区战士报社副社长。大校军衔，高级编辑。在军旅生涯中，曾参加过南疆自卫还击战、香港回归、澳门回归、1998年抗洪抢险等重大事件的新闻报道，荣立二等功一次、三等功一次。2001年转业地方任广州出版社副社长，广州市文联专职副主席，现为广州市文联巡视员，《广州文艺》杂志社社长、主编。中国传记文学学会理事，中国作家协会、报告文学学会会员，广州市政协委员。其著作有《开国将军写真》、《开国将军轶事》、《毛泽东麾下的将星》、《东野名将》、《长征：细节决定历史》（与人合作）、《寻访开国战将》、《开国将军轶事精选本》和二十集电视系列片《开国将帅》（总撰稿）等。他还主持编辑出版了《国之大殇》、《万花之城》、《安哥的故事》、《当爱情遭遇爱情》、《超越新闻》等十余种。其作品曾荣获中国报告文学首届正泰杯大奖、第三届中国传记文学优秀作品（中短篇）奖、中国新闻作品奖和广东省"金枪奖"、江苏省首届长城杯报告文学奖、广东第七届鲁迅文学艺术奖、广东省"五个一"工程奖等奖。《开国将军轶事》（精选版）还入选文化部、财政部2008年度送书下乡工程。

阎庆生 著

晚年孙犁

阎纲荐言

孙犁，布衣寒士，却是中国革命文学史上以真善美独步文坛的第一人。

孙犁最爱人尊重人，最有艺术良心，最看重性灵，最和善最低调，漫不经心却直逼人心最老辣，最不图虚名而对美学信仰毫不动摇，经过残酷的战争洗礼和更残酷的文狱洗礼之后最明白，中国解放区以来的文学史上，只有一个孙犁。

孙犁一生三个阶段，根据地时期和解放以后不一样，文革以后和文革以前又不一样。只有把这三个阶段结合起来进行比较研究，才是一个完整的孙犁。

1978年，孙犁在给我的回信中不胜感叹，说："十年荒于疾病，十年废于遭逢。"国怨家愁，身心惨遭不幸，步入晚年，发愤之所为作，大道低回，最后完成了自己。

在历次政治运动中，孙犁没有顺从和依附，没有把灵魂出卖给魔鬼。"文革"一开始，他就发觉"又是权力之争"，"我是小民，不做牺牲。"1994年，贺敬之等10多位老作家专程前往天津探望孙犁，老人不禁凄然，想到"朋友凋零，剩下的白发苍苍，老病侵身"，遂痛极而言之："革命，文学，似是而非，非一言可尽。"在致作家谌容的信中他又说："人言，历史……不可尽信"。孙犁晚年的作品，回旋着一个激越人心的主调，就是推进中国社会的民主。孙犁可视为思想解放的先行者之一。

孙犁前半生在人性恶中发现人性美，教人感恩教人谦让，让人间充满爱；孙犁后半生，发现人中有兽、人性有恶，有内斗的残酷，有谋害的罪恶，忍看朋辈成新鬼，孙犁愤怒了。

孙犁晚年的著作中，有一个令人惊异的世界。

我的本家兄弟阎庆生，发掘文本的深意，解读朦胧的私密，夙兴夜寐，刻苦钻研，作《晚年孙犁》，饶有兴味，足可以新人耳目。

柳青当年对我说："一部作品，评价很高，倘若不在读者群众中间受考验，再过50年就没有人点头了。"孙犁对女儿晓玲说："我作品的寿命是50年，不算短寿，是中寿。"可是《白洋淀纪事》《铁木前传》早已过了50年。

孙犁能不能再跨越半个世纪？

人欲横流，中国还需要孙犁吗？

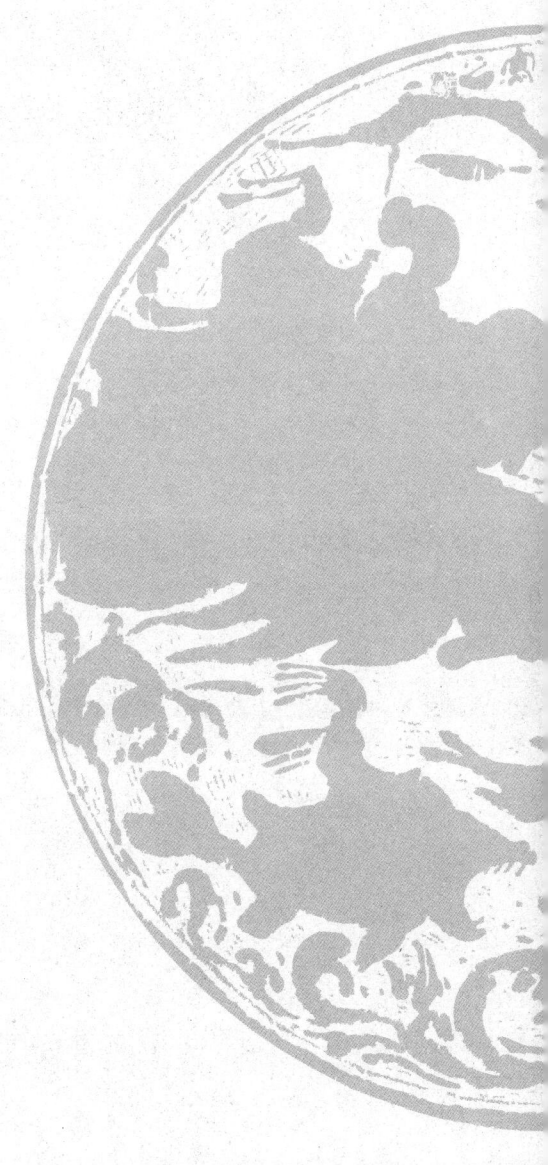

2011年12月6日　北京　古园

一、风雨十年

经过数年的酝酿、演练，一场历史上罕见的风暴在1966年夏席卷中华大地。矛头所向，首先是各级领导干部，接着是包括文艺家、学者、教师在内的知识分子。全国城乡到处回荡着"造反有理"的嚣嚣之声，一片混乱，剧烈动荡，充满了肃杀之气。

这时，著名作家孙犁，刚刚走过了他生命的第53个年头。

孙犁的名气、地位，决定了他在《天津日报》社无法逃脱被批斗的厄运。孙犁数次被揪斗。内定了孙犁在"牛鬼蛇神"队伍里当排头；每个批斗对象，配备上两个红卫兵，把胳膊挟持住，就像舞台上行刑一样，推搡着跑步进入会场。在一次批斗会上，一个汉子气势汹汹地念了一段"最高指示"后，横眉竖眼地吼叫："孙犁，你老实交代：你怎么利用小说反党！"孙犁拉长了脸，两眼显出鄙夷的、不屑置辩的神色，逼视着对方，但却一言不发。那汉子一再催问，问急了，孙犁冷不丁抛出几句掷地有声的话："××，你看过我的小说吗？你说说我哪篇小说反党？哪儿反党？"问得那汉子抓耳挠腮，无言以对。而别的造反派，也无一人能回答孙犁提出的问题。在造反派气焰嚣张、"革命大批判"横行的当时，很少见过上述场面。孙犁如此理直气壮，凛然不可侵犯，使在场的一位有良知的报人，暗中连连称

70多岁的孙犁在多伦道寓所（20世纪80年代中期）

1937年冬季，冀中平原是大风起兮，人民是揭竿而起。农民的爱国家、爱民族的观念，是非常强烈的。在敌人铁蹄压境的时候，他们迫切要求执干戈以卫社稷。他们苦于没有领导，他们终于找到了共产党的领导。

——《平原的觉醒》

（1978）

道："好，鲁迅的骨气！"

当时报社的"牛鬼蛇神"中有一位是孙犁的邻居李夫，他敬佩孙犁的为人为文，深知孙犁的真正价值。他自己也正在受难，却有心保护孙犁。一次，李夫把管"牛鬼蛇神"的小个子队长叫到没人处，善意地提醒说："打谁，你也不能打孙犁！"这位队长没等李夫把话说完，就睁眉豁眼，大声叫嚷："孙犁，孙犁怎么啦！李夫你老实呆着！"李夫之所以敢劝对方，是因为他在50年代当报社人事科长时，曾给人家帮过大忙；他悄声说："我是为你好呀。要不然，你真打了孙犁，说不定有朝一日，他会把你写进他的书里，那可是白纸黑字啊，就把你永远的钉在耻辱柱上了。"接着，他又以遗臭万年的秦桧为例，解释了什么是"耻辱柱"，希望他不要"糟踏圣人"。这位小队长听不得逆耳良言，当面对李夫训斥、发泄了一通，但后来一直没敢打孙犁却是事实。

对孙犁的另一个沉重打击，是他花费心血、购求多年的十柜书全部被抄。先后查抄过多次，有一次是南开大学红卫兵执行的。他从50年代后期就有了当藏书家的念头，此后从全国几个大城市的古旧书店邮购了很多文史典籍，对之爱护有加，视为珍宝。运动一开始一家人就为这些藏书忧虑、揪心，并采取了一些措施，但怎么也躲不过被封被抄的命运。有几天，每天都有造反派在里屋捆绑旧书；前屋里的书，随之也被查抄。当时，十七八岁的小女儿孙晓玲以红卫兵的身份询问：

"鲁迅的书，我可以留下吗？"

"可以。"

"高尔基的呢？"

"不行。"

根本没有商量余地。于是，"鲁迅"留下，而"高尔基"被捆走了。

此刻孙犁心如刀绞。但理性和感情同样强大的他，面对愁眉紧锁的妻子，却十分平静地说："书是小事。"他心里清楚：在这个"横扫一切"、整个民族包括亿万家庭都受到巨大灾难的关头，个人的藏书自然显得无足轻重了。

孙犁的藏书

一段时间，孙犁被揪到机关"学习"。一天晚上开批斗会，一个造反派头头指定孙犁排头，两个红卫兵扭住胳膊，像对行刑的囚犯一样，把孙犁推搡到会场。然后是百般侮辱，"打倒"的口号声、责骂声响成一片……不堪侮辱的孙犁认为"这是奇耻大辱"。当夜他支开家人，拧下小台灯的灯泡，然后用手去触电，手臂一下子被打回来，竟没有死。后来，曾想从五层楼顶跳下，用镰刀……都没有死成。多情而又贤淑的妻子王小丽知道后，哆嗦着嘴唇满眼是泪："咱不能死，咱要活着，咱看世界呢！""这人啊，十年河东，十年河西，十年过来看高低！"小女儿后来判断：是母亲的劝说、激励，帮助父亲活了下来……

在干校，孙犁喂过牛，盖过房，种过地。据一位难友回忆：

我见他身穿一件薄棉袄，腰里束着一条腰带，手里拿着一把铁粪铲，本来就颤抖的头颅在寒风里更加摇动。他当时的形象，使我想起了战国时代的爱国诗人屈原的《行吟图》，太像了！此时孙犁高昂着头，迎风而

我非常想念那时走过的路，踏过的石块，越过的小溪，生活过的那些村庄，以至露宿过的一处山坳羊圈，尤其怀念作为伙伴的那些战士和人民。记得那些风雪、泥泞、饥寒、惊扰和胜利的欢乐，同志们兄弟一般的感情。

——《在阜平——〈白洋淀纪事〉重印散记》（1977）

立，我想：他心中正汹涌着新的《离骚》吧？

干校发生的两件富于文学意味的事情，孙犁后来把它们写进了《芸斋小说》里的《女相士》和《高跷能手》，成为名篇。在干校，有人将一把镰刀和一条绳子放在孙犁床铺下，对他加以诬陷；孙犁非常愤怒，带着很大的勇气喝斥道：

"那是你昨天晚上放下的！"

早晨在场排队听专政头头训话的人，都惊呆了，称快一时。

他柔弱，他坚强。

干校生活结束，孙犁回到报社。在他临近解放之时，他患有严重糖尿病并引发其他病症的老伴，于1970年4月15日病故。虽说有思想准备，但仍是很悲痛的。恩爱夫妻41年，说不尽的往事，一齐涌上心头。刚娶进门，母亲就叫她"伸懒筋"，参加庄稼地里的劳动；勤于纺织，推机杼弄得手指都变形了；每逢孩子发烧，她总是整夜抱着，来回在炕上走；抗战八年，上有老，下有小，自己长年在外为抗日奔波，她苦苦支撑了过来；在进城后的几次运动中，她又以深厚的感情和从心窝里掏出来的话语宽慰自己；在夫妻情分上，她没有一件事情对不起自己。现在，要紧的是办丧事。孙犁用一方干净的手帕蒙在亡妻脸上，算是作了最后的诀别。他请了几位老朋友，帮着草草地办了丧事，没有掉一滴眼泪。后来，孙犁在《天津日报》发表文章，记下了那几位朋友的姓氏（杨、贾、石、马），表示"永志不忘"。

落实政策后，孙犁到文艺组登记来稿和复信。他作的是见习编辑的工作。一次孙犁坐在沙发上休息，走进来的主任向他投以极为鄙夷和睥睨的目光。对此，孙犁依旧坐着，不卑不亢，若无其事。有一天，一位相熟的女同志，拿来一叠林、江关于文艺的语录卡片，给他讲解；但眼下的形势和情境束缚不住他那哲人般的飞越思绪。他思考着古代的邪教是怎样传播开的，二战之初为什么那么多的人跟着希特勒这样的流氓狂叫狂跑……午饭后，孙犁摆好几张椅子，枕着一捆报纸在办公室睡觉——他觉得几年来过着的这种非常的生活，可以说是"一种暂时的享受"。天气渐渐冷了，他身上盖的是一件破旧的黄呢斗篷——抗日战争的战利品。他触景生情：在野蛮的日本军国主义面前，我们的文艺队伍，我们的兄弟，也没有这几年在林彪、江青等人的毒害下，如此惨重的伤亡和损失；而灭绝人性的林彪竟说，这个损失，最小最小最小，比不上一次战役，比不上一次瘟疫……

20世纪70年代的孙犁

想着想着，他的思绪贯通了，一些在运动之初的想法进一步坚定了：

这又是权力之争，我是小民，不去做牺牲；"文革"的个性是歇斯底里和灭绝人性；"文革"是"邪恶的极致"；所谓"文革"，乃利用人之卑劣自私……

"解放"之后，孙犁的生活条件有所改善。住房扩大，被抄的书籍器物陆续发还；鼓捣书、读书的愿望，也不断地在滋长。他忽然觉得人生充满了希望。一些友人关心他的生活问题，感到他需要一个生活上伴侣。北京的故交、作家魏巍为他牵线，给他介绍了一位流落在江西的张女士（原是一位大校的妻子），原在《人民文

……我们穿着这些单薄的衣服，在冰冻石滑的山路上攀登，在深雪中滚爬，在激流中强渡。有时夜雾四塞，晨霜压身，但我们方向明确，太阳一出，歌声又起。

——《服装的故事》

（1977）

学》编辑部工作，比孙犁小16岁。从1970年10月起，双方频频通信；他每天一信，或两天一信，或一天两信，到1971年8月，大半年的时间，仅孙犁寄出的信，就多达112封。孙犁在回忆时说过："这些信件，真实地记录了我那些年动荡不安的生活，无法控诉的悲愤以及向尚未见面的近似虚无飘渺的异性表露的内心……潮水一样的感情，几乎是无目的地倾泻而去……"后来他把这些情书装订成册，共有五小本。经过一些波折，俩人终于在1972年春结婚了。因为女方在外省工作，不能直接调天津，就听从友人意见：先调至孙犁家乡安平县工作。为此，孙犁伴随她，曾在黄昏时踌躇，去石家庄，托人找住处；披星戴月，赶开往家乡的长途汽车；在滹沱河大堤上行走，在大风沙中过摆渡——可说受尽了艰辛。婚后，他们之间发生了些矛盾纠纷，曾有朋友调解过，但女方执意要离婚——1975年终于离开了孙犁。张女士临别赠言："现在阶级关系新变化，得确信，老干部恐怕还要被抄家。你在书皮上写的那些字，最好收拾收拾。"孙犁不以其言为妄，然亦未遵从之。"后虽有专政被加强之迹象，幸无再抄家之实举。"这一桩失败的婚姻，孙犁总以为是政治的原因，是他患难一生的必经的一步。孙犁复出后，在《芸斋小说》的《续弦》《幻觉》中，记叙了这一经历；而他写于"文革"中的几则"书衣文"，也以片断日记的形式，简略地作了实录。后来的一些研究者认为，张女士的离去，除了当时的政治环境外，还有着两人性格与处事原则（或方式）上有明显的差异。

1970年的丧发妻之痛，1975年的续弦离异之伤，再加上这几年专政愈益加强的形势，孙犁的心情自然十分压抑、悲凉。每天从广播上听见的，从报纸上看到的，无一不深深地刺激着他那清醒、纯朴的良知。过去的理念与信念、亲情、友情、人之间的温情、大自然之美等等，都受到了破坏、扭曲或消蚀。这使他陷入大痛苦、大寂寞之中。"能安身心，其唯书乎！"——这成了孙犁精神在那劫波连连的时日里必然的归趋。1975年4月12日，孙犁看到"久别之游子"《铁木前传》"满身灰尘，周身疮痍"，"突然返回家乡"，不禁慨叹："呜呼，书耳，虽属上层建筑，实无知之物。遭际于彼，并无喜怒。但能反射影响于作者，而作者非谓无知无情。世代多士，恋恋于斯，亦可哀矣。"在手抚目注的交接中，在返身而思的意念中，他的精神更加内倾和专注；于是，书房，大量藏书，书衣以及"书衣文"的写作，于他完全成了一个封闭和不容他人窥探、置喙的精神家园。在此，他导泄和缓解着"心躁如焚"，"只觉身游大雾四塞之野，魂飞惊涛骇浪之中"，"呜呼，荆棘满路，犬吠狼嗥，日暮孤行"的负性情绪；同时，从往昔的经历中，发掘出可以给自身带来安慰的美好的事物——而这一切，又汇入了品评图书和人物、记事抒情、针砭时弊、剖析自我的总体框架之中。最难能可贵的是，在1975年3月，他就以犀利的眼光、大无畏的精神，写下了对当道的政治野心家的批判：

红帽与黑帽齐飞，赞歌与咒骂迭唱。严霜所加，百花凋零；罗网所向，群鸟声噤……遂至文坛荒芜，成了真正无声的中国。他们把持的文艺，已经不是为工农兵服务，是为少数野心家的政治赌博服务。戏剧只有样

板,诗歌专会吹牛,绘画人体变形,歌曲胡叫乱喊……

这堪称一篇声讨"四人帮"的战斗檄文。

孙犁始料未及,他那"初无深意存焉"的"书衣文",后来竟被认为是一部散文杰作,自己也"一辑而再辑之"。它的艺术独创性,识者自能察之;而其思想内容上的特点,正如孙犁1986年指出的:"书衣文录,实彼数年间之日记断片","情景毕在,非回忆文章、所能追觅。""读文录者,或可窥见余当时对生之恋慕,不绝如缕,几近于冰点,然已渐露生机矣。"

二、由《晚华集》到《曲终集》

1976年10月,党中央一举扫荡了万恶的"四人帮"。接着而来的揭批斗争和拨乱反正,还是有阻力的,但毕竟打破了坚冰,大地回春。孙犁如枯木逢春,欢欣之状自不待言。有人曾以领袖刚逝世一个月,你们就……进行诘难,孙犁置之不理。但是,"十年荒于疾病,十年废于遭逢"的他,精神上还戴着沉重的枷锁。他像一只受伤的动物,要到林子里去舔自己的伤口,复苏自己的生命。同时,也需要对现实环境进行冷静的注视和观察。在又一次创作高潮到来之前,有一个酝酿、蓄势和调整心态的过程。

十年动乱中,孙犁写过一个短剧《莲花淀》,一篇短文《〈善闇室纪年〉序》,给韩映山等友人写过几封信。动乱中所写的记事抒情的"书衣文",实为一种不自觉的文体创造;而给张女士所写的那100余封情书,则更是一种写于特殊年月的艺术珍品。(可惜在离异后,

> 我觉得离开文艺文化的圈子,才真正是文艺的天下,做实际工作,反能写文章,反有兴趣写,这已是经验证明了的。有稿子交出去,比什么也好。何必站在文坛之上,陪侍鞠躬行礼如仪?
> ——《致康濯》(1949)

孙犁将它们付之一炬）孙犁后来回忆说："这些信，训练了我久已放下了的笔，使我后来能够写文章时，没有完全生疏、迟钝。""四人帮"覆灭于1976年10月，这之后较长一段时光里，在孙犁感情河流里腾涌的，最主要的是对受到迫害的战友的深切怀念之情。1976年12月，他写了一篇《远的怀念》，悼念晋察冀战友、诗人远千里。此后数年间，直到90年代初，他又陆续写了悼念昔日战友和文化界人士侯金镜、郭小川、何其芳、马达、赵树理、李季、茅盾、田间、丁玲、曾秀苍、曼晴、康濯、万国儒、老邵（邵红叶，曾任《天津日报》总编辑）、陈肇等的十多篇文章。1980年元月，孙犁在一篇题名《夜思》的散文中写道："近几年来，凡是为老朋友开追悼会，我都没有参加。知道我的身体、精神情况的死者家属，都能理解原谅，事后，还都带着后生晚辈，来看望我。这种情景，常常使我热泪盈眶。"作

孙犁手迹（《书衣文录》）　刘宗武　摄

为新时期创作的启动，孙犁之所以先从回忆性散文入手，主观上正如他自己所说有一种驾轻就熟的感觉，而在客观上，不少昔日的战友老病侵身，相继辞世，这引起了他由衷的伤痛，不得不抒发那追悼、忆念之情。对一位老作家而言，悼念文章的写作，在文字与手法上是不成问题的；但在当时的社会语境下，他敏锐地注意到了一个问题：有人"要求写出他们的'高大形象'"；对此，孙犁1978年夏在《近作散文的后记》中答复说："我所写的，只是战友留给我简单的印象。我用自己的诚实的感情和想法，来纪念他们。我的文章，不是追悼会上的悼词，也不是组织部给他们做的结论，甚至也不是一时舆论的归结或摘要。"见出他不仅要在常识意义

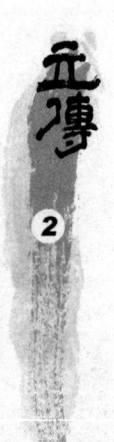

我喜欢写欢乐的东西。我以为女人比男人更乐观,而人生的悲欢离合,总与她们有关,所以常常以崇拜的心情写到她们。

——《文集自序》(1981)

上划清文学散文与作为应用文的悼词之间界限的作家本能,而且还体现了在思想观念上,直抒本心,超越一时舆论的远大目光。情见乎辞,完全出之于自然。"他们的心,对我来说,都是敞开的大门,清澈的潭水。我是可以随便走进去,也轻易可以看清楚的。我谈到他们一些优点,也提到他们的一些缺点,我觉得,不管生前死后,朋友同志之间,都应该如此。""每当我想起他们的时候,心里是充满无限伤痛的。"《悼念田间》一文,一天凌晨4点就起来写;此文除了描写诗人的勇敢、认真、诚挚,还提出了其后来的作品"已经没有《给战斗者》那种力量","只是在重复那些表面光彩的词句和形象"。《悼康濯》一文,在写康濯的优点及对自己难得的无私帮助的同时,又坦率地指出全国解放之后,"他在工作上,容有失误;在写作上,或有浮夸;待人处事,或有进退失据。"虽加了"容有""或有"的字眼,并说"这些都要放在时代和环境中考虑",但在悼念文章中说了上述三个方面的话,实际上其分量还是不轻的——可见,孙犁写此类文章不徇私情的高风亮节。看来,以悼念友人为题材的这类文章的写作,构成了孙犁晚年散文创作的一个重要分支。他对散文美学理论的提炼和总结,是离不开这方面的写作实践的。他熟读过不少古代作家写过的祭文和墓志铭。

回忆性散文,在第一部集子《晚华集》中还占着大半的比重。除悼念文章外,这一类散文在孙犁笔下还有童年漫忆、乡里旧闻、上学与抗战生活回忆、创作自述等几个方面。孙犁说:"及至老年,我相信,过去的事迹,由此而产生的回忆,自责和自负,欢乐与悲哀,是最真实的，最可靠的，最不自欺也不会欺人的。"正是此类回忆性散文的大量创作，使孙犁受伤的心灵得到了疗救，缓解和释放了多年郁积的负性情绪；同时也使他重又紧密地贴近母亲、大地和人民的怀抱，从中汲取了强大的动力与活跃的灵感。

1977年7月，《人民文学》编辑部的两位编辑来天津，访问孙犁并向他约稿。发表于同年8月号《人民文学》上的《关于短篇小说》，就是这次的约稿——这是孙犁在新时期所发表的第一篇论文。它的发表，标志着孙犁在文学界名家地位的上升，也是文学界对孙犁身兼作家与评论家的一种确认。接着，这年他又一口气写了《关于中篇小说》、《关于长篇小说》，均刊于《人民文学》。1977年秋，孙犁还写了《关于文学速写》、《关于散文》，分别刊于《北京文艺》和《解放军文艺》。在短期内，孙犁能够写出5篇有精辟见解的理论文章，而又带有一定的系列性，是足以见其文学理论功底之深厚。后来，在80年代上半期，他接连地写了《谈笔记小说》、《谈历史小说》、《小说的创作方法》以及以《小说杂谈》为总题目的27篇从各个方面探讨小说创作的短论。从而可见，与早、中期一样，在文学领域，孙犁一直是创作与评论、理论并重兼擅，并实现着难能可贵的良性互动。对他的这种情况，文学界的领导人周扬，并不大清楚。

正在写作的孙犁

1980年春，《文艺报》派记者访问孙犁，约他写一篇较长的访问记。3月末，孙犁写成长达2万余字的《文学和生活的路——同〈文艺报〉记者谈话》，刊于同年《文艺报》第六、七期。这篇谈话，主要论述了与

……全国解放以后,则是另外一种情形。思想领域的斗争被强调了,文艺作品的倾向,常常和政治斗争联系起来,作家在犯错误后,就一蹶不振。在写作上,大家开始执笔踌躇,小心翼翼起来。

——《文字生涯》(1978)

"艺术性"有关的三个问题:一、生活的阅历和积累,生活的经历是最主要的;二、思想修养;三、文艺修养。表面看来都是些老问题,但在孙犁笔下,谈得颇有深度,高人之所未言。比如,他指出:"生活经历不是凭个人愿望,我要什么经历就有什么经历","人的遭遇不是他自身可以决定的";"思想不是架空的,不是说你想亮一个什么思想,你想在作品里表现一个什么思想,它是通过艺术,通过生活表现出来的,那才是真正的作品的思想高度和艺术境界"。他还有力地区分了"会议上""文件上"的政治与"生活里面"的政治,指出"政治作为一个概念的时候,你不能做艺术上的表现,等它渗入到群众的生活,再根据生活写出作品。"他认为,中国古代好多学者的坚毅精神,求实精神,对人民、对时代、对后代负责的精神,很值得我们学习。他举了王夫之的例子:"……他的工作条件更坏,住在深山里,怕有人捉他。他写了《船山遗书》",进而提出:"我们的文学想搞一点名堂出来,在古人面前,我们是非常惭愧的。"这篇谈话,内涵十分丰富,既阔大又精微。发表后,影响很大。1980年6月22日下午,曹禺对访问他的学者田本相说:"今天上午,刚读过《文艺报》第六期上刊登的孙犁同志写的一篇文章,题目叫《文学和生活的路》。谈得很深刻,谈得好极了!他那么解释文学的真实性,文学的思想性、政治性是非常合理的。"

同年9月中旬,孙犁写成《答吴泰昌问》,阐述了自己对人道主义,自己的创作以及文学流派等问题的看法。答问刊于《文汇月刊》,说明孙犁受到了更多的关注。

正如鸟有两翼、车有两轮一样，孙犁到晚年愈益强化了创作与评论、理论双向良性互动的写作之路，从而在高层次上获得创作的自由度与超拔境界。从第二本集子《秀露集》看，艺术散文创作的锋头仍健，写了诸如《乡里旧闻（三篇）》，6篇"梦的系列"的前三篇《戏的梦》《书的梦》、《画的梦》，《〈善闇室纪年〉摘抄》，《悼念李季同志》《夜思》等。同时，评论、理论的路向也在有力突进；除《文学和生活的路》这篇长文外，尚有《关于诗》《关于编辑和投稿》两篇，关于《铁木前传》、《大墙下的红玉兰》、纪昀的通信与致铁凝的信共4封书简，为克明、万国儒、刘绍棠、从维熙的散文、小说集写的序言4篇，《谈欧阳修的散文》《读〈蒲柳人家〉》2篇，而令人注目的是，作家连续以3篇独立成篇而又篇内分节的共3万字的篇幅的读书记，论述了10多种古代文史典籍（或其篇章），如《庄子》、《韩非子》曹丕《典论·论文》、陆机《文赋》、《颜氏家训》、《三国志·关羽传》《曾文正公手书日记》等，开启了自己心目中预想的"耕堂读书记"这一严谨、凝重而又格外扎实，别的作家很少染指，不易获得广泛读者的专题写作。读诗书，写这方面的读书笔记，是孙犁晚年写作的一个重头戏。

新时期写作之初，友人以再写10本书期待，孙犁根据自己的实际情况，也有"每年一本"的打算。他自谓"于写作一途，还是不愿停步，几乎是终日矻矻，不遑他顾，夜以继日，绕以梦魂。"但10本书的写作，总得有一个通篇的考虑和比较周密的计划。这

> 读诗书，写这方面的读书笔记，是孙犁晚年写作的一个重头戏。

> 我经历了美好的极致，那就是抗日战争……我也遇到邪恶的极致，这就是最近的动乱的十年。我觉得这是我的不幸。……看到真善美的极致，我写了一些作品。看见邪恶的极致，我不愿意写。这些东西，我体验很深，可以说是镂心刻骨的。
>
> ——《文学和生活的路》
> （1980）

对当了大半辈子文学编辑、精通文学的众多文体和评论、写作经验异常丰富的孙犁而言，虽说不是太难的事，但也得反复筹划，整体协调。孙犁没有宣布过自己的写作框架和计划，但经过开头数年间的实践，他形成了乡里旧闻、童年漫忆、序跋、创作谈、耕堂读书记、读作品记、芸斋小说、芸斋书简、芸斋琐谈等众多的栏目。第三本集子《澹定集》与一、二两本集子不同，评论、理论的比重大，散文仅有8篇。第四本子《尺泽集》显示了创作与评论很是平衡的特点：创作方面，《芸斋小说》一口气写了《鸡缸》《女相士》《高跷能手》《言戒》《三马》5篇，《乡里旧闻》4篇，回忆性散文《报纸的故事》《亡人逸事》等6篇；评论方面，《小说杂谈》17篇，杂文《芸斋琐谈》6篇，另有美学论文1篇，创作谈及序文、书简共10余篇（封）。此种平衡，看似容易，实则须惨淡经营。栏目设置需要不断更新。这一创作过程近乎20年，栏目太固定了，就会显得呆板；一些栏目，也需推出变体；而在栏目之外，还需随机随缘、率性而为，写出独立于栏目的篇什，以见混芒错落之美。在《书衣文录》之外，另创了《耕堂题跋》；在《耕堂读书记》之外，别开《耕堂读书随笔》；与《芸斋琐谈》几乎同时，新立了《文林谈屑》，而后来又有《风烛庵文学杂记》及其续抄、三抄，《庚午文学杂记》一、二及《文事琐谈》等。其中各集中经典性作品占其总数的三分之二左右。《芸斋小说》前后陆续写了10年，共30余篇。1988年10月孙犁向给他写传记的郭志刚说《〈善闇室纪年〉摘抄》"是一个系统的东西，里边包括了我个人的主要经历和时代的主要变化"；《芸斋小说》，"常有很大的自传性质……那里边，虚构的不太多，主要都是事实"，可见他"文革"期间的经历；《乡里旧闻》，"都是关于我的历史方面的"。他还从病理上谈到了自己："我神经方面不大健康，有时失眠，容易激动，容易恼怒，是神经系统的毛病。生理上的这种病态，它也可能反映在我的写作上，好的方面它就是一种敏感，联想比较丰富，情绪容易激动。"在个人私生活方面，他坦诚相告："我觉得也比较简单，也没有什么很离奇的恋爱故事，有一些也是浅尝辄止，随随便便就完了。但是，也留下了一些印象，这些印象我也不大掩饰它，有时就在一些作品里边写出来了，如实地，而不是加以夸大。实际情况是这样，我这个人也不善于此道……"提到离异的张女士，他说："我对她没有恶感，想起来，也是各有好处，各有缺点吧。有些人认为，孙犁很重感情，这样大的打击，好像受不了。也不是那么回事，这都是人生可能遇到的事情，我也不把它看得那么重。"说到为人为文之道，他强调："古人有所谓黄鹄之志，我们也不能高攀的。但出处的选择，还有应该有的，黄鹄如果长期与鸡鸭为伍，终日与之争食、争宿，那它的高志也就降为鸡鹜之志了。"谈到自己目前的创作，他说了一段诗意葱茏、语重心长的话："我只要写起文章来，我觉得很有意思。我说无论如何不能放弃写文章。你不叫我干别的可以，写文章好像对我很有用处。但我和我的文章，毕竟像一片经过严霜的秋叶，它正在空中盘旋。人们

孙犁在芸斋（1993年） 刘宗武 摄

作家不能同时是很有成就的政治家。我看许多作家,在历史上,有时候也想去当政治家,结果当不成,还是回来搞文学。因为作家只能是纸上谈兵,他对于现实的看法可以影响人,但不能够去解决人民生活的实际问题。
——《文学和生活的路》(1980)

一个时代,知识分子,他的思想,他的遭遇,他的喜剧和悲剧,都和政治有关系。
——《和郭志刚的一次谈话》(1988)

或许仍在欣赏它的什么,飘落大地,化为泥土,才是它的归宿。"

作为"点睛"的一句话,也许就是他给郭志刚说的:"只有真正看到作家灵魂深处的东西,才能写好作家的传记。"

80年代后期,孙犁出版了《老荒集》《陋巷集》《无为集》;90年代又出版了最后二部《如云集》和《曲终集》。共10部散文集,总字数130万左右。1995年1月30日,他为《曲终集》写下了意味深长、感慨万千的《后记》,其末段云:"人生舞台,曲不终,而人已不见;或曲已终,而仍见人。此非人事所能,乃天命也。孔子曰:天厌之。天如不厌,虽千人所指,万人诅咒,其曲终能再奏,其人则仍能舞文弄墨,指点江山。细菌之传染,虮虱之痒痛,固无碍于战士之生存也。"体味其深意,便能知晓孙犁没有听从友人谓"曲终"之名不祥而请求他易名建议的缘由了。

1992年12月4日,百花出版社社长和一位女编辑,抱着一个纸盒子来到孙犁家中。他们把《孙犁文集》正续八册这一部书,放在书桌上,神情非常严肃。孙犁后来回忆:"这是一部印刷精美绝伦的书,装饰富丽堂皇的书。我非常兴奋,称赞出版社,为我办了一件大事,一件实事。"他告诉出版社的同志:"我走上战场,腰带上系着一个墨水瓶。我的作品,曾用白灰写在岩石上,用土纸抄写,贴在墙壁上,油印、石印和土法铅印,已经感到光荣和不易。我第一次见到印得这么华贵的书。"有好几天,孙犁站在书柜前,凝目观看这部书。他觉得,这是一部争战的书,号召的书,呼唤的书。也是一部血泪的书，忧伤的书。渐渐地，他的兴奋过去了，他忽然产生了一种满足感与幻灭感交织的意绪。孙犁甚至想到，那位女编辑抱书上楼的肃穆情景："她怀中抱的不是一部书，而是我的骨灰盒。"他觉得，自己所有的，他的一生，都在这个不大的盒子里。——这种感受，是深沉的、迷茫的，又是真切的，是孙犁一生所洋溢和熔铸的生命意识的诗意象征。

此后，孙犁不忘自己"一息尚存，仍当有作"的庄严承诺，一直笔耕到整岁八十有二才封笔。

在十部散文集之外，孙犁晚期或以晚期作品为主的集子，先后出版的尚有《耕堂散文》《耕堂读书记》《芸斋小说》《耕堂序跋》《书林秋草》《编辑笔记》，再加上《芸斋书简》上下及其续编，门类众多，篇帙浩繁，在小说之外几乎覆盖了散文领域的所有分支文体。而其艺术境界之高，为文学界所公认。

"横看成岭侧成峰"，把孙犁的这些集子逐本研读，并加以整体观照，就会令人产生山色连绵、凝重巍峨的感觉。它，与此前的孙犁创作，共同组成了中国现代文学史上一个灿烂的文学宝库。

1993年春节后孙犁的胃部疾病加重，5月25日住院。天津市委副书记李建国就孙犁的治疗作了数次批示。市委常委刘峰岩说："缺一名市委常委，后备力量有的是，孙犁没了，再没有第二个。"医院进行了四次会诊，成立了医疗抢救小组；由鲁焕章院长主刀、名医吴咸中指导。切除半个胃，与十二指肠吻合。手术十分成功。市委副书记李建国曾先后三次到病房看望。对一位老作家的手术，市委、本单位和医院如此重视，是并不

孙犁著作　刘宗武　摄

孙犁不忘自己"一息尚存，仍当有作"的庄严承诺，一直笔耕到整岁八十有二才封笔。

> 我过去总提离政治远一点，老给人家抓小辫儿。所谓远一点，就是不要图解，不要政治口号化。
> ——《和郭志刚的一次谈话》（1988）

> 文章是寂寞之道，你既然搞这个，你就得甘于寂寞，你要感觉名利老是在那里诱惑你，就写不出艺术品。所以说，文坛最好不要变成官场。
> ——《文学和生活的路》（1980）

多见的。

出院后不久，孙犁在致老同学邢海潮的一封信中说："弟手术后，元气大伤……弟向以为在中、小城市生活，较大城市为佳，平日清静，遇集日可逛逛市场，买些吃食、用品，也有趣味。在大城市，像我们这样年岁，只好闭门枯坐了。""近读鲁迅晚年书信，想写点东西放着。"

1994年3月下旬，孙犁在一则理书记中写道："呜呼，大难不死，平生多次，上天既不厌其生存，自当努力，散放余光，使之有所辉照。"至1995年五六月间，孙犁还写了《甲戌理书记》、《理书续记》、《理书三记》、《理书四记》、《读〈清代文字狱档〉记》；著有重要论文《读画论记》并多篇论战文字，致友人多封信函。

1995年5月间的一个早晨，孙犁下楼散步偶感风寒，又久卧病榻。此后半年间，他仅仅只给老朋友和读者写过几封信，不再挥毫著文。一代散文大师，以82岁的病躯，永远地告别了读者。息影于文坛，受难于病魔。

此后，他最关心的是，《芸斋书简》的出版。在致友人的书信中，多次谈及书信最能见人性灵、在传递感情上"直接平易"的特点和功能以及自己书信的编辑、发表事宜；在两封致挚友的信中，坦诚地说自己"研究一点鲁迅晚年的书信"，"近研究鲁迅晚年的书信，想写点东西放着"——透露了自己在文章中从未公开过的不寻常的研究动态与写作计划。孙犁心如明镜，自己一生十分崇敬鲁迅，并且是真心地从多方面学习鲁迅；解放前在战争环境中编写过两本宣传鲁迅的小册子；50年代起按照鲁迅书账求购图书；对鲁迅的小说、散文、杂文、书信、日记都精读过，有的篇章能背诵；在晚年十部散文集中，他提到最多的人名不是别人，而是鲁迅；在晚年第一部散文集《晚华集》的后记中，他慨然抒怀：

> 在三十年代，每读到鲁迅先生的《为了忘却的纪念》，就感动得流下热泪。那时我还很幼稚，很单纯，并不知征途的坎坷，人生的艰险。鲁迅先生对死者的深沉的情感，高尚的道义，教育着我。惭愧的是，鲁迅先生的思想、感情、文字，看来我这一生一世，只能望尘莫及，望洋兴叹，学习不来了。

在生命的晚途，孙犁良知依旧，十分深切地仰望着鲁迅独擎的火炬。

三、近距离对话

芸斋、耕堂、晚秀庐等，是孙犁书斋的雅号，他就在这里读书、写作和会客。出于异常好静的性情以及万分珍惜宝贵时间的观念，孙犁不大喜欢接受客人的访问。为了谢绝一些慕名而来的不速之客，他在室内方桌的玻璃板下压过诸如"本人年老多病务请来访亲友体谅谈话时间不宜过长"之类的小纸条儿。尽管如此，文艺界和报社熟人介绍的来访者仍然不少。几十个春秋里，孙犁在他的书斋里，亲睹了一些文坛新秀的丰采，接待过一些作家、友人和过路的文艺官员、行政官员，也有过一些不大必要的应酬。岁月流逝，岁月积淀，岁月更新。在数百幅影像中，有几幅色彩格外鲜明的近距离对

话场景,一直闪现在孙犁的心头。

镜头一

时在1963年,月份记不大清了。但此事的背景还不模糊。1959年4月初,毛泽东在上海召开的一次中央全会上,对干部不敢说真话的作风提出严厉批评,说要宣传海瑞刚正不阿的精神。毛的秘书胡乔木找到明史专家、北京市副市长吴晗,以响应主席号召为说辞,动员他写文章。吴晗写成《海瑞骂皇帝》《论海瑞》在《人民日报》的6月16日、9月21日发表。1959年国庆节上海演出《海瑞上疏》。受此启发,马连良想演海瑞戏,胡乔木一再动员吴晗写戏,吴晗推辞不了,遂写成京剧《海瑞》(后改名《海瑞罢官》)。1961年初在北京连场演出,反响强烈;毛泽东看了,非常赞赏。此前,中宣部指示文艺界响应毛主席的号召编写颂扬海瑞精神的作品;文化部一位领导向文艺界传达了毛主席对海瑞精神的评价。这两三年间,讲海瑞成了各大媒体的热门,也成为一些作家、学者的一个话题。一日,作家梁斌心中有事,来到多伦道《天津日报》宿舍,探访孙犁。孙犁热情地招呼故交,斟上一杯茶,闲谈了一会病情、用药方面的话,梁斌知道:孙犁50年代中期犯过严重的神经衰弱,失眠,在青岛等地疗养过几年。出于对朋友的关心,也就多问了几句他的身体状况。沉思片刻,梁斌端出了他想和老朋友好好私下议论的话题:

"说是庐山会议叫人们学海瑞,要有海瑞精神。"

梁斌说完,以期待的眼光望着孙犁,很想听听他的

文人宜散不宜聚……
——《我与文艺团体——文场亲历记摘抄》(1994)

发愤著书,这种人生意境,很难说清楚,惟有近代"苦闷的象征"一词,可略得其仿佛。
——《读〈史记〉中》(1990)

高见。

孙犁神色坚定地把手一摆,态度中透出一点激昂,说:"不要听那个,你一说,他就不干了……"

孙犁和梁斌,是晋察冀多年的战友,相知甚深。但在这件事关政治的话题上,既然孙犁那么不以为然,梁斌也就不便再多说了。于是,关闭了那个刚开了个头的话题,各自喝了一会儿茶,梁斌就告辞了。

梁斌后来给河北诗人尧山壁说过此事,并赞叹说:"孙犁是高人!"——因为,后来由《海瑞罢官》掀起的大风暴,是人所共知的。

此事,梁斌于新时期写入他的回忆录《四十不惑》里;孙犁从来只字未提,但他记着两人谈话的那一幕。

孙犁在芸斋(1995年)   刘宗武 摄

镜头二

1979年,中央为被错划右派的人员平反。许多冤假错案都集中在这一年得到昭雪,"胡风反革命集团"案的平反,也在舆论界、文艺界酝酿着。一天,孙犁叫来报社文艺部的编辑耿文专,开门见山地问:

"知道鲁藜在什么地方?"

耿文专答复说,在津郊一个农场劳动改造。

"看形势,不久也要为鲁藜落实政策。你可以去看看他。如果鲁有现成的诗作,可拿回来,请示一下宣传部领导,看能否发表。"

孙犁和鲁藜曾一起在延安鲁迅艺术学院执教,住的窑洞紧邻。鲁藜比孙犁小1岁,两人交情甚厚。1955年,鲁藜被划为"胡风分子",受冤长达四分之一世纪。耿

> 文采与意想，是文学创作的精髓。
> ——《读唐人传奇记》
> （1990）

> 《红楼梦》是为人生的艺术，它的主题思想，是热望解放人生，解放个性。
> ——《〈红楼梦〉杂说》
> （1979）

文专也知此情。他以记者身份到农场与鲁藜相见了，把孙犁对他的关心据实相告，带回了他写在碎纸片上的14首短诗，征得上级领导同意，发表在《天津日报》出版的《文艺增刊》上。

1980年春，鲁藜由农场进城，到报社找到耿文专，两人一起去看望孙犁。

鲁藜满头白发，腋下夹着小棉袄，风尘仆仆，完全是一副乡农模样。两人寒暄了一番。

"我干不了这个（指作协主席），你回来还归你，我就交差了。"孙犁说。

在场的3个人都清楚，天津作协的前身是文艺家协会，简称文协，首届主席是鲁藜。1955年他被定为胡风反革命集团骨干分子，从此下台。

"我也干不了这个。都这个岁数了，时间有限，只想写点东西。"鲁藜说。

"你回来后，别再犯老天真了。"

"对，少说话，多看看。"鲁藜说。

在斗室之中，两位老天真畅所欲言，纵声大笑。他们都是艺术素养深厚的老作家，岂不知这"老天真"的心态正是一颗"童心""赤子之心"，艺术家的良心？

不久，《天津日报·文艺周刊》主编李牧歌拿到鲁藜写的诗稿《补白集》，未经请示就决定发表。孙犁是文艺部元老，不会看不到这组诗。因为在1979年这个特殊的年份，在与历尽磨难的作家、故交重逢之际，说过一句"老天真"，这3个字符，像一个凝重的旋律，时不时响在孙犁的耳边……

镜头三

1981年11月21日，吕正操将军来到天津，想看望孙犁。

22日，原《天津日报》总编辑石坚陪同孙犁前往迎宾馆。路上，孙犁说，抗战爆发后不久，吕正操派李之琏、陈乔把他找去，参加了革命。1944年去延安路上，在绥德见过一面，以后再没见过。

两人相见，分外亲切。

"老孙，怎么样？"吕司令员问。

"吕司令员，进天津以来，我一直在天津日报社工作，我已经经历了五任领导，五朝元老了。"

孙犁的风趣，引起老将军的大笑。

"我从《人民日报》上看到你的文章，写得很好。"吕司令员说的是孙犁那时发表在《人民日报》上的5篇《小说杂谈》。

晚年的孙犁

"反映四化建设的作品还是太少。一个生活，一个知识面，缺少这些，是写不出东西的。"吕司令员把话题转到了当前的创作。

"作家的思想基础很有关系。有些年轻人特别欣赏意识派的东西，那用不着什么生活。"孙犁发表了自己的看法。

这时，电视屏幕上开始放映外国的名剧。

对文艺内行的吕正操见景生情，说："莎士比亚的剧本，一翻成中文，原剧本里含有深刻哲理的对话没有了。许多含有哲理的话，对人的启发是很深的。"

"特别是翻译诗，更走了样子。"孙犁接着话题。

"《王子复仇记》（即《哈姆雷特》）很多对话诗味很浓，哲理很深，但翻译过来都没有了。"吕司令员对这个话题，兴致很浓。

"主要是哲理方面，它的语言真是千锤百炼的。"孙犁从哲理转到语言问题。

吕正操感叹道："那是一个时代的产物。"

谈话伴随着阵阵爽朗、轻松的笑声。俩老人，都是那么神采洋溢，目光炯炯。

孙犁把准备好的一本自己的书，送给将军作为纪念。他说："那是记述冀中人民斗争的。"吕正操深情地凝视了一下那本书装帧素雅的封面，然后小心翼翼地将书收起来。他知道，这本书非其他珍贵的礼品可比；因为它里面生动地描绘了冀中人民在党领导下的英勇斗争，燃烧着烽火，浸透着冀中人民的血泪。

时间所限，会见结束。孙犁把老将军送出大门口，依依地挥手告别。

孙犁一直对吕将军是十分敬重的。他清楚地记得，1944年去延安途中在绥德休息时，晋西北司令部设在附近，吕正操听说他从这里路过，捎信叫他去司令部；他带着一部线装本《孟子》，会见时送给了吕司令员。今日想起这件往事，历历如在眼前。

镜头四

80年代的一个寒冬，从维熙、康濯这两位著名作家结伴往天津看望孙犁，从是孙犁的弟子，康是孙犁的老战友。

> 鲁迅先生之所以为众人景仰，无异辞，当之无愧，是因为他的伟大人格，对民族强烈的责任心，对文学事业的至死不渝的耕耘努力。
> ——《谈作家的立命修身之道》（1982）

> 载记之难，人言、历史之不可尽信，是有根据的。
> ——《和谌容的通信》（1985）

见面后，从维熙告诉孙犁这么一件往事，有一次，劳改队放假，他骑一辆破旧的自行车返回京城。虽然这已然有200多华里的行程，但是担心孙老在"文革"中出什么事情，便又绕了大弯，拐到天津。到了他住的楼前，心里却又嘀咕开了，生怕一个劳改犯叩门，给老人招来无穷无尽的麻烦，因而徘徊许久而未敢叩门，最后还是忧伤地离开了津门。

孙犁听完，纵情大笑说："那时候，我正挨整，你来的话算是一对儿黑。别的我不敢保证，请你喝粥吃烧饼，我绝对做得到。那时虽然我也身在难处，可是我的那颗文胆，还没被狗吞掉。维熙，你信不信？"

听着的两位作家，报以会意的微笑。

就在他们3人敞开胸怀交谈时，从维熙突然想起了在天津生活了很久的弘一法师。他觉得：耕堂老人虽无遁入空门、远离俗尘之心，但家中简陋的陈设与寒山寺院，简直没有多大差别。屋子中间那个火炉似明似暗，从维熙在那间寒舍里始终没有能脱下大衣。康濯本身就有肺心病，当天就犯了哮喘。孙犁那时住平房，他的居室本来就不大，但书柜却林立室内四周。他还兴致颇高地拿出几本线装古书，让两位来客浏览……

在归途上，康濯由衷地发出感叹："从解放区来的作家中，只有孙犁一个独行其路；如此甘居清贫远避世俗的作家，在当代怕也难寻第二个了。"

从维熙说："其文学成就，怕也难寻能与他媲美的另一个了！"

他们的眼光，容或是最早触及"只有一个孙犁"这一重大议题的。

镜头五

几年来一直在写《孙犁传》的北师大中文系郭志刚教授，自京赴津，又一次拜访孙犁这位传主。1988年7月23日，上午8时半，郭志刚至多伦道孙犁府上。一年多未见，他觉得孙犁有些消瘦，但精神依旧，谈锋亦健。两人谈话多为写"传"之事。

孙犁鼓励这位学者快写，不要拖。他提到熟人（如××、××诸位）不一定能写好，即儿女有些事也不了解，或不理解。郭志刚已经将耕堂主人80年代以来所写的关于传记文学写作的两篇文章反复阅读、揣摩过，但他还想听听孙犁的宝贵意见。

"要紧的还是学识、见识、文字等。……'传'虽注重真实，但要说没有想象、加工，也很难说。关键还是看法、见识。"孙犁慢条斯理地说。

接着，孙犁举了司马迁写《史记》的例子。他拿出刚发表在《天津日报》上的《读〈旧唐书〉记》，声音洪亮地念道："司马迁一家之言，起自荒古，迄于汉武。其所据，有传记，有载记，有创意。汉以前为笔删前人记载，定其真伪，汉以后，则为他家世职业所在。然人际关系，语言神态，全部是实录吗？还是有所推演呢？后人不得而知……太史公著述，以客观取实为主，而贯之以主观感情之激越。这就使古今之情一致，天人之理合一。史实之中，寓有哲理；所写琐碎之事，直通大局。后代的史书，求其真实，已属不易，文字之美，无能比者矣。"

黄老思想，很长时间，贯穿中国文学创作长河之中。这种思想，较之儒家思想，更加灵活开放一些，也与作家的生活、遭遇，容易吻合。更容易为作家所接受。
——《读〈史记〉记（上）》（1990）

就散文的规律而言，真诚与朴实，正如水土之于花木，是个根本，不能改变。
——《关于散文创作的答问》（1983）

郭志刚接过文章定睛一看，发现孙犁文中所写一些话，正是他刚才念过的。文中还写道："我就爱读'繁芜'的史书"，"后人笔削（原始记录）之时，常将一些灵魂性的材料，以各种理由删去，就造成不可弥补的损失。"

孙犁谈话的诚恳，传记文学理论修养的深厚，使郭志刚心中暗生敬佩之情；同时，也感到了自己肩负着重任。1990年12月，他们伉俪合撰的《孙犁传》，由北京十月文艺出版社出版。

镜头六

孙犁76岁那年的秋天。入夏以来，孙犁因故"心绪不宁"，"久已无心读书"。又突发眩晕，停笔多日子。"每日无事，既感无聊，思虑反多"。为"防光阴之继续浪费"，挽颓波而重新振作，他找出对他具有强大吸引力的著作《史记》（涵芬楼影印本），拟认真通读一遍。几册《史记》，就摆放在整洁的书桌上。

一日，著名老报人、原《天津日报》总编辑邵红叶偕其夫人来孙犁的新居看望。老邵比孙犁长1岁，16岁上就当了记者，先后在《新闻报》《新华日报》《解放日报》《晋察冀日报》和新华通讯社总社任职；50年代在《天津日报》任编委、总编辑，有一段时间与孙犁是紧邻。老邵于1958年初受到错误处分，被下放到一家工厂。"文革"中被揪回报社批斗，他在暴力面前自由宣讲，针锋相对，显出一副十分刚烈倔强的样子。孙犁认为他"工作负责严谨，在新闻界颇有名望，其所培养，

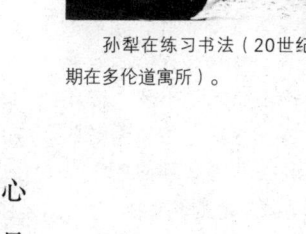

孙犁在练习书法（20世纪80年代中期在多伦道寓所）。

不少报界英才"。近年来,他多次来报社看望孙犁。

一见面,免不了互致问候。

谈话间,老邵发了一些牢骚,提到了一些往事和现状。他是个直人,当面责备孙犁"软弱","不敢写文章了"。

此语一出,在场的3个老人,都即刻屏住了气息。老邵夫妇以期待的目光,等候着孙犁这位将名垂青史的大家的回答,而孙犁则神情严肃,沉思了片刻,说:

"我们还是睁一只眼,闭一只眼吧!"

"我正是这样做的。"老邵平静地说。

说完就大笑起来,他的老伴也笑了起来。孙犁这才知道,老邵的左眼,已经失明。孙犁笑不出来,他心里很难过。

老一代的文化人,包括老作家、老报人,没有谁未曾从时代的风雨中走过的。他们在许多问题上,都能产生共鸣。尽管孙犁对老邵当年"那一套家长式的统治"有微词,但他在闻讯老邵于1990年4月2日逝世后,还是禁不住"黯然神伤",用了几天时间写成一篇悼念文章《记老邵》,发表于同年4月22日《光明日报》。

镜头七

还是那一年秋天,比孙犁小10岁、当年的红小鬼、年近七旬的作家杨润身登门看望孙犁。

他们二人的交往,还有一段佳话。"孙犁把我看成他的同志,我把孙犁看为衷心敬佩的良师。"杨润身是河北人,从小苦大仇深,父亲是杨白劳式的农民。他本

文字是很敏感的东西,其涉及个人利害,他人利害,远远超过语言。作者执笔,不只考虑当前,而且考虑今后,不只考虑自己,而且考虑周围,困惑重重,叫他写出真情实感是很难的。
——《关于散文创作的答问》(1983)

如果只谈艺术,我们就应该从唐宋以前的散文,多吸收一些营养。从司马迁、嵇康、柳宗元、欧阳修那里,多学习一些东西。其中主要的经验,是所见者大,而取材者微。微并非微不足道,而是具体而微的事物。
——《关于散文创作的答问》(1983)

人14岁参军,15岁火线入党;解放后从事专业创作,代表作有电影《白毛女》等。这样一位根正苗红的作家,却以"严重右倾"在运动中受到批判,在病中为年近古稀的老母和刚会叫"爸爸"的儿子揪心。朋友敬而远之,使他心里更加苦闷。一天,想不到孙犁来看望落难的文友,杨润身急忙开门迎接,妻子人喜得什么似的。孙犁态度和蔼、亲切,连连说:"好好养病,留得青山在,不怕没柴烧。"杨润身的眼睛潮湿了,连忙把母亲跋山涉水从大队枣园捡来不足2斤红枣,分出一半给孙犁。孙犁收下红枣,也不禁两眼发潮,动情地说:"红枣非常贵重!"

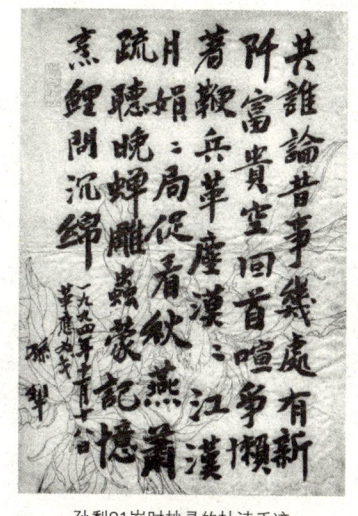

孙犁81岁时抄录的杜诗手迹

"文革"中,杨润身被江青点了名。长年劳改,使他神经麻木,感官失灵。复出后,他在孙犁面前诉说重新拿笔之困难,说连字也忘了。孙犁简洁明快地说:"不忘自己的母亲、土地,文字就不成问题!"——果不其然,杨润身回老家扎根,创作大丰收。

孙、杨交情不一般。一次,杨润身给孙犁送去一个大理石镇纸,见孙犁门关着,不愿打扰他,扭身就要下楼。照顾孙犁的"大姐"忙把他喊住,告诉他,孙犁说了,有人来看望孙犁是假的,是借名取利。你老杨来看望是真的。孙犁喜真不喜假。……那次,孙犁又与杨润身谈论文人的真与假,并涉及一些事例。这让杨润身的心里热乎乎的。

风雨故人又登门。他俩在一起,可以说"总是无话不谈"。这次一进门,一两句问候话说过,杨润身自信地说:"贪官会有收敛,腐败风气必定遏止!"

"润身,你幼稚!"孙犁直言不讳地批评。他红着

脸,有些激动,头部有些颤动。

"没有那么简单,没有那么简单!"孙犁继续说,语气肯定。

这一瞬间,历史仿佛凝固了,定格于芸斋里这个私下谈话的场面。20多年后,年近九旬的居住平山县的杨润身老人,还清楚地记得那一幕。

倘若九泉之下孙犁有灵,他会知道,他辞世后,老友杨润身不禁掉泪,"眼泪硬是难息难止"。

镜头八

80年代的一天,中学同窗、挚友李之琏来天津公干,顺便登门看望孙犁。

李之琏是河北蠡县人,与孙犁同岁。两人在保定育德中学同过学,李后来考入北平大学的法商学院。他参加革命、入党、加入"左联"都很早,还坐过国民党的监狱(在狱中坚持斗争,还写小说)。1937年他从监狱里出来,就在家乡一带参加抗日工作。吕正操领导的人民自卫军驻在安国县时,他住在孙犁父亲的店铺里。是他和陈乔介绍孙犁参加革命的。孙犁的母亲、妻子都知道李之琏的名字。他是"七大"代表。50年代,他当中宣部秘书长,很快要提拔为副部长了,因为替丁玲说了几句公道话,一下子成为极右分子。先是在河北青龙县劳动改造,后来就被流放到新疆石河子去了。全家去了,大女儿死在途中。平反以后,他当上了中纪委常委。他的照片和国家领导人排列在一起。孙犁也感到光荣,对人说:"官儿,李做得够大了。这在过去,就是

> 当前,在引导人民致富之时,应积极引导人民向善。为富不仁,必引起很多麻烦。
> ——《和郭志刚的一次谈话》(1988)

> 对于我,只要温饱就可以了,只要有一个避风雨的住处就满足了。我又有何求!
> ——《火炉》(1982)

左都御史!"有时,孙犁回忆起他们的友情,觉得"少年时的同学,真有点亲如骨肉、情同手足的味道"。

这回,孙犁没有想到的是:这么大的官员来天津公干,却坐的是天津市纪委的车。李之琏刚一来,就提出如果在这里吃饭,请把司机招待一下。孙犁虽在心里怪老李:你这官儿做得太窝囊了。比你小的人物,从北京来,都有自己的专车。但还是满口答应。

饭后,两位老友闲谈了一会儿。孙犁向李之琏发牢骚,说:"社会风气如此,我真想找个地方隐循去了。"

李之琏没有批评孙犁,只是温和地笑了笑,说:"哪里也是一样。"

孙犁清楚,他们俩是真正相知、患难与共的。他于1987年11月,写了一篇《小同窗》(刊于《光明日报》1988年1月3日),记叙了他们深厚的友谊。回想起来,相交这么多年,孙犁并没有多少机会,同李天南海北畅谈过,更没有酒肉的征逐。党的十三大闭幕那天晚上,孙犁从广播里听中纪委名单上没有李,是因为年龄退下来了。1987年11月19日,孙犁收到了李之琏的来信,说他要写东西了,便马上回信鼓励。

镜头九

1994年12月14日上午,云南年过花甲的军旅作家彭荆风,冒着利刃般的寒风,穿着厚厚的皮夹克,来到天津鞍山西道学湖里16号,看望他十分仰慕的孙犁。

孙犁缓缓地开了门。彭荆风通报了姓名,高大清

> 文人的不被理解，文人的苦恼，古今一致。
> ——《读〈旧唐书〉记》
> （1988）

> 我常常在感到寂寞、痛苦、空虚的时刻进行创作。我的许多作品，是在春节、假日、深夜写出来的。新写出来的文字，对我是一种安慰、同情和补偿。每当我诵读一篇稿件时，常常流出感激之情的热泪。
> ——《答吴泰昌问》
> （1980）

瘦头发全白了的孙犁，热情地把客人迎进了书房兼会客室。彭荆风事前来过信，孙犁很高兴地说："你一片盛情，我很感激。"

彭荆风和孙犁随便聊着。彭荆风简略叙述了自己这些年的创作和生活。1958年被打成右派，离开文坛22年；"文革"坐牢7年。复出后，创作了大量作品。

"你还是很坎坷呀！"孙犁叹息着，深情地说，"受了这么多苦难，还能写出18本书，这真是对文学的初衷不改，充满了使命感呀！"

彭荆风静静地倾听着。

"有的人坎坷多年，对文学仍不改初衷，如徐光耀、刘绍棠；特别是徐光耀被人认为顽固不化。某某某就差一些了！"孙犁继续说。

当谈到孙犁的随笔被人冷言攻击时，彭荆风说孙犁"如一座巍然大山"，并背诵了孙犁一篇文章中"群峰并立，形成民族的文化，如以明清之峰，否定唐宋之峰，那就没有连绵的山色了"那一段话。

孙犁笑了，却不认为自己是大山，他淡淡地说："我写的东西不合时宜，约稿也少了……"

当彭荆风谈到孙犁1994年八九月间发表的六七篇文学随笔，皆如金石般掷地有声时，孙犁缓慢有力地说：

"我本来不想多写，但作家还得正直、有良心！"

说到这里，孙犁一顿，又问：

"你可知道李之琏？"

"知道。看过他发表在《新文学史料》上谈'反右'前后的长文！"

一听这话，孙犁也仿佛来了劲。他不久前也读过李之琏于1988年完成初稿、1993年整理,刊于《新文学史料》1994年第三期,长达2万余字,题为《一场是非颠倒的批判闹剧——一九五七年中宣部批判处理机关党委几个领导人的经过》的文章。这篇文章证据十分确凿,线索清晰,无可辩驳,堪称关于那场运动的回忆力作。尤其是文章的第三部分列举了五种"卑鄙的整人手法",是一般的善良的人们以往不知道的。——这些念头,几个月来,一直盘旋在孙犁的脑际。

他接上彭荆风的话荐,说:

"那是个很正直的人。只有经过苦难、深思,才能写出。那篇文章刊出后,震动很大,说把周扬的内心世界写得那样深刻,还是第一篇。"

彭荆风说他同意上述看法,并谈了自己的感受。孙犁接着说:

"解放后,我对许多运动都难以理解。如批判丁玲的'一本书主义';实际上'一本书主义'是领导造成的,写了一本书就大红大紫,有名利有地位……"

彭荆风发觉已坐了一个多小时了,便起身告辞。他把特意从昆明带来、珍藏多年的《采蒲台》、《风云初记》、《铁木前传》、《白洋淀纪事》取出一一请孙犁签名。

孙犁见有的是五六十年代的版本,很是感慨,说:

"这些书,你保存了这么多年,真不容易呀!"也从书柜中拿出新出版的《孙犁散文选》《孙犁新诗选》签名赠给彭荆风。"荆风,你远道来访,一片深情,我是难以忘记。你也年岁大了,也要保重呀!"

彭荆风心头一阵酸痛,握着孙犁的手,忍不住掉下

晚年的孙犁(20世纪80年代在学湖里寓所)

了眼泪……

窗外，北风呼啸着……

四、"孙犁语录"

彭荆风背诵孙犁的话，并非个别事例。河北的作家徐光耀"言必称孙犁"，常在会上拿孙犁的话当自己的话说。照实说，孙犁的话，似乎也成了一些人心目中的"语录"了。"文革"中，一次开会，孙犁因未带"红宝书"竟受到严厉批评。在作品中，孙犁一生引用语录最多的是鲁迅；他从未投入或被卷入个人崇拜的狂潮。他的记忆力十分惊人，"一篇短稿改来改去，我是能够背过的。"闭目养神时，闲暇中把目光投向书柜里自己的作品时，自己用心血孕育出来的一些句子，会像叮咚的泉水一样流过他的心田。这可以说是一种自我欣赏吧，一种阅读自我吧。不知耕堂老人是否思虑过，他的许多金玉良言，将会永久地被历史和读者所铭记。

闭目养神时，闲暇中把目光投向书柜里自己的作品时，自己用心血孕育出来的一些句子，会像叮咚的泉水一样流过他的心田。这可以说是一种自我欣赏吧，一种阅读自我吧。不知耕堂老人是否思虑过，他的许多金玉良言，将会永久地被历史和读者所铭记。

1937年冬季，冀中平原是大风起兮，人民是揭竿而起。农民的爱国家、爱民族的观念，是非常强烈的。在敌人铁蹄压境的时候，他们迫切要求执干戈以卫社稷。他们苦于没有领导，他们终于找到了共产党的领导。

——《平原的觉醒》（1978）

我非常想念那时走过的路，踏过的石块，越过的小溪，生活过的那些村庄，以至露宿过的一处山坳羊圈，尤其怀念作为伙伴的那些战士和人民。记得那些风雪、泥泞、饥寒、惊扰和胜利的欢乐,同志们兄弟一般的感情。

——《在阜平——〈白洋淀纪事〉重印散记》(1977)

我在延安的窑洞里一盏油灯下,用自制的墨水和草纸写成这篇小说(指《荷花淀》)。……我写出了自己的感情,就是写出了所有离家抗日战士的感情,所有送走自己儿子、丈夫的人们的感情。我表现的感情是发自内心的,每个和我生活经历相同的人,就会受到感动。

——《关于〈荷花淀〉的写作》(1977)

孙犁书法

……我们穿着这些单薄的衣服,在冰冻石滑的山路上攀登,在深雪中滚爬,在激流中强渡。有时夜雾四塞,晨霜压身,但我们方向明确,太阳一出,歌声又起。

——《服装的故事》(1977)

我觉得离开文艺文化的圈子,才真正是文艺的天下,做实际工作,反能写文章,反有兴趣写,这已是经验证明了的。有稿子交出去,比什么也好。何必站在文坛之上,陪侍鞠躬行礼如仪?

——《致康濯》(1949)

我喜欢写欢乐的东西。我以为女人比男人更乐观,而人生的悲欢离合,总与她们有关,所以常常以崇拜的心情写到她们。

——《文集自序》(1981)

……全国解放以后,则是另外一种情形。思想领域

的斗争被强调了，文艺作品的倾向，常常和政治斗争联系起来，作家在犯错误后，就一蹶不振。在写作上，大家开始执笔踌躇，小心翼翼起来。

——《文字生涯》（1978）

我经历了美好的极致，那就是抗日战争……我也遇到邪恶的极致，这就是最近的动乱的十年。我觉得这是我的不幸。……看到真善美的极致，我写了一些作品。看见邪恶的极致，我不愿意写。这些东西，我体验很深，可以说是镂心刻骨的。

——《文学和生活的路》（1980）

作家不能同时是很有成就的政治家。我看许多作家，在历史上，有时候也想去当政治家，结果当不成，还是回来搞文学。因为作家只能是纸上谈兵，他对于现实的看法可以影响人，但不能够去解决人民生活的实际问题。

——《文学和生活的路》（1980）

一个时代，知识分子，他的思想，他的遭遇，他的喜剧和悲剧，都和政治有关系。

——《和郭志刚的一次谈话》（1988）

我过去总提离政治远一点，老给人家抓小辫儿。所谓远一点，就是不要图解，不要政治口号化。

——《和郭志刚的一次谈话》（1988）

文章是寂寞之道，你既然搞这个，你就得甘于寂寞，你要感觉名利老是在那里诱惑你，就写不出艺术品。所以说，文坛最好不要变成官场。

——《文学和生活的路》（1980）

文人宜散不宜聚……

——《我与文艺团体——文场亲历记摘抄》（1994）

发愤著书，这种人生意境，很难说清楚，惟有近代"苦闷的象征"一词，可略得其仿佛。

——《读〈史记〉中》（1990）

正在看书的孙犁

文采与意想，是文学创作的精髓。

——《读唐人传奇记》（1990）

《红楼梦》是为人生的艺术，它的主题思想，是热望解放人生，解放个性。

——《〈红楼梦〉杂说》（1979）

鲁迅先生之所以为众人景仰，无异辞，当之无愧，是因为他的伟大人格，对民族强烈的责任心，对文学事业的至死不渝的耕耘努力。

——《谈作家的立命修身之道》（1982）

载记之难，人言、历史之不可尽信，是有根据的。

——《和谌容的通信》（1985）

黄老思想，很长时间，贯穿中国文学创作长河之中。这种思想，较之儒家思想，更加灵活开放一些，也与作家

的生活、遭遇，容易吻合。更容易为作家所接受。

——《读〈史记〉记（上）》（1990）

就散文的规律而言，真诚与朴实，正如水土之于花木，是个根本，不能改变。

——《关于散文创作的答问》（1983）

文字是很敏感的东西，其涉及个人利害，他人利害，远远超过语言。作者执笔，不只考虑当前，而且考虑今后，不只考虑自己，而且考虑周围，困惑重重，叫他写出真情实感是很难的。

——《关于散文创作的答问》（1983）

如果只谈艺术，我们就应该从唐宋以前的散文，多吸收一些营养。从司马迁、嵇康、柳宗元、欧阳修那里，多学习一些东西。其中主要的经验，是所见者大，而取材者微。微并非微不足道，而是具体而微的事物。

——《关于散文创作的答问》（1983）

当前，在引导人民致富之时，应积极引导人民向善。为富不仁，必引起很多麻烦。

——《和郭志刚的一次谈话》（1988）

对于我，只要温饱就可以了，只要有一个避风雨的住处就满足了。我又有何求！

——《火炉》（1982）

文人的不被理解，文人的苦恼，古今一致。

——《读〈旧唐书〉记》（1988）

我常常在感到寂寞、痛苦、空虚的时刻进行创作。我的许多作品，是在春节、假日、深夜写出来的。新写出来的文字，对我是一种安慰、同情和补偿。每当我诵读一篇稿件时，常常流出感激之情的热泪。

——《答吴泰昌问》（1980）

晚年的孙犁（20世纪90年代初在学湖里寓所）

文化生活和物质生活一样，大富大贵，说穿了，意思并不大。

——《野味读书》（1992）

人之一生，能够被一个村庄，那怕是异乡的水土所记忆，所怀念，也就算不错了。

——《芸斋小说·葛覃》

五、最后的岁月

据友人记述，从1995年5月开始，孙犁因泌尿系统、消化系统等疾病，数次住院治疗；虽都治愈出院，但他的精神状况却发生了意想不到的变化。不再读书、写作，不再接待客人；甚至不拆来信，不理发，不刮脸。有的友人著文根据一些材料作出探测，提到"孤僻性格的悲剧性发展"、"疾病的折磨"、"人生的幻灭感"、"文事的纠缠"、"突然的感情刺激"和"在沉默中告别人生与文坛"等原因。主因、实情，只有老人自己清楚。1997年春节，儿子晓达接父亲到他们家里养

病。病情越来越严重。照料他的儿媳说:"爸爸常常想起战争年代的情景,有时突然说'打仗了','快走快走';或想起'文革'中的遭遇,说有人赶他走,他自己就非要下楼,拦都拦不住,到了楼梯口,跨蹿一阵,又折回屋里。"——这是一种幻觉现象。

此后,病中的孙犁曾随手在信纸或废纸上写下一些人名、书名。人名中文艺界的有闻一多、胡也频、成仿吾、王实味、冼星海、郝寿臣、舒群、秦兆阳、韦君宜、李劫夫、华君武、徐光耀、王蒙、曼晴等;出版界的有胡愈之、黎烈文、赵家璧、徐调孚、林呐;学术界的有俞平伯、王伯祥、范文澜;民国时期军政界的有邓演达、陈铭枢;还有曾任天津市党政领导的李瑞环、李耕涛、吴振、刘晋锋。古人有范仲淹、董其昌;书名仅有古籍《吕氏春秋》和《文心雕龙》。

被病魔折魔的孙犁,接近临终之际,意识还在流动。

1998年10月16日,孙犁住进了医院。完全卧床养息,接受诊治、护理,顽强地与病磨搏斗。

市里、报社的领导,文艺部的同事、亲友,多次去医院探视,情意殷切。为了不影响治疗和保证老人休息,护士劝阻了一些友人的看望。人们都能理解,衷心为他祝福,盼他康复。逢年过节,市里领导必去慰问。对来看望的人,他很少说话,催促来者快走,他需要休息。

大概是2000年的早春,从维熙、房树民专程到天津医院看望病中的恩师。一生泪不轻弹的孙犁,那天竟从眼角滴落出了泪水。从维熙后来回忆说:"我想那泪滴的含量，超越了一切文字的表达，使我和树民顿时泪如泉涌……我想：老人的泪水，绝不是对自己生命的依恋，一定是在这个瞬间，忆起了他的文学与人生，忆起他解放初期的岁月，一张小小的《文艺周刊》，竟然献给文苑满天星斗——那是喜泪，那是情泪，那是老人自慰心灵的一曲交响诗。"

2002年6月下旬，孙犁的病情还比较平稳。7月4日，病情竟然恶化，高烧39℃，血压急剧下降，胸腔积水……7月5日，心律失常又发烧，6日呼吸曾停止了半个钟头，经全力抢救，心跳基本恢复正常，呼吸只能依赖呼吸机维持。7、8、9、10日一连4天，未见大的异常。10日，天津异常燥热。11日早6时，孙犁永远地闭上了眼睛，离开了大地母亲、人民和广大的读者。

窗外，一阵大雨从天而降，与亲人、医护人员的阵阵悲泣声，交织在一起……

大雨不止，雨声正是耕堂老人所喜闻的天籁之音。

天怜念孙犁，天送孙犁，天哭孙犁。

7月15日，举行孙犁遗体告别仪式。孙犁的亲友、同事以及来自北京、天津等地的文学界人士和读者千余人，向孙犁做最后的告别。在守护老人遗体的松柏之间，一朵朵美丽的荷花灿然绽放，淡淡的荷香弥散在空气中。这些最新鲜的荷花，是白洋淀群众连夜采集，星夜送到天津，送到孙老遗体前，让他再看一眼自己一生倾情喜爱的荷花……她们在哀曲中，映着泪光，已然成为民间文化的诗意象征。

著名书法家王学仲手拄拐杖，亲送挽联；他双眼滴泪，泣不成声，读不成句。他说："因为下雨，我写了

荷风荷雨荷花淀。"

一颗从烽火中升起,时隐时现,养晦韬光,以素淡衬托云彩,与皎月相亲相伴的大星,陨落了。

新华社于7月11日和15日先后发了《中国当代文学大师孙犁今晨病逝》《社会各界人士送别孙犁》的电讯稿。

他留在了风景深处……

作者附记:本文在写作过程中,参考了从维熙、郭志刚、石坚、杨润身、彭荆风、耿文专、刘宗武、王瑞兴等先生和孙晓玲女士回忆孙犁的文章,并从中引用了有关材料及照片。在此,向上述作者一并敬致谢忱。

作者简历:

阎庆生,1944年出生于陕西礼泉。陕西师范大学文学院教授,博士生导师,中国鲁迅研究会理事兼学术委员。著有《鲁迅杂文的艺术特质》《鲁迅创作心理论》《晚年孙犁研究》。发表过散文和诗歌。退休后,主要研究孙犁。

李健健 著

中短篇传记文学的复兴及时代意义

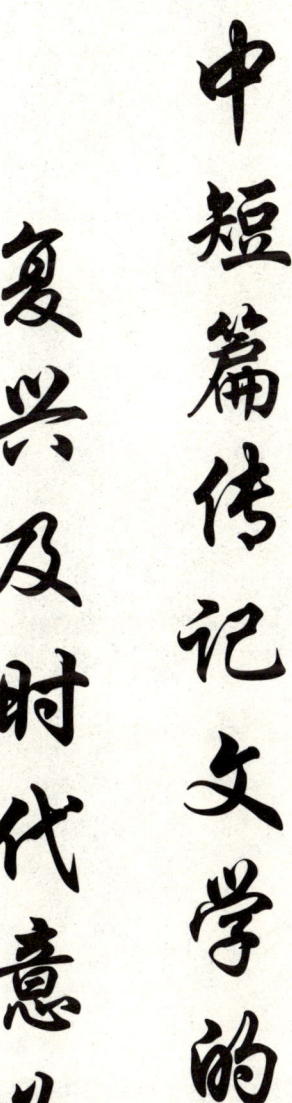

我国中短篇传记文学在文化全球化、快餐化的大背景下逐渐走上了复兴之路，并呈现出立体多元、体裁各异、时空交错的繁荣景象。传主形象已不仅仅局限在英雄豪杰、将帅领袖、名流雅士，他们来自各行各业，以其栩栩如生的形象进入读者视野、肺腑并为之怦然心动。当代中短篇传记文学不仅以新的姿颜展示繁简有度、雄深雅健、情蕴深厚、言约意丰的古典传记之美，而且还以史蕴诗心，独抒性灵、力透纸背，笔酣墨饱的人文情怀再现传主生命的辉煌与挫败。"世界历史是伟人们的传记"①。传记文学的史鉴功能、鼓舞与垂教作用，无疑能在人类迷茫和跋涉中成为心灵的航标，它能使悲观者前行、无力者有力。在数字化传媒与读图时代中，我国传记文学表现出了大众化的发展趋势，既重实际、高效率、快节奏，同时也充分注意到社会责任和阅读效果，兼具了大众文化和高雅文化的特点，有力地推进了中短篇传记文学的复兴。这一复兴对于提升民族文化软实力具有无可替代的重要作用。

一

传记文学的终极目标是将传主的生命价值展现给读者。这种生命价值是一种把人放在首位、极力维护个人尊严的人文精神。传记文学的发展与人文精神有着密切的关系。纵观历史，凡是张扬人性，以人为本的朝代，其传记文学在对人的描写上就有所进步。反之，如果某历史时期对人性加以严重压抑，反映在传记文学上或是停滞或是缺乏生气。我国中短篇传记文学的复兴，恰逢

传记文学的终极目标是将传主的生命价值展现给读者。这种生命价值是一种把人放在首位、极力维护个人尊严的人文精神。

倡导"以人为本",建立"和谐社会"的发展期。一批散射人性光芒,温暖感动人心的中短篇传记文学应运而生。中国传记文学学会评选出的2001年至2007年间的优秀中短篇传记文学就集中反映这种特点。姜安的《被岁月擦亮的名字》描写了一位荣获国际护理界最高荣誉的白衣天使——黎秀芳。作者以优美的文笔,饱含深情地讲述了名门闺秀黎秀芳献身护理事业的动人故事。文中大量反映人性之美的细节无数遍冲撞着读者的心房,黎秀芳高洁无私的人性之美像和煦的阳光普照人们精神的荒原。黎秀芳那种为病人殚精竭虑,为事业鞠躬尽瘁的人格魅力像春雨滋润迷失的灵魂。姜安的传主黎秀芳曾是一位新闻人物,对她的报道有通讯、报告文学,甚至传记作品,但是,没有一篇能与姜安的比肩。姜安不仅凸现了传主的个性特征,而且增强了传记作品的可读性。真正实现了古典传记"言约意丰"的审美诉求。这类优秀的中短篇传记文学很明显地摆脱了填鸭式、说教式灌输。作者通常都以浓郁的文学色彩与传主的真实人生紧密结合,其谋篇布局、细节处理、深度解释、人物刻画无不折射作家深厚的文化底蕴。

当代中短篇传记文学不仅汲取古典传记突出表现人物的个性特征与人物性格的复杂性,而且也注重借鉴西方传记文学对人物个性和心理世界的深度解释。万伯翱的《井冈幽兰——朱德夫人伍若兰小传》、张昌华的《吴宓:是真名士自风流》、钟兆云的《贺敏学建国后的风雨人生》、吴东峰的《"胡子"王震》、雷颐的《历史的裂缝——近代中国与幽暗人性》、龚是非、方圆的《冰冷的眼神——杰出人物的隐秘世界》都在传主个性描写上刻画入微,白描传神。万伯翱对伍若兰个性特点的把握准确到位,一位勇敢、智慧,为了掩护丈夫,为了民族解放宁死不屈的巾帼英雄形象跃然纸上。钟兆云对贺子珍胞兄贺敏学个性的表现是在历史真实条件下客观公正地完成的。贺敏学不以物喜,不以己悲的平常心态以及他仗义执言的耿直,自投牢房的倔强;他忘我工作、廉洁奉公、一身正气的个性扑面而来。吴东峰笔下的王震将军爱憎分明、孤直耿介。吴东峰以片断式的典型细节凸现王震将军棱角分明的个性。使读者如历其境、如与其事、如见其人。

> 当代中短篇传记文学不仅汲取古典传记突出表现人物的个性特征与人物性格的复杂性,而且也注重借鉴西方传记文学对人物个性和心理世界的深度解释。

"把自己放进去,把灵魂写出来。"这是当代中短篇传记文学的一种新的表现形式。中国古典传记的作者都是隐藏在文本之后记述、刻画传主的人生及性格特点。但是那些悲歌慷慨,憾人心魄的历史人物无不引发作家的感慨伤怀。古代传记作者为了直抒胸臆常常以序赞的形式表示对传主的同情或议论。当代中短篇传记文学"把自己放进去"的形式有利于增强文本的可读性、真实性、感染力,它像剪烛谈心一般娓娓道来,亲切自然、意蕴深远。章怡和的《往事并不如烟》,以"三亲"亲见、亲闻、亲历的方式复活了她曾目睹和感受的历史人物并写出了他们的灵魂。章怡和思想的深刻性与时空、命运纵横交错,传主生命的跌宕起伏、情感波澜历历在目,不胜感叹。柳鸣九的《君子之泽,润物无声——心目中的"钱、杨"》;李洁非的《涧碧树——逝世20周年说丁玲》等都以这种"把自己放进去,把灵魂写出来"的形式,诠释传主的命运,刻画传主的性格、礼赞、评议现实生活中这些高贵不屈的魂灵。

> "把自己放进去,把灵魂写出来。"这是当代中短篇传记文学的一种新的表现形式。

二

我国中短篇传记文学的历史可谓源远流长。正是因为古代传记的浩瀚与辉煌,中国成了传记大国。"'二十六史'中出现的人物达到45000个,中国史学的主体就是传记,这是世界上其他任何民族没有过的,中国的人文景观到处留下历史人物的身影,中国有着独一无二的传记文化。"[2]古代传记文学在史传方面以《史记》《汉书》《三国志》《后汉书》《新五代史》的传记作品文学价值较高,尤其以《史记》历史性与文学性的完美结合,堪称古代传记文学的典范。

古代传记提倡叙事以简要为贵,"事核而辞洁";"言近而旨远,辞浅而义深";"简而且祥,疏而不漏"。刘知几"尚简",主张"文约而事丰",指出"国史之美者,以叙事为工,而叙事之工者,以简要为主。"[3]陶渊明的《五柳先生传》,全文不足200字,但文笔洗练俊雅,人物的品性、气质已鲜明地呈现在读者面前。

英国20世纪著名传记文学作家和批评家哈罗德·尼科尔森,在他的《英国传记文学的发展》一书中指出,"传记为满足纪念的天性而诞生"。传记文学作为一个文学门类,从形式到内容都是随着人类社会的发展而发展。传记文学的史鉴功能、彰善瘅恶、垂教励志作用在传记文学的发展史上日益凸现。数千年前的《诗经》强调"殷鉴不远,在夏后之世"[4];贾谊告诫汉文帝,"'前事之不忘,后事之师也'。是以君子为国,

"'二十六史'中出现的人物达到45000个,中国史学的主体就是传记,这是世界上其他任何民族没有过的,中国的人文景观到处留下历史人物的身影,中国有着独一无二的传记文化。"

观之上古，验之当世，参以人事，察盛衰之理，审权势之宜，去就有序，变化应时，固旷日长久，而社稷安矣。"⑤司马迁的"居今之世，志古之道，所以自镜也。"⑥唐太宗的"以古为镜，可以知兴替。"⑦都强调以史为鉴。生活在元末明初的宋濂为表彰忠义官吏、民间义士，肯定隐士，实录僧道，也写下了大量惩恶劝善、符合民愿的短篇传记。

古代传记奉行实录精神，主张"直书其事，褒贬自见"、"善恶必书，斯为实录。"刘知几在《史通》中论述了史传文学真实性的基本原则。"良史以直书实录为贵"。直书要求历史内容的真实，涉及史传文学人物描写、事件记录，乃至语言的求真。

史蕴诗心、神会妙悟；"文其人，如其人"；"赋古人以生命，着骷髅以血肉"是古代传记追求文质具胜的最高境界。"有质无文，传世者寡；文胜于质，传世者多。"流传至今的古代传记无一不是历史性与文学性完美结合的典范。

随着"西学东渐"，中国觉醒的志士仁人为了新民启智，开始了以传播新观念，满足读者阅读需求的传记写作。梁启超的传记写作开始全仿西方传记，胡适则自觉从理论上比较分析中西传记的差异，明确提出了"传记文学"概念。至此，中国传记文学完成了从古代向现代的转型。中国传记文学开始由文言文转向白话文、由短篇向中长篇过渡。

汪荣祖在《史传通说——中西史学之比较》一书中就中西传记进行了比较。他指出："西人史传若即若离、和而不合，传可以辅史，而不必即史，传卒能脱

> 传记文学的史鉴功能、彰善瘅恶、垂教励志作用在传记文学的发展史上日益凸现。

> 史蕴诗心、神会妙悟；"文其人，如其人"；"赋古人以生命，着骷髅以血肉"是古代传记追求文质具胜的最高境界。

颖而出,自辟蹊径,蔚为巨观矣。鲍斯韦尔传乃师约翰逊之生平,巨细靡遗,栩栩如生,煌煌长篇,俨然传记之冠冕也。反观吾华,史汉而后,绝少创新,殊乏长篇巨制,类不过千百字为一传。"因此,西方传记细密琐碎,"分秒必记"。精神分析进入西方传记以后,对传主内心冲突的揭示几乎成为许多西方传记家压倒一切的任务。同样,对传主进行深度解释已经成为传记文学的重要因素,成为传记家普遍的、自觉的追求,解释理念进入传记意识的核心,浅层解释转为深度解释,从外部现象转入心理层面,追求深度真实成为现当代传记的鲜明特点。英国"新传记"的代表斯特拉奇曾说:"没有解释的事实正如埋藏着的黄金一样毫无用处;而艺术就是一位伟大的解释者。"传主的生平、传主的人格和对传主的解释,这三者构成了西方传记的基本要素。西方传记讲究说故事、写细节,这就要求传记文本必须有足够的长度。胡适通过比较指出,中国传记短、西方传记长,长传的一个好处是"琐事多而详,读之如见其人,亲聆谈论。"短传的短处之一是"太略。所择之小节数事不足见其真。"⑧受西方传记影响,中国长篇传记文学不断涌现。新时期以来,长篇传记文学方兴未艾。与此同时,中短篇传记文学走上了复兴之路。

> 传主的生平、传主的人格和对传主的解释,这三者构成了西方传记的基本要素。

三

我国中短篇传记文学的复兴具有深厚的社会和群众基础。短小精悍的真人真事适合快速变革时代的阅读需求。社会的发展需要强健的国民精神,传记是国民精神的表征。这就要求我国中短篇传记文学具有思想性、可读性。读者喜欢在感动中理解什么是智慧、高尚、坚毅、深情和伟大,在真实中很好地感受传记文学的力量。因此,我国中短篇传记文学无论是传主的选择、传记的类型,还是艺术风格、表现手法等方面都呈现出多元化的趋势,同时也从其他文类,如历史学、哲学、心理学、新闻学等学科中吸取思想和技术的养料,以多种手法刻画传主鲜明的性格特征,锤炼浓缩传主的人生精华。这种相对短小精练,易于大众阅读,叙写真人真事,历史的真实性与高度艺术性完美融合的中短篇传记文学越来越受到媒体和读者的重视与欢迎。这种中短篇传记文学不仅大量涌现在专业性传记刊物,还整版刊登在一些报纸上。如《中华儿女》、《传记》、《名人传记》、《南方人物周刊》、《南方周末》等。传记的目的一是纪念,二是教诲,三是认知。优秀的传记作品无疑具备了这些功能。传记的要素包括生平、个性和解释。当代中短篇传记文学对人物性格都进行了相对成功的解释和个性描写。

　　一个时代有一个时代的传记文学。当今的传记文学领域呈现了长篇传记文学与中短篇传记文学并驾齐驱的繁荣景象。然而,当代传记文学,尤其是中短篇传记文学,传记家的主体意识更加突出。他们注重运用"当世口语"和"笔锋常带感情"。刘知几的《史通》就强调运用"当世口语"叙事,反对史传受骈体文的影响。这有利于传记作品的真实性。当代中短篇传记文学在运用"当世口语"上成效显著。如奥运冠军罗微的《带刺的蔷薇》,这是一部短篇自传,通篇都以轻松活泼的"当

世口语"讲述她传奇般的跆拳道生涯,有的细节经过她的口语表述使人欢笑感慨、亲切自然。

当代中短篇传记文学的另一特色就是"笔锋常带感情"。梁启超认为:中国古典史传文学"能铺叙而不能别裁"、"能因袭而不能创作"。因而,梁启超提出传记文学应"别裁""创作""笔锋常带感情",于传主行事中寄托传记作家的审美理想。提倡传记文学应具有崇高审美理想。"在社会舞台上,那些为民请命,以身殉国的英雄们,只要作家能以'悲壮淋漓'之笔叙写出他们的人格,就足以感昭世人。正如澎湃的大海,巍峨的高山雪峰,奔腾的长河一样,给人鼓舞、力量和美的享受,'使百世之下闻其风者,赞叹舞蹈、顽廉懦立'。"张雅文的《4万:400的牵挂——记著名心外科专家刘晓程》、陈晓东的《蘑菇云背后的身影》、赵国春的《北大荒的"管天"人》等无不给人以崇高的审美激励。

当代中短篇传记文学的复兴出现在全球化进程加速和多元文化冲击的背景下。经济的发展提高了人们的物质文化生活,在此基础上民众对精神生活有了更高的要求。重塑国民精神不仅是整个民族发展的需要,也是提升个人价值的机遇。在人生的旅程中,我们需要前方的明灯,这明灯就是引领我们走出迷茫与困惑的精英楷模,他们是来自各个领域的当代英雄,我们希望从他们身上获得精神力量和前行的动力。中短篇传记文学恰恰履行了这种使命,它及时有效地把我们时代中的楷模或历史中的英雄以文学和事实相融合的方式呈现给我们。这种中短篇传记文学虽然不能像长篇传记文学完整立体、血肉丰满、善恶兼具地描写传主,但是传主丰盈的个性,积极、正面、乐观向上的精神都将激励人们奋勇向前。所以说中短篇传记文学既担负起了"不容青史尽成灰"的历史重担,又追求着激情、深邃、含蓄、委婉、灵动的艺术魅力。我国中短篇传记文学的复兴不仅推动了传记文学的整体发展,而且也对重振民族精神起到了很好的引领和鼓舞作用。

参考文献:

(1)托马斯·卡莱尔《论英雄、英雄崇拜和历史上的英雄业绩》

(2)杨正润 "第二届中国传记文学学术理论研讨会论文"

(3)陈兰村《中国传记文学发展史》

(4)《大雅·荡》

(5)贾谊《过秦论》

(6)司马迁《史记·高祖功臣侯者年表》

(7)引自《旧唐书·魏征传》

(8)《藏晖室札记》卷七,1914年9月23日

(9)《中国史叙论》

(10)陈兰村《中国传记文学发展史》

后 记

  短篇传记文学丛书《立传》第一卷终于出版了，欣喜之余，就开始给《立传》的几位作者送书送稿费。只有赵泽华是我未曾谋面而心向往之的传主。第一次读她的自传即被吸引，手不释卷，爱怜不已。我决定在邓稼先与许鹿希的传记之后，推举赵泽华。她身上不屈、向上的力震撼、温暖着我，黑暗命运没有能够笼罩她悲苦的生命，她在苦厄中选择爱与光明、坚持与等待、生的价值与尊严，对生命的祝福与礼赞由一位身陷泥淖的女性轻声吟唱，有多少疲惫的灵魂随她飞升啊……

  坐在她洁净淡雅的家中，我们彼此始终微笑着。她坐在对面的电脑椅上，我手捧浓郁温热的茶杯，她担心我冷，坚持要在我的膝盖上搭一件皮夹克。我说去年自己写过一位研究战略的女军人，她也在内蒙古兵团锻炼过。不知为什么我们把话题转移到了史铁生，我对他无比崇敬，特别是生命告别之际，他积蓄所有能量，放射出最华美的光芒。赵泽华有福了，她在人生最为痛苦、迷茫的时刻，走近了史铁生。她说，史铁生是那么美好、那么善良，每次见他，都觉得非常温暖。我建议她写史铁生，她高兴地捂着清秀的脸庞，说，那是她的心愿，但顾虑是无法确切描绘出铁生的人格魅力和心灵的美好与博爱。我鼓励她，我们似乎抢着不停地说呀说呀。最后，她告诉我，其实她是害羞而寡言的人，不知为什么，我俩就是那么兴奋、开心，还说到她远在美国刚刚研究生毕业的女儿，要为她买一条高级点的假腿。

  午饭时间到了，我提出请她，她说喝粥。我牵着她的手走进温馨的饭庄，我们有说有笑，不经意间，我说，我写过朱小莉，结果我们两家成朋友了，逢年过节总要聚在一起。她忽然收住笑容，吃惊地问："朱小莉，内蒙古兵团的。""对呀，我刚才不是说过嘛。""你没说名字,你知道吗?她是我的班长,我养猪班的副班长。"

我拿出电话,"小莉,在哪?马上打车过来。"赵泽华激动地又捂了一下脸,瞪大眼说:"她那么听你的话?"我一时语塞。赵泽华惊喜的双眼里含着莹莹泪花,"从我19岁出事,到今天,我们分离了39年,从未相见。"听到朱小莉名字的那一刻,赵泽华就放下筷子,坐卧不宁,焦急地等待着。朱小莉到门口,我出来迎接。赵泽华说:"先别告诉她,给她一个惊喜!"

朱小莉做了脑瘤手术后,走路有些磕绊,我牵着她的手出现在赵泽华眼前时,赵泽华费劲地站起来,深情地呼唤:"班长,班长,我是赵泽华。"她的声音渗透着潮水。我的眼眸涌起暖流。朱小莉眯起眼,歪着头问:"你是谁?你是谁?""班长,我是赵泽华呀。""你不是被火车……""我活过来了,活过来了。"

我帮朱小莉脱去外衣,开始了欢天喜地的美妙回忆。感谢《立传》让她们39年后重逢。

给作家韩石山送书的时候,他语重心长地对我说:"你一定要有家国情怀,不能出两本当当票友,要做十几、几十年,将来研究当代史,《立传》可以作为参考。"

愿我们竭尽全力,写出这个时代的英雄伟人,让他们的生命永远温暖激励祝福我们!

李健健

2011年12月2日于北京